수프 가게 시즈쿠

수수께끼가 있는
아침 식사

토모아 히츠지 지음
김선숙 옮김

꿈지락

일러두기
이 책의 모든 주석은 옮긴이의 것입니다.

CONTENTS

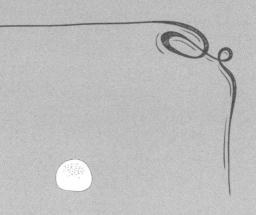

1장

거짓말쟁이 본 팜므

1

전철 창 너머로 내렸어야 하는 역이 점점 멀어지고 있다.

리에는 평소보다 일찍 출근하기 위해 한 시간 이상 빨리 전철을 탔다. 그리고 졸음이 몰려와 멍하게 있다가 내려야 한다는 걸 알아차렸을 때는 이미 문이 닫힌 뒤였다.

한 정거장을 지나 역 승강장에 내리자 반대 방향으로 가는 전철이 막 출발하고 있었다. 다음 차가 올 때까지 기다리기가 싫어 밖으로 나왔다. 모처럼 집에서 일찍 나왔는데 시간을 헛되이 날리게 되다니.

회사가 있는 오피스 거리 일대는 지하철이 촘촘히 깔려 있어 근처 역에서 회사까지는 걸어서 갈 만한 거리다. 기다렸다 전철을 타는 것보다 걷는 것이 빠르겠다고 생각하며 한숨을 쉬었다.

10월의 거리는 가로수 잎이 이제 막 물들기 시작하고 있었다. 번듯한 고층 빌딩이 늘어선 사이로 정장 차림의 직장인들이 띄엄띄엄 걷는 풍경. 오전 여섯시가 좀 넘은 시간인데도 다들 바쁜 듯 움직인다.

회사 위치를 머리로 떠올리며 좁은 골목길로 들어선다. 직업상 주변 거리는 기억하는 편이다. 빌딩과 빌딩 사이의 골목은 음지라 좀 어둡고 사람의 왕래가 적었다. 배송 중인 중형 트럭이 앞쪽에서 오는 걸 보고 길가로 비켜 지나가기를 기다렸다.

한참을 걷고 있는데, 거울같은 어느 빌딩 유리창에 리에의 전신이 비쳤다. 다크 브라운 머리카락을 헤어핀으로 가볍게 정리하고, 네이비 재킷에 회색 타이트스커트를 입은 직장인이 지친 얼굴을 하고 이쪽을 바라보고 있었다. 이제 곧 서른살이 되는 오쿠타니 리에의 얼굴에는 거뭇해진 기미가 두드러져 보였다. 눈 밑의 피부가 얇은 편이라 잠이 부족하면 즉시 거무스름해졌다.

다시 한숨이 나와 작게 숨을 들이쉬었다. 그때 코끝에 구수한 냄새가 날아들었다.

"아, 좋은 냄새…."

외벽 패널이 번쩍거리는 고층 빌딩 사이로 작은 4층 건물이 보였다. 오랫동안 비바람을 맞았는지 콘크리트가 변색되어 노르스름했다. 그래도 1층 일부분은 새로 단장한 듯 벽돌식 타일이 붙어 있다.

목제 간판에 써진 '수프 가게 시즈쿠'라는 이름이 생소하지 않았다. 리에가 회사에서 만드는 무료 책자《일루미나》에 쿠폰을 게재하는 모양이다. 그러나 리에가 담당하는 곳은 역 주변의 번화가라서 수프 가게 시즈쿠를 직접 본 것은 처음이었다.

가게 앞에는 화분과 플라스틱 식물 재배용기가 놓여 있고, 바질과 로즈마리 같은 허브와 작은 올리브 나무가 자라고 있었다.

"…어?"

목제 문에 'OPEN'이라고 쓰인 판이 걸려 있다. 궁금해서 다가가자 푹 끓인 고깃국 냄새가 위를 자극했다. 아침에 일어나 아무것도 먹지 않은 리에는 자신도 모르게 텅 빈 배를 눌렀다. 재료 준비에 한창이라면 사람이 있을 텐데 창문 유리가 흐려 가게 안은 잘 보이지 않았다. 영업을 하고 있지 않다면 간판은 'CLOSED'로 해두는 것이 좋다. 쓸데없는 참견일 수도 있지만 회사 고객이니까 말을 걸어봐야겠다고 생각했다.

문손잡이에 손을 대자 문이 스르륵 열렸다. 문을 당기자 도어벨이 울리고 수프 냄새가 확 풍겨왔다.

"안녕하세요, 어서 오세요."

"안녕하세요. 간판이 OPEN으로 되어 있는데요…."

들어가 보니 가게 왼쪽에는 4인석 테이블이 세 개 놓여 있고 맞은편에 카운터가 있었다. 카운터 너머에 있는 남자가 리에에게 온화한 미소를 보냈다.

"네, 영업하고 있습니다."

조용하고 부드러운, 속삭이는 듯한 울림인데도 잘 들리는 이상한 목소리였다.

강아지를 닮은 사람. 처음 본 상대에게 실례지만 첫인상은 딱 그거였다. 예전에 기르던 시바견과 비슷했다. 씩씩한 얼굴 생김새와 묘하게 사근사근한 눈동자로 사람을 응시하는 애견 말이다.

가게는 열 평 정도 돼 보였다. 벽에는 하얀 회반죽이 발라져 있고 바닥과 기둥, 테이블 등 목재를 사용한 부분은 차분한 다크 브라운으로 통일되어 깔끔하게 정돈된 거실 같은 분위기다.

"런치와 디너가 주 영업시간인데요, 아침 여섯시 반부터 두시간 정도 영업을 하고 있어요. 아침 메뉴는 한 종류뿐이랍니다.”

남자가 가게 안쪽으로 고개를 돌리자 리에도 그가 바라보는 쪽으로 시선을 옮겼다. 안쪽 벽에 걸려 있는 블랙보드에는 '오늘 아침의 수프 : 포테이토 크레송(Cresson, 물냉이) 포타주(Potage, 프랑스식 수프)'라고 쓰여 있었다. 가게 안에 가득한 냄새의 정체는 이것이었던 셈이다.

“먹고 가시겠어요?”

회사에 가야 하는데 다리가 움직이지 않았다. 자신도 모르는 사이에 입안에 침이 고였다. 출근 시간까지는 한 시간 가까이 여유가 있다. 원래 계획대로라면 일을 해야 하는데 식욕을 누를 수가 없었다.

“네, 먹고 갈게요.”

“알겠습니다.”

리에가 카운터 석에 앉자 시바견 같은 남자가 물수건을 건네주었다. 흰 리넨 셔츠와 갈색 면바지 차림에 검정 앞치마를 걸치고 있었다.

가슴 높이에 단 명찰에는 점장이라는 직함과 함께 아사노라는 이름이 적혀 있었다.

놀랍게도 빵과 음료가 무료였다.

"아침 영업은 저 혼자 하고 있어서 셀프 서비스입니다. 빵과 음료는 저쪽에 있으니까 원하는 만큼 드세요."

음료 코너는 카운터 옆의 한구석에 마련돼 있었다. 커피와 홍차뿐 아니라 루이보스티와 오렌지 주스까지 갖춰졌다. 따뜻한 커피를 찰랑찰랑하도록 붓자 잔에서 향긋한 향이 피어올랐다.

그 옆에 놓인 커다란 바구니에는 노릇노릇하게 구워진 빵이 담겨 있었다. 잘라놓은 프랑스빵과 검은 빵 등이 있었으나 리에는 부드러워 보이는 둥근 빵을 골랐다. 작은 접시에 빵 두 개를 담아 커피와 함께 들고 테이블 석으로 돌아왔다.

"잘 먹겠습니다."

먼저 커피를 한 모금 마셨다. 원두를 갈아 끓인 커피인 듯 깔끔한 신맛과 억제된 쓴맛이 아침에 제격이었다. 빵은 소박하니 불필요한 것은 들어 있지 않은 느낌이었다.

"기다리셨습니다. 포테이토 크레송 포타주입니다."

아사노가 세심한 손놀림으로 접시를 테이블에 놓아주었다. 선명한 녹색 포타주가 깊이 있는 백색 접시와 대비되며 멋진 조화를 이루는 수프 위에는 향신 허브의 일종인 크레송이 잘게 썰어져 있었다. 금속 숟가락을 그릇에 넣자 크레송 향이 강렬하게 풍겼다. 리에는 재빨리 걸쭉한 수프를 입에 넣었다. 거친 느낌이 하나도 없이 혀에 미끄러지듯 술술 넘어갔다.

"정말 맛있네…."

자신도 모르게 말이 새어 나왔다. 처음에는 감자의 깊이 있는 단맛이 느껴지는가 싶더니, 다음에는 깔깔한 매운맛이 특징인 크레송을 샐러드로 먹은 듯 신선하고 쌉쌀한 맛이 느껴졌다. 베이스는 닭국물일까. 야채의 맛 또한 제대로 느끼게 해주었다.

리에는 직업상 다양한 음식점에서 식사를 한다. 하지만 이렇게 감동적인 맛을 내는 곳은 처음이다.

"정말 좋네요. 어쩜 이렇게 크레송 향이 강렬할 수 있죠?"

리에가 말을 걸자 카운터 너머에 있던 아사노는 기쁜 듯이 눈을 가늘게 떴다.

"감사합니다. 우선 크레송 줄기와 감자로 포타주를 준비해놓고 생 크레송 잎 페이스트를 마지막에 넣었습니다."

"아, 그래서 풍미가 확실히 살아 있군요."

가게 안쪽의 블랙보드에는 오늘의 수프에 대한 설명이 덧붙여 있었다. 크레송에는 미네랄과 비타민이 많아 강장 효과와 빈혈 예방을 기대할 수 있다고 적혀 있다.

남자의 말을 들으면서도 숟가락을 움직이는 손이 멈추지 않았다. 맛도 좋지만 부드러운 느낌이 기분 좋았다. 입맛이 없던 상태인데도 수프가 술술 목을 타고 넘어갔다.

리에는 바쁠 때면 제대로 식사를 하지 못한다. 하루에 한 끼를 먹는 일도 부지기수다. 그럴 때면 편의점 도시락이나 영양 보조제만으로 때우는 것이 보통이다.

음식이 한 번 들어가기 시작하자 빵에도 손이 갔다. 두 개째 먹을 때는 빵 조각으로 수프 접시를 닦아 먹었다.

"잘 먹었습니다."

먹는 기쁨을 오랜만에 되찾은 리에는 작게 숨을 돌렸다. 수프가 몸에 스며들어 힘으로 변하는 듯한 기분이 들었다.

식사를 마치자 리에는 일단 일어섰다. 자신 이외에 다른 손님은 없었고 음악도 흐르고 있지 않았다. 아사노의 칼 소리만이 가게에 울려 퍼졌다.

리에는 음료 코너로 가서 새 잔에 루이보스티를 따랐다. 그리고 계산대 앞에 있는 가게의 명함을 집어 올렸다. 카드에는 가게 이름이 심플하게 디자인되어 있고 전화번호와 주소, 영업시간 등의 정보가 적혀 있었다.

런치타임은 열한시 반부터 두시 반까지, 디너타임은 여섯시에서 열시까지. 아침 영업시간은 적혀 있지 않았다. 아침 영업을 알리지 않은 것으로 봐서는 무료 책자의 수프 가게 시즈쿠 정보란에도 공개하지 않았을 것 같다. 리에는 자리로 돌아왔다.

"아침 영업은 광고하지 않나 봐요."

"아침 영업은 느긋하게 하고 있습니다. 동시에 하루의 재료 준비도 해야 하기 때문에 바빠지면 감당할 수 없거든요."

아사노는 빠르게 당근 껍질을 깎으면서 대답했다. 이 정도로 훌륭한 수프라면 아침 영업을 해도 분명 잘될 것이다. 광고하지 않는다는 아사노의 방침이 아까웠다.

무료 책자 《일루미나》에는 쿠폰 이외에도 칼럼 코너가 있는데 거기에 꼭 소개하고 싶었다. 분명 아침 영업을 시작했을 때는 아사노 나름의 이유가 있었을 것이다. 그걸 칼럼에 쓰면 재미있는 기사가 될 게 틀림없다.

어느새 일을 생각하고 있는 자신을 깨닫고 리에는 자조 섞인 웃음을 지었다. 동시에 그 문제가 다시금 뇌리에 떠올랐다.

갑자기 배가 이상한 듯해서 리에는 배꼽 부근을 살짝 문질렀다.

"…어?"

그때 리에의 시야에 사람의 모습이 스쳐 지나갔다.

카운터 안쪽에 주방이 있고 주방 입구 쪽 벽에 문이 하나 있었다. 그 문을 빼꼼히 열고, 여자애가 가게 안을 들여다보았다. 하지만 곧 문은 닫혔다. 아사노에게 물어볼까 하다가 사적인 일이라는 생각에 그만두었다.

시계를 보니 출근 시간이 다가오고 있었다. 계산을 부탁하자 아사노가 수건으로 손의 물기를 닦고 나왔다.

"정말 맛있었어요. 또 올게요."

"감사합니다. 또 오세요."

빈말이 아니라 정말 또 오고 싶었다. 정중하게 고개를 숙이는 아사노에게 리에는 웃는 얼굴로 인사를 하고 나왔다.

하지만 밖으로 나와 한 걸음 걷자 어두운 기분이 되살아났다. 직장에는 할 일이 산더미처럼 쌓여 있지만 서두르면 그럭저럭 해낼 수 있는 분량이다. 리에를 우울하게 만드는 원인은 일이 아닌 딴 것에 있었다. 그래서 일찌감치 출근해 아무도 없을 때 일에만 몰두하고 싶었다.

위가 무겁게 느껴져서 잠시 멈춰 크게 숨을 내쉬었다. 사실 리에는 어제 직장에서 화장품 파우치를 잃어버렸다. 어제 상황으로 보면 동료 누군가가 가져갔다고밖에는 생각할 수가 없었다.

리에가 만드는 《일루미나》는 음식점이나 미용실 쿠폰을 비롯해 새로 오픈한 점포 정보와 칼럼 등을 게재하는 무료 책자다. 사무실이나 음식점이 밀집한 역을 중심으로 해서 도보 30분 거리가 대상 지역이고, 20대에서 30대 여성을 주요 타깃으로 하고 있다.

리에는 디자인전문학교에서 배운 경험을 살리려고 광고를 취급하는 직장에 입사했다. 처음에는 기업 브로슈어 디자인을 담당했지만, 3년 반 전에 무료 책자를 만드는 지금의 부서에 배속되었다. 이후 레이아웃 디자인 외에도 영업, 편집, 글쓰기, 사진 촬영 등 책자를 만드는 데 필요한 모든 일을 하고 있다.

어젯밤 리에는 여덟시 전에 하던 일을 정리하고 퇴근 준비를 시작했다. 원래는 바쁘지 않은 시기라서 늦어도 일곱시에는 퇴근을 한다. 하지만 최근 며칠간 일이 밀린 탓에 잔업이 계속돼 리에가 퇴근을 서두를 때까지만 해도 같은 부서에서 일하는 세 사람이 모두 남아 있었다. 일곱시 반에 만나기로 예정돼 있던 '여자회'란 이름의 학교 친구들 모임은 이미 시작되었을 시간이다.

모임에 가기 전에 간단히 화장을 고치기 위해 리에는 가방에서 화장품 파우치를 꺼냈다. 녹색의 귀여운 물방울무늬가 맘에 들어 좋아하는 물건이었다.

《일루미나》편집부는 파티션으로 구분된 안쪽 한구석에 있었다. 그 때문에 복도에 있는 화장실에 가려면 다른 부서를 가로질러야 했다.

자리에서 일어나 나오다 옆 부서 사람과 시선이 마주쳤다. 그 사람은 팔자 눈썹을 한 채 작은 손짓으로 리에를 불렀다. 리에는 파티션 출입구 부근에 있는 아무도 사용하지 않는 책상에 파우치를 놓고 그의 자리로 다가갔다.

"무슨 일이야?"

손짓한 사람은 입사한 지 얼마 안 된 남자 후배로 애잔한 눈빛으로 바라보는 눈동자에 눈물이 맺혀 있었다. 옆 부서에 남아 있는 사람은 그뿐이었다.

"갑자기 죄송한데요. 좀 도와주셨으면 해서요…."

기획서 레이아웃을 도와달라는 얘기였다. 지난달 회의에서 자료가 알아보기 어렵다고 선배에게 싫은 소리를 들은 모양이다. 보기 쉬운 지면을 만드는 것이라면 리에의 전문 분야지만 모임에 가야 하기 때문에 거절하고 싶었다. 하지만 금방이라도 울 것 같은 후배의 표정 때문에 도저히 거절할 수가 없었다.

화면을 가리키며 알려주고 있는데 먼저 직속 상사인 콘노 후미코가, 그다음에는 동료 이노 가츠오가 나가는 보습이 보였다. 자신이 먼저 퇴근할 생각이었던 리에는 마음이 조급해졌다.

다 가르쳐주고 보니 여덟시가 지나 있었다. 자료는 모르겠지만 레이아웃은 만족스러운 모습이었다. 손을 대기 전보다 훨씬 보기 쉬워져 있으니까 이것으로 트집을 잡힌다면 나머지는 내용 문제다.

"나는 이제 가봐야겠어. 회의에서 잘해봐!"

"감사합니다, 선배. 다시 봤어요."

리에는 후배가 기뻐하는 모습을 보며 도와주는 것도 나쁘지 않다는 생각을 했다. 파우치를 가지러 가려고 몸을 돌리자 마침 하세베 이요가 파티션 안쪽에서 나오는 모습이 보였다.

"수고하셨습니다."

이요는 입사한 지 6개월 된 신입 사원으로 부서에서 가장 어린 스물세살이다. 붙임성이 좋고 일도 열심히 하지만 깜박 잊는 실수가 많은 것이 단점이다.

"…선배 아직 퇴근 안 했네요."

"잠깐 할 일이 생겨서…."

왠지 이요의 말투가 냉정하게 들린다. 어물쩍하게 대답하며 출입구 옆에 있는 책상에 시선을 돌렸는데, 화장품 파우치가 보이지 않았다.

"어? 여기에 파우치 놔뒀는데, 못 봤어?"

"파우치라면 전부터 쓰던 녹색 말이죠?"

"응, 그거."

이요의 목소리가 왠지 평소보다 낮게 느껴진다. 리에는 고개를 끄덕였다.

"…모르겠는데요."

이요는 냉담한 태도를 보이더니 잰걸음으로 가버렸다. 사근사근한 평소 성격과는 다른 태도에 리에는 할 말을 잃었다.

하지만 일단 파우치를 찾아야 한다는 생각뿐이었다. 책상 주변을 찾아보았지만 없었다. 자신의 자리와 핸드백 안도 꼼꼼히 뒤졌지만 거기에도 없었다.

"어디에 있는 걸까…."

파티션으로 분리되어 있기 때문에 후배의 일을 돕던 위치에서는 파우치를 놔둔 책상이 보이지 않는다. 그때 같은 층에서 잔업을 하고 있던 사람은 편집부원들과 신입 남자 직원뿐이다.

그러니까 동료 누군가가 가져간 것 말고는 생각할 수가 없었다.

하지만 리에는 고개를 옆으로 흔들며 의심을 떨쳐버리려

했다. 그 후 시간을 두고 여러 번 찾아보았지만 결국 찾지 못했다.

파우치가 없으면 화장을 고칠 수가 없다. 찾기를 포기했을 때는 이미 아홉시가 가까워져 있었다. 모임에 얼굴을 내밀 만한 시간도 마음의 여유도 사라졌다. 친구에게 문자로 불참을 알리고 집에 돌아가기로 했다.

회사에서 혼자 사는 원룸 아파트까지는 전철을 한 번 갈아타는 시간과 걷는 시간을 포함해 40분 정도가 걸린다. 파우치가 마음에 남아 저녁을 먹을 생각도 나지 않았다. 샤워 후 텔레비전을 멍하니 바라보고 있자니 어느새 자정이 가까웠다.

이불 속에 들어갔지만 좀처럼 잠이 오지 않았다. 파우치의 행방이 머릿속에서 떠나지 않았다.

부모님이 해외여행을 갔을 때 리에가 사다달라고 부탁한 해외매장 한정 브랜드였다. 돈은 자신이 냈고 상품도 지정해준 것이지만 부모님이 사다준 물건인 만큼 각별한 마음이 들었다.

게다가 구입한 후 인터넷 검색을 해보니 정가의 다섯 배에 팔리고 있었다. 할리우드 여배우가 사용하는 파우치라고 해서 인기가 치솟은 듯했다. 혹시나 해서 오늘 밤에도 인터넷으로 검색해봤지만 지금도 같은 가격을 유지하고 있었다.

내일 동료들에게 물어보자. 잘못 알고 가져갔는지도 모른다. 그렇게 생각하며 잠을 청해봤지만 이미 잠은 달아난 상태였다. 배가 살살 아파오기 시작했다.

간헐적으로 얕은 잠을 자다 알람 시간보다 한 시간 일찍 눈을 떴다. 평소보다 빨리 출근하기로 하고 멍한 상태로 집을 나섰다. 그 결과 리에는 내려야 하는 전철역을 놓치는 바람에 수프 가게 시즈쿠에서 아침 식사를 하게 되었다.

2

엘리베이터의 표시가 4에 가까이 갔다. 손목시계 바늘은 출근 시간 15분 전을 가리키고 있다. 문을 열자 회사 냄새가 났다. 리에는 부서로 향하면서 조용히 숨을 깊이 들이쉬었다. 잉크와 종이, 전기제품 포장재 냄새가 뒤섞여 회사 특유의 냄새가 가득했다.

"오쿠타니 선배, 안녕하세요."

"좋은 아침."

어제 저녁에 도움을 요청했던 후배가 먼저 인사를 해왔다.

출근한 사람은 아직 그밖에 없었다. 파티션 옆을 통과해 자신의 자리로 향했다.

"어?"

잃어버렸다고 생각했던 파우치가 리에의 책상 위에 올라와 있다. 겁먹은 채로 집어 들고 내용을 확인했더니 익숙한 메이크업 도구가 들어 있다. 밑바닥에는 이전에 떨어뜨렸을 때 난 작은 자국도 그대로다. 틀림없는 리에 것으로 잃어버린 물건도 없었다.

어리둥절해하고 있는데 이요가 들어오는 모습이 보였다. 리에는 무심코 파우치를 숨겼다.

"안녕, 하세베 씨!"

인사를 하자 이요가 리에를 노려봤다. 이요의 갑작스런 태도에 당황한 리에는 몸이 굳었다. 이요는 가볍게 목례만 하고 곧장 자신의 자리로 향했다. 어젯밤 헤어질 때와 비슷한 태도였지만 무슨 일 때문인지는 짐작할 수 없었다. 물어야 할지 망설이고 있는데 상사인 콘노 후미코가 모습을 드러냈다.

"좋은 아침."

갑자기 분위기가 무거워진 듯한 느낌이 들었다.

후미코는《일루미나》편집장으로 리에의 직속 상사다. 현재 서른일곱살인데 아직 미혼이며 회사 여직원 중 나이가 제일 많다. 외모는 평균 체형에 수수한 얼굴이고 화장도 그리 화려하게 하지 않는다.

후미코는 자리에 앉자마자 이요에게 얼굴을 돌렸다.

"하세베 씨, 어제 준 원고 말이야, 이래서야 쓸 수 있겠어?"

"네?"

"이 이자카야는 결국 무엇을 파는 가게지? 분위기야? 가격이야? 아니면 음식 맛이야? 특색은 가게에 따라 다르잖아. 근데 이 기사엔 그게 보이지 않는단 말이야. 요리 사진과 설명뿐이면 어떻게 그 매력이 전해지겠어. 점주와 제대로 상의했어?"

후미코가 원고로 책상을 쳤다.

"게다가 이 글은 너무 형편없어. 너 대학은 졸업했잖아. 근데 중학교 수준의 문법조차 틀리면 어떻게 하겠다는 거야. 처음부터 전부 다시 해. 언제까지고 신입 기분으로 있는 건 주위에 민폐야."

"…죄송합니다."

이요가 후미코에게 원고를 받아 자신의 자리로 돌아갔다. 이전부터 엄격한 상사였지만 최근 며칠간 말과 행동에 가시가 더해졌다.

그때 편집부에서 유일하게 남자인 이노 가츠오가 어두운

얼굴로 들어왔다. 인사를 하는 듯했으나 거의 들리지 않았다. 거기에 즉각 후미코의 주의가 날아들었다.

"인사 제대로 하세요."

"…안녕하세요."

이노가 가라앉은 목소리로 대답했다. 이노는 리에보다 세 살 아래로 적당히 배려할 줄 아는 성격 덕분에 사내 여자들에게 평판이 좋은 올곧고 순수한 청년이다. 그런데 며칠간 침울한 표정을 짓고 있었다.

후미코는 미간을 찌푸리며 이요가 제출한 다른 서류를 읽기 시작했다. 후미코가 작게 혀를 차자 이요는 몸을 움찔했다. 이노는 실행 중인 컴퓨터를 그냥 멍하니 바라보고 있다.

리에가 동료들의 모습을 엿보다가 이요와 눈이 마주쳤는데 이요는 이번에도 또 노려보았다.

이노는 직장의 분위기 메이커다. 후미코는 원래 까다롭기는 했으나 이렇게까지 남을 신랄하게 지적하지는 않았다. 두 사람 다 일주일 전부터 태도가 돌연 이상해지기 시작했다. 거기다 이요까지 저러고 있다.

왜 이렇게 직장 분위기가 험악해진 걸까. 이유를 알 수 없어 리에는 크게 숨을 내쉬었다.

《일루미나》는 월간지로 매월 25일 발간된다. 교정 작업은 그달 중순경에 하는데 매달 그날에 가까워질수록 서서히 바빠진다. 오늘은 첫번째 주말이다. 보통이라면 그다음 주부터 본격적으로 잔업이 늘기 시작한다.

"이노 씨, 이노 씨, 있잖아."

멍하게 있는 이노에게 말을 걸었지만 대답이 없었다. 어깨를 흔들자 겨우 반응을 보였다.

"…왜 그러세요?"

"그 자료, 모아뒀어? 이노 씨가 담당하기로 한 거."

"네, 그게요."

이노는 여전히 정신을 딴 데 둔 모양이다.

"송년회 자리에서 여자들이 마시고 싶은 음료 순위 말이야. 오늘 이자카야를 돌면서 제안하기로 이전 회의에서 결정했잖아."

이노가 당황한 모습으로 눈을 치켜뜨고 등을 펴면서, 손목시계를 봤다. 리에도 벽시계로 시선을 돌렸다. 시곗바늘은 세시를 가리켰다.

"미안합니다. 깜박했어요. 지금부터…그러니까 지금부터 외근인데 그 후에 해도 괜찮을까요?"

리에가 가만히 눈을 바라보자 이노는 시선을 피했다.

"됐어. 내가 할게."

28

"죄송합니다."

이노는 고개를 숙인 채 가방을 한 손에 들고 회사를 나갔다. 지금 이노에게 맡겨도 완성될 가망이 없기 때문에 자신이 하는 것이 더 작업 속도를 낼 수 있을 것 같았다. 그만큼 잔업은 늘겠지만 어쩔 수 없는 일이라고 체념했다.

리에가 자신의 책상으로 돌아오자 가끔 폭발적으로 감정을 터뜨리는 후미코의 점착성 목소리가 귀에 들어왔다.

"《일루미나》의 콘셉트는 지역 발전이야! 그러니까 가게에 이익이 되고 손님도 만족할 만한 쿠폰을 게재해야지. 이런 어중간한 플랜으로 손님이 올 거라고 생각해?"

이요가 다시 제출한 원고도 맘에 들지 않는지 후미코의 잔소리는 5분 이상 계속되었다. 겨우 해방된 이요는 자리로 돌아가지 않고 밖으로 나가버렸다. 한참 동안 돌아오지 않자 걱정이 된 리에가 복도로 나갔을 때는 이요가 화장실에서 나오고 있었다.

눈 주위가 붉은 이요를 보고 말을 걸었다.

"너무 신경 쓰지 마. 요즘 편집장이 말을 좀 심하게 하는 것 같아."

"제가 부족해서 그렇죠."

이요의 말투는 여전히 무뚝뚝했고 시선도 맞추지 않고 자리로 돌아가려고 했다.

"혹시… 내가 뭘 잘못하기라도 했어?"

옆을 지나갈 때 말을 걸자 이요가 돌연 노려봤다. 리에가 당황하자 이요는 눈을 내리깔았다.

"…이노 씨에게 물어보면 되잖아요."

"뭘?"

반문했지만 이요는 대답 없이 등을 돌리고 가버렸다.

쫓아 들어가 책상 앞에 앉자 이요는 가방을 만지고 있었다. 그리고 화이트보드에 외근이라고 쓰고 도망치듯 부서를 빠져나갔다. 사무실에는 리에와 후미코만 남게 되었다. 하지만 곧 후미코도 인쇄 회사로 떠나 리에 홀로 남았다.

아무도 없는 사무실에서 리에는 어쩔 수 없이 컴퓨터와 마주했다.

하다 만 불고기집 광고 기사를 화면에 띄웠다. 한 페이지 크기의 쿠폰 기사 디자인 작업이다. 보통은 페이지의 9분의 1이나 6분의 1, 커봐야 3분의 1 크기의 기사가 많기 때문에 페이지 통째로 게재하는 클라이언트는 귀중하게 취급해야 한다.

회사에서는 대부분의 디자인은 다른 부서 또는 외주 디자이너에게 맡기고 있어 편집부원이 담당하는 일은 없었다. 하지만 리에는 전문학교에서 디자인을 배웠고 전에 일하던 부서에서 쌓은 경험과 기술이 있기 때문에 부서에서 유일하게 디자인 작업을 하기도 한다.

그 때문에 교정 완료 직전 등 시간이 없을 때 리에가 최종 디자인 조정을 담당한 적이 있었다. 불고기집 점장은 요구가 많아 디자이너에게 맡겨두면 도저히 마감 시간에 맞출 수 없어서였다. 그때 점장은 완성된 디자인이 마음에 들었는지 이후로도 꼭 리에에게 부탁했다.

리에가 직접 디자인하는 편이 세세한 수정 의뢰에 즉시 대응할 수 있고, 회사로서도 디자이너에게 부탁하는 것보다 경비가 들지 않는다. 문제가 있다고 한다면 리에의 부담이 늘었다는 점이다.

그 불고기집은 값싸고 질이 좋다는 점을 내세우는, 개인이 운영하는 음식점이다. 하지만 이번이 네번째 게재이다 보니 타성에 젖어선지 특별한 어필 포인트를 잡을 수가 없었다. 여자 손님을 유치하고 싶다고 했기 때문에 지금까지는 연기가 나지 않는 불고기를 큼지막하게 소개하기도 하고, 디저트 무료 쿠폰을 붙이기도 했다.

쿠폰을 지참하는 여자 손님이 늘어나면서 매출이 증가했다고 한다. 이에 점장은 좋아하며 어제 만나 회의할 때는 여자 손님을 더 많이 유치하려는 의지를 보였다.

어떤 캐치프레이즈가 좋을지 컴퓨터 앞에서 생각했다. 젊은 여자들은 어떤 말에 반응할까. 이요와 의논하고 싶지만 오늘의 상태로 봐서는 말을 걸기 어려울 듯하다.

"그러고 보니…."

불현듯 이노에 대한 이요의 태도가 떠올랐다. 이요는 입사했을 무렵 이노를 의식했다.

골든 위크(Golden Week, 4월 말에서 5월 초까지 공휴일이 모여 있는 1주일)가 시작되기 전에 회사가 대규모 회식을 주최한 적이 있다. 리에는 이요, 후미코와 같은 테이블에 앉아 있었다. 이노는 옆 테이블에서 다른 부서 여직원 몇 명에게 연애에 대한 질문을 받는 중이었다.

이노는 멋쩍어하면서도 상큼한 미소로 응했다. 평소에도 그는 붙임성이 좋고 사람들의 분위기에 잘 맞춰주었다.

"전 초식남이 아니에요. 좋아하면 제가 먼저 다가가거든요."

"어, 그래? 좀 의외네. 그럼, 어떤 스타일을 좋아해?"

"아이를 좋아하는 여자가 좋아요. 결혼하면 대가족을 만들고 싶거든요."

"어, 나도 아이 좋아하는데…."

이노의 밝은 대답에 여직원들은 매우 들떠 보였다. 리에가 앉은 테이블에서는 하잘것없는 이야기를 하고 있었는데, 그

와중에도 이요는 옆 테이블에 신경을 쓰는 듯했다.

회식 자리는 2차에서 해산하고 리에와 이요는 같은 전철을 타고 집으로 향했다. 막차에 가까운 차내는 몹시 혼잡했다. 잡담을 하다가 이요가 문득 진지한 얼굴을 지었다.

"이노 씨는 아이를 좋아하나 봐요. 난 아이라면 딱 질색인데. 앗… 저는 여기서 내려요. 선배, 고생하셨어요!"

황급히 내렸기 때문에 그 이상은 들을 수 없었다. 리에가 아는 한 골든 위크 시점이나 그 이후에도 이요가 이노에게 접근한 흔적은 없었다.

"그렇다면…."

이요의 기분이 나빠진 전후에 파우치에 대해 이야기한 걸 생각해냈다.

후미코와 이노는 이요보다 먼저 퇴근했다. 만일 두 사람이 파우치를 목격했을 경우 파우치를 가져간 건 이요일 가능성이 높다. 그래서 이요의 태도가 굳어버린 걸까. 그리고 그 때문에 다음날 아침 발각이 두려워 책상에 다시 갖다놓았는지도 모른다.

위가 거북해진 리에는 키보드를 치는 손을 멈췄다. 근거도 없이 의심하는 건 잘못됐다.

문득 화면을 보니 컴퓨터가 멈춰 있었다. 다운됐는지 아무리 기다려도 움직일 기색이 없다.

재부팅 후 데이터를 확인하고 리에는 깊은 숨을 몰아쉬었다. 30분 가까이 작업한 게 헛수고가 되었다. 거북했던 위가 통증으로 변하자 리에는 배에 손을 대고 눈을 감았다.

"함께 저녁 어때? 좀 할 말이 있는데."

퇴근 준비를 하는 이노에게 말을 걸었다. 시간은 여덟시가 지나 있어 후미코와 이요는 이미 퇴근하고 없었다. 식욕은 없었지만 기회를 놓칠 수는 없었다.

"좋아요."

목소리는 지쳐 있지만 이노는 즉시 대답했다. 리에는 아침에 갔던 시즈쿠에 갈 생각이었다. 디너타임에도 관심이 있었고 수프라면 언제든 먹기 편하니까.

가게 앞까지 오자 이노의 표정이 살아나기 시작했다.

"여기 참 좋죠."

가게 앞에 아침 영업에는 없었던 이젤보드가 놓여 있었다. 거기에는 '건강에 좋은 수프가 특기'라고 손으로 쓴 글자가 적혀 있었다.

문을 열고 들어가자 활기찬 목소리가 흘러왔다.

"어서 오세요! 아, 이노 씨군요."

갈색으로 머리를 염색한 남자가 미소를 보내온다. 복장은 이른 아침에 본 아사노처럼 청결한 셔츠와 바지, 앞치마라는 조합이다. 거무스름한 피부와 머리카락을 세운 헤어스타일 탓인지 번화가에서 볼 수 있는 호스트 같았다.

리에는 아사노를 찾았지만 모습이 보이지 않았다. 금요일 디너타임은 사람들로 북적였다.

"오늘은 손님으로 온 건데요, 들어갈 수 있어요?"

조금 전까지의 가라앉은 분위기에서 벗어나 이노는 사교적인 태도로 나왔다. 《일루미나》의 시즈쿠 담당자는 이노였다.

"운이 좋네요. 마침 취소된 게 있어서 카운터 석이라면 즉시 두 명을 안내해드릴 수 있어요."

오렌지색 조명 때문인지 회반죽 벽이 따뜻한 색으로 물들어 있었다. 손님은 20대에서 30대가 대부분이고 특히 여성의 비율이 많아 보였다. 《일루미나》의 타깃 층과 맞아떨어진 셈이다. 가게 안은 떠들썩했으나 요란하지는 않았다. 아침과 느낌은 다르지만 편안한 분위기는 변함이 없다.

"맞다, 요전 날에 인터넷 옥션을 알려주셔서 감사했어요! 이노 씨 덕분에 전부터 갖고 싶었던 걸 살 수 있었네요."

"도움이 됐다니 다행이네요. 알고 싶은 게 있으면 무엇이든 물어보세요."

이노와 갈색머리 남자는 친한 듯이 말을 주고받았다. 영업을 하다 보면 공통의 화제가 나오기 마련이다.

리에와 이노는 카운터 석으로 안내를 받아 앉았다. 블랙보드에는 아침에 오늘의 수프로 먹은 포테이토 크레송 포타주가 적혀 있었다.

메뉴판을 들척이자 두꺼운 종이에 수프 이름이 빼곡히 적혀 있다.

"모든 요리에는 건강에 어떤 식으로 좋은지가 적혀 있어요. 그만큼 신경을 많이 쓴다는 얘기죠."

이노 말대로 음식에 사용되는 주요 재료와 함유된 영양소가 병기되어 있다. 가령 중화풍 홍화(잇꽃) 수프 생강 맛의 경우 홍화는 냉증, 생리불순 개선을 기대할 수 있다고 적혀 있다.

음료는 와인을 중심으로 칵테일과 수제 과실주가 풍부하게 마련돼 있었다. 그에 맞는 안주도 준비되어 있어 다이닝바로도 사용할 수 있는 듯했다. 수프, 파스타 등 식사 메뉴도 있어 리에는 그만 거기에 눈길이 가고 말았다.

리에는 탄산수와 야채 350그램이 들어간 포토푀(Potaufeu, 프랑스식 스튜)를 주문했다. 후생노동성이 권장하는 채소의 양을 이 한 가지 요리로 섭취할 수 있다는 설명과 함께, 개점 이래 인기 넘버원이라고도 써 있다. 양배추에는 위장에 좋은 비타민 U가 함유되어 있다는 글도 이 메뉴로 정한 이유 중 하나다.

이노는 새로운 메뉴인 멜로키아(Melokhia, 시금치와 비슷한 맛이 나는 식물)와 코리앤더(Coriander, 고수의 씨를 이용해 만든 향신료) 스파이시 수프와 맥주, 그리고 빵과 작은 접시요리 두 가지가 딸린 디너 세트를 주문했다. 멜로키아에 함유된 뮤신 성분은 위장과 신장에 좋고, 코리앤더는 불안감을 해소해준다고 돼 있다.

가게는 세 명의 점원이 일하고 있는 듯했다. 홀을 가장 많이 다니는 갈색머리 남자를 여자 손님들이 "신야 군"이라고 불렀다. 신야가 빙그레 웃으며 뭐라고 대답을 할 때마다 여자 손님들은 유쾌한 듯 입에 손을 댔다.

음료와 안주, 작은 접시요리가 먼저 나왔다. 리에는 이노와 건배했다. 안주는 아스파라거스 두부이고, 작은 접시요리는 훈제 연어와 향미료를 섞은 음식과 돼지고기 리예트(Rillettes, 잘게 다져 기름에 볶은 돼지고기)였다.

맥주에는 부드러운 하얀 거품 층이 보인다. 이노는 만족스러운 듯 한꺼번에 3분의 1을 마셨다.

가볍게 잡담을 마치고 나서 리에는 본론으로 들어갔다.

"요즘 일이 손에 잡히지 않는 것 같던데?"

"역시 그 얘기군요."

이노는 직장에서처럼 가라앉은 표정으로 바뀌더니 맥주잔을 테이블에 놓았다.

"죄송합니다. 다음 주부터는 제대로 집중할게요."

"사과하지 않아도 돼. 그보다 뭔가 이유가 있는 거 아냐?"

"오래 기다리셨습니다."

여자 점원이 쟁반에 수프를 가져와 앞에 놓았다.

리에는 흰색 프렌치볼을 들여다보았다. 야채로는 큼직하게 자른 양배추, 당근, 감자, 셀러리가 들어 있다. 그릇을 손에 들자 상당히 묵직했다. 하지만 350그램이라는 건 가열 전의 무게인 듯 충분히 먹을 수 있는 분량이었다.

숟가락을 수프에 넣었다. 쇠고기는 오래 끓여 숟가락으로도 쉽게 잘라졌다. 기대에 부풀어 황금색 수프를 입에 물었다.

"…디너 요리도 일품이네."

야채의 단맛과 쇠고기의 감칠맛이 국물 속에 녹아 있다. 맑고 깊은 맛으로 정성스럽게 만들었다는 느낌이 전해져온다. 수프를 삼키자 부케 가르니(Bouquet Garnis, 향기를 가진 몇 종류의 약초를 다발로 묶어놓은 것)의 향기가 상쾌하게 코를 자극한다.

양배추를 씹자 섬유질이 터져서 입안에 단맛이 감돌았다. 감자는 촉촉한 식감이고 다른 야채에서도 부드럽고 풍부한 맛이 났다. 국물을 듬뿍 흡수한 쇠고기는 씹는 순간 사르르 녹아 사라졌다.

"역시 이 가게의 수프는 다르네. 좀 더 빨리 올걸 그랬어."

리에의 말에 이노가 웃는 얼굴로 고개를 끄덕인다.

"저도 개인적으로 몇 번 왔어요."

멜로키아와 코리앤더 스파이시 수프에는 다진 멜로키아가 듬뿍 들어 있었다. 짙은 녹색이 한눈에 봐도 영양이 농축되어 있다는 걸 알게 해줬다. 시나몬과 클로브, 후추 등 향신료 향이 옆에 있는 리에에게도 전해졌다.

"입에 맞으십니까?"

익숙한 목소리가 날아들었다. 얼굴을 들자 아사노가 카운터 너머로 인사를 했다. 리에보다 이노가 먼저 말을 걸었다.

"안녕하세요, 아사노 점장님. 여전히 잘되네요."

"어서 오세요, 이노 씨. 두 사람 아는 사이인가요?"

아사노가 이노와 리에를 번갈아 보며 말했다.

"《일루미나》편집부 오쿠타니 리에라고 합니다. 이노 씨와 동료예요."

리에는 자리에서 일어나 명함을 꺼내 아사노에게 전달했다. 명함을 받자 아사노가 다시 인사를 한다. 이노가 입을 열었다.

"이 새로운 메뉴, 좋네요. 다음 호에 사진으로 싣는 게 좋겠어요. 변함없이 여러 나라 메뉴에 도전하고 있군요. 스파이시 수프의 베이스는 어느 나라 요리죠?"

영업 모드답게 이노는 또렷또렷한 어조로 말했다.

"멜로키아의 원산지인 이집트 요리를 베이스로 생각했습니다. 제멋대로 메뉴를 고안해서 신야 군에게 혼나기도 하죠."

"이 녀석이 만드는 새로운 메뉴는 언제나 채산에 맞을락 말락 해요. 손님이 좋아하는 건 기쁘지만 적당히 해야죠."

홀을 걷고 있던 신야가 대화에 끼어들었다가 즉시 바쁘게 와인을 한 손에 들고 다른 테이블로 향했다.

이노가 갑자기 굳은 표정을 지었다.

"아사노 점장님, 불어 할 줄 아세요?"

"프렌치 레스토랑에서 일한 경험이 있어서 좀 해요."

"실은 물어보고 싶은 게 있는데요."

그렇게 말한 이노는 한참 침묵을 지킨 후 남은 맥주를 단숨에 마시고 나서야 겨우 입을 열었다.

이노는 열흘쯤 전에 어떤 프렌치 레스토랑에 갔다. 그날의 코스 메인은 혀넙치로도 불리는 혀가자미에 크림소스가 곁들여진 요리였는데, 그 이름이 도저히 기억이 나지 않는다는 것이다.

아사노는 입가에 손을 대고는 고개를 갸웃했다.

"혀가자미 본 팜므(Bonne Femme) 아닌가요? 찐 흰살 생선과 진한 크림소스를 조합한 전통적인 프랑스 요리죠."

"본 팜므가 무슨 뜻이죠?"

"불어로 좋은 여성, 좋은 아내라는 의미입니다."

그 말을 들은 순간, 이노는 눈을 크게 뜨고 테이블에 시선을 떨구었다. 그러고는 물끄러미 잔을 응시했다. 비어 있는 유리 안쪽에 하얀 거품이 달라붙어 있었다.

"…감사합니다."

이노는 아사노에게 고개를 숙였다. 아사노는 이노의 행동에 다소 당황한 모습을 보이다가 신야가 부르자 주방 안쪽으로 사라졌다. 리에는 가만히 있는 이노에게 물었다.

"아까 생선 요리가 어떻게 됐다는 거야?"

"오쿠타니 씨는 결혼에 대해 생각해본 적 있어요?"

이노가 고개를 숙인 채 돌연 물었다.

"뜬금없이 왜 그런 질문을."

리에가 대답을 주저하면서 탄산수에 혀를 적신 후 잔을 받침 위에 놓으려는데, 이노가 곤란한 표정을 지었다.

"죄송합니다. 실은 최근에 결혼을 생각하고 있던 애인에게 차였어요. 업무 중에 멍하게 있었던 것도 그 때문이고요."

"그랬구나."

리에는 이노와 사이가 좋았으나 애인이 있다는 건 전혀 눈치 채지 못했다. 더구나 결혼을 생각할 정도로 진지하게 교제하고 있었다니 놀라웠다.

"놀라운 일이네. 어떤 사람일까. 아, 미안. 괜히 생각나게 해서."

그때 신야가 음료 목록을 들고 다가왔다.

"음료수 더 드릴까요?"

이노는 마시던 맥주를 한 잔 더 마시겠다고 했고, 음식을 먹고 있던 리에는 와인 리스트에서 하우스와인 레드를 글라스로 주문했다. 신야가 빈 잔을 가지고 갔다. 돌아가는 손님이 있는지 출입구에서 도어벨 소리가 들렸다. 신야가 즉시 맥주가 담긴 글라스와 와인글라스를 가져왔다. 이노는 와인 병에서 짙은 적색의 액체가 쏟아지는 모습을 물끄러미 응시하고 있었다.

"건망증이 심해서 뭘 잘 잃어버리는 사람이었어요. 불만이 있으면 아이처럼 토라지기도 하구요."

이노가 눈을 가늘게 뜨고 입가를 살짝 들어 올렸다. 난처한 듯하면서도 기분 좋은 듯한 이노의 표정에서, 리에는 아무것도 읽을 수 없었다. 다만 상대방을 정말 좋아한다는 감정이 표정에서 전해져왔다.

"혹시 하세베 이요?"

생각난 것이 자연스럽게 입에서 나와버렸다. 이노는 눈을 동그랗게 뜨고 바라볼 뿐이었다.

"실은 하세베 이요가 어제부터 나한테 차갑게 굴어서. 그래서 오늘 마음먹고 물어봤더니 이노 씨에게 물어보면 알 거라고 했거든. 뭐 짚이는 거 없어?"

"전혀 모르겠는데요. 제가 사귀던 사람은 하세베 이요가 아니에요."

이노가 쓴웃음을 지으면서 명확하게 부정했다.

건망증이 심해서 잘 잃어버린다는 설명에 가장 먼저 떠오른 사람이 이요였다. 그래서 물어본 건데 예상이 완전히 빗나갔다. 와인을 입에 대자 희미하게 떫은맛이 느껴졌다.

더 이상의 추가 주문은 하지 않고 열시 조금 전에 가게를 나섰다. 이노와는 지하철 입구에서 헤어졌다. 플랫폼으로 미끄러져 들어온 전철은 만원이어서 리에는 사람들 사이를 비집고 들어갔다.

집으로 돌아온 리에는 먼저 샤워를 했다. 수건을 감고 거실로 나오자 전신 거울에 온몸이 비쳤다. 조금 더 마른 듯한 느낌이었다. 여성스러움이라곤 눈곱만큼도 없다고 자신의 몸을 보면서 생각했다.

"이 일을 하면서도 살이 빠지다니 부럽네."

결혼하면서 회사를 그만둔 옛 동료가 했던 말이 생각났다. 음식점을 취재하다 보면 촬영에 사용한 요리를 먹는 일이 많다. 심한 경우에는 하루에 네 차례나 라면을 먹은 적도 있다. 편집장도 《일루미나》에 배속되고 나서 살이 쪘다고 투덜댔지만 리에는 일이 바쁠 때마다 서서히 체중이 줄어갔다.

무료 책자 업무에는 사내의 다양한 사람들이 투입된다. 이곳에서 리에는 한번도 해본 적 없는 영업과 카피 작성을 담당하게 되었다. 익숙하지 않은 일을 해내는 가운데 스트레스는 차곡차곡 쌓여가고, 그와 더불어 위 상태도 점차 나빠져갔다. 바쁘다고 식사를 제대로 하지 않은 것도 병의 원인이라며 의사는 위통으로 진단을 내렸다.

업무로 인한 과식과 스트레스가 겹쳐 위 상태가 급속도로 악화됐다. 리에는 일하는 틈틈이 화장실로 달려가 취재하면서 먹은 걸 토해내기도 했다.

다음 달, 초등학교 동창의 결혼식에 참석하기로 한 약속이 떠올랐다. 대학 친구가 결혼할 때 입었던 파티드레스를 입을까 생각했지만, 한 달 전에 구입한 것이라 사이즈가 클 수도 있을 것 같았다.

리에의 친한 친구 중 절반 이상이 이미 결혼을 했다. 이노의 질문이 머리 한쪽 구석에 들러붙었다. 서른살을 눈앞에 두고 있는 여자 중에 결혼을 생각해보지 않은 사람이 있을까.

냉장고에서 캔 맥주를 꺼내 마개를 땄다. 하지만 입을 댄 순간 위가 살살 아파오기 시작해 마실 생각을 접고 물과 위장약을 먹었다. 잠시 텔레비전을 바라보고 있자니 잠이 쏟아져서 침대로 기어들어 갔다.

눈을 뜨자 머리맡에 있는 디지털시계 화면에서는 아침 아홉시와 SAT(Saturday, 토요일) 문자가 나타났다. 위에서 둔통이 느껴졌다. 테이블 위에는 캔이 아무렇게나 놓여 있고 방에는 맥주 냄새가 감돌았다.

3

토요일 오전, 리에는 회사로 향하는 전철을 탔다. 불고기집 광고 디자인에 시간을 뺏긴 데다 파우치 잃어버린 일을 생각하다 다른 작업이 늦어지고 말았기 때문이다. 다음 주 초에 각 점포에 기사 초고를 제안할 수 있게 휴일에 출근해 진행해놓을 셈이었다. 스트레스로 인한 위통 탓에 아침 식사는 할 수가 없었다.

출근했더니 편집장 후미코가 자리에 앉아 있다.

"쉬지 않고 나왔네."

후미코는 별 관심 없이 리에를 한 번 쓱 보고는 자신의 작업에 몰입했다.

"일이 늦어질 것 같아서요."

그렇게 대답하고 컴퓨터의 전원을 켰다. 그리고 대화 없이 각자 묵묵히 일만 했다.

작업을 하다 보니 어느새 점심시간이다.

"오쿠타니 씨, 거기 스펠링이 이상한데?"

소리가 나서 돌아보자 종이컵을 손에 든 후미코가 뒤에 서 있다.

"정말요?"

리에가 작업하고 있던 결혼반지 전문점 쿠폰 기사를 살펴보았다. 후미코는 Mariege가 아니라 Mariage라고 지적했다.

"죄송합니다. 불어를 잘 몰라서…."

상대방이 직접 보내온 문장이지 리에가 쓴 건 아니었다. 후미코가 자리로 돌아가자 사무실 의자 등받이에서 삐걱거리는 소리가 났다.

"나도 대학에서 배웠을 뿐이야. 그렇지만 모르는 건 더 꼼꼼히 체크해야지. 작은 오류는 항상 눈을 똑바로 뜨고 봐야 찾을 수 있어. 계속해서 집중하기는 어렵겠지만 매일 훈련하면 잘할 수 있게 될 거야. 오쿠타니 씨는 가끔 작은 실수를 하는데 지금부터라도 정신을 딴 데 뺏기지 않도록 훈련을 해봐."

"네, 앞으론 조심할게요."

기사를 다 쓰고 나서 전체적으로 체크하려 했다고 반박하고 싶었지만, 불에 기름을 부을 뿐이라는 생각에 솔직하게 잘못을 인정하기로 했다. 어설프게 변명을 했다간 한 차례 더 설교를 들을 게 분명하다.

리에는 심호흡을 하고 다시 일을 시작했다. 그리고 잠시 후 회사 밖 편의점에서 영양 성분이 든 젤리 음료를 사 마셨다.

어느새 저녁 무렵이 되어 하늘에는 붉은 노을이 지고 있다. 서쪽 하늘에 있어야 할 새빨간 태양은 회사 건물에 가려져 보이지 않았다.

사무실에 돌아와 보니 후미코는 변함없는 자세로 컴퓨터 앞에 앉아 있다. 뒤쪽에 있는 닫힌 블라인드 틈새로 주홍빛이 새어 나오고 있었다.

후미코는 업무 중에 대부분 웃는 얼굴을 보이지 않는다. 화장도 한 듯 만 듯해서 외모는 멋과 거리가 멀었다.

"《일루미나》편집장이란 건 여자이기를 포기해야 되잖아."

탕비실에서 다른 부서 여직원이 웃으면서 말하던 기억이 떠올랐다.

오로지 일밖에 모르는 후미코에 대한 경영진의 신뢰는 두터웠다. 그는 창간 초기부터 고전하던 《일루미나》를 전임 편집장으로부터 인계받은 후 곧바로 흑자로 전환시켰다. 성희롱 직전의 농담을 연발하던 임원도 후미코가 여러 사람 앞에서 끽소리도 못하게 만들었더니 점잖게 굴었다.

리에는 키보드를 치는 자신의 손가락을 물끄러미 바라봤다. 손가락 관절의 주름이 한결 깊어져 있었다. 손은 나이를 못 속인다는 엄마의 말을 예전에는 그냥 웃어넘겼다. 하지만 지금은 피부로 실감하고 있다.

리에는 오늘 한 작업을 차례로 다시 검토했다. 중간에 결혼반지 기사가 눈에 들어오자 이노의 질문이 되살아났다.

"오쿠타니 씨는 결혼에 대해 생각해본 적 있어요?"

일에 몰두하는 후미코의 모습은 미래의 자신을 연상시켰다. 현재의 생활을 계속한다면 리에도 비슷한 삶을 살게 될 것이다. 일에만 몰두하다 나이 어린 여직원의 험담 대상이 될 수 있다. 후미코라면 주위에서 어떻게 생각하는지 눈치 채고 있을 게 분명하다.

후미코와 같은 삶을 부정하는 건 아니지만 망설여지는 것도 사실이다.

"편집장님은… 결혼을 생각해본 적 있으세요?"

자신도 모르게 묻고는 리에는 재빨리 입을 손으로 가렸다.

키보드 치는 소리가 사라지고 방은 정적에 휩싸였다. 뒤쪽 빛에 그늘져 후미코의 표정은 보이지 않았다.

"죽 일만 생각하고 살았어. 앞으로도 일이 결혼 상대가 될 거야."

그 말만 하고 후미코는 다시 일에 몰두하기 시작했다. 조심성 없는 질문에 미안함을 느꼈으나, 사과하는 것도 이상할 것 같아 리에도 다시 작업을 시작했다. 키보드 치는 소리만 주위에 울려 퍼졌다.

불현듯 연말에 있었던 사건이 떠올랐다.

《일루미나》 3주년 기념호 교정을 마친 후, 편집부 내에서 뒤풀이를 한 적이 있다. 지금으로부터 1년쯤 전의 일이다. 뒤풀이는 분위기가 고조되자 2차로 이어졌다.

1차가 끝나기 전에 리에는 화장실에서 화장을 수정하는 중이었다.

"그 파우치 멋지네. 어디에서 샀어?"

뒤돌아보자 후미코가 리에의 화장품 파우치에 눈길을 주고 있었다. 그 파우치를 사용한 지 얼마 안 된 시기였다.

"편집장님도 이런 걸 좋아하세요?"

후미코와 패션에 대해 이야기하는 건 드물어 리에는 그만 반문하고 말았다. 후미코는 평소 쥐색 정장에 소품류도 수수한 디자인뿐이다. 그래서 멋 부리는 데 관심이 없을 거라고 생각했다.

"나도 명품에는 관심 있어."

입술을 삐죽거리는 후미코의 뺨이 살짝 붉게 물들었다. 평소 후미코는 별로 술을 마시지 않지만, 기념해야 할 3주년이기 때문인지 취기가 도는 듯했다.

파우치가 해외 한정품이며 옥션에서 고가에 거래되고 있음을 설명하자 후미코는 진심으로 낙담한 듯했다. 후미코가 멋 부리는 데 흥미가 없다는 건 주위 사람들이 자기 멋대로 생각한 것뿐일까.

"아…."

리에는 마우스를 움직이던 손을 멈췄다. 파우치에 관심이 있던 후미코라면 가져갈 동기가 충분하다. 갑자기 위통이 밀려왔다. 배를 손으로 가볍게 문질렀지만 가라앉을 기색이 없었다.

잠시 참고 있었지만 일을 계속하는 건 무리였다.

"…먼저 갈게요."

리에는 잽싸게 짐을 싸서 컴퓨터가 꺼지는 걸 지켜보지 않고 자리에서 일어났다.

파티션 옆을 지나려는 찰나 일전에 레이아웃을 도와준 남자 후배가 말을 걸었다.

"앗, 오쿠타니 선배도 와 있었네요."

그는 마침 사무실에 들어오던 참이었다.

"어제 회의, 대성공이었어요. 기획서가 이해하기 쉽다는 칭찬을 받았어요. 다 선배 덕분이에요! 하지만 그 때문에 새로운 기획을 하게 됐어요. 지금부터 하려고요."

"잘됐네. 근데 난 퇴근하려던 참이라서."

휴일 출근인데 묘하게 즐거워 보인다. 분명 일에 재미를 붙이는 시기겠지. 웃는 얼굴로 감사 인사를 하는 후배를 보니 조언을 해준 보람이 느껴진다.

"그러고 보니…."

어제 아침 후배가 옆 부서에서 제일 먼저 출근해 있던 모습이 떠올랐다. 리에는 심호흡으로 통증을 진정하고 자리로 향하는 그를 불러 세웠다.

"잠깐만."

"무슨 일 있으세요?"

"어제 아침《일루미나》담당 직원 중에 나보다 빨리 회사에 온 사람 있었어?"

"어제 아침 말이죠? 있었어요."

"정말?"

"이노 선배요. 저는 40분 전에 출근해 일을 시작했는데요, 엘리베이터가 막 열렸을 때 이노 선배가 화장실로 들어가는 걸 봤어요. 그리고 한참을 화장실에서 나오지 않았으니까, 속이 안 좋았는지도 모르죠."

시계를 보니 아침 일곱시다. 이불 속에서 기어 나와 냉장고를 열었으나 아무것도 들어 있지 않다.

리에는 한숨을 쉬고 나서 멍한 상태로 파우치에 얽힌 상황을 정리했다. 책상에서 화장품 파우치를 발견한 아침, 리에보다 이노가 먼저 출근했다. 그러니까 이노가 갖다놓았을 가능성이 가장 높다.

이노가 화장품 파우치에 관심이 있을 거라고는 생각되지 않지만, 인터넷 경매를 하고 있기 때문에 출품하면 고가로 거래할 수 있다. 하지만 밑부분에 눈에 띄는 자국이 있어 상당히 값이 깎일 수 있다. 그래서 위험한 행동을 하지 않고 순순히 되돌려준 것일까.

가져간 장본인은 동료 세 명 가운데 한 사람이 틀림없다.

돌려주었으니까 심각하게 생각할 필요는 없을지도 모른다. 그래도 누구의 소행인지 궁금했다. 동료 중 누가 도둑일까.

동료를 믿지 못하는 자신이 싫었다.

후미코는 리에를 질타해 제 몫을 하는 어엿한 사원으로 키워주었다. 이노는 혼란스런 상태에 있을 때 여러 번 도움을 주었고 철야 작업으로 힘들 때도 힘이 되어주었다. 이요와 함께 일한 지는 아직 반년밖에 되지 않았지만, 순순히 리에의 지시에 따라 성실하게 업무에 임해주고 있다.

모두가 소중한 동료라서 의심을 품는 것이 고역이었다. 자기 전에 약으로 가라앉힌 위통이 다시 시작됐다. 다시 한 번 약을 먹자 통증이 가시는 듯했지만 여전히 위가 묵직하게 느껴진다. 식욕이 없어 어제 낮부터 아무것도 입에 넣지 않았다. 내일부터 해야 할 일을 위해 억지로라도 영양을 섭취하는 편이 좋겠다고 생각했다.

'…시즈쿠 수프라면 먹을 수 있지 않을까?'

몸에 스며드는 것 같은 부드러운 맛이 생각난다. 휴일에 출근 경로를 따라 가는 건 내키지 않았지만, 그래도 시즈쿠의 맛이 그리웠다. 간단하게 몸단장을 하고 집을 나섰다.

리에는 가까운 역에서 전철을 타고 시즈쿠로 향했다. 빈자리에 앉아 스마트폰으로 뉴스를 읽었다. 일요일의 차내에는 사복 차림의 소녀들이 수다를 즐기고 있었다.

역에 도착한 건 여덟시였다. 휴일 이른 아침인데도 오피스 거리는 그런대로 왕래하는 사람들이 있었다. 이곳은 도보권 내에 거대한 복합상업 빌딩과 상가가 인접해 있어《일루미나》에서 소개할 곳이 적지 않은 지역이다.

발걸음이 무거웠다. 큰길을 돌아 어두운 뒷골목에 들어섰다. 낡은 건물이 멀리 보인 그때 안 좋은 예감이 들었다. 수프 냄새가 느껴지지 않았다.

가게 앞에 선 리에는 망연히 문을 바라보았다.

"잊고 있었네…."

CLOSED라고 쓰인 판이 문에 걸려 있고, 창문 안쪽으로 보이는 가게도 어두웠다. 오피스 거리에 있는 음식점은 직장인이 주요 고객이므로 일요일에는 쉬는 곳이 많다. 그런 당연한 일을 피곤한 탓인지 생각하지 못했다.

다른 가게를 생각하려고 해도 머리가 움직이지 않는다. 약으로 누르고 있던 통증이 다시 시작돼 리에는 그만 주저앉아버렸다. 그 상태로 깊은 한숨을 내쉬었다.

"괜찮아요?"

남자 목소리에 고개를 돌렸다. 그러자 조금 떨어진 곳에서 아사노가 걱정스러운 얼굴로 리에를 보고 있었다.

"아사노 씨!"

황급히 일어난 탓에 가벼운 어지럼증이 났다. 다리가 엉켜 쓰러질 뻔한 리에를 아사노가 재빨리 팔을 뻗어 잡아주었다.

"죄, 죄송합니다. 괜찮아요."

호리호리한 외관과 달리 아사노의 팔 힘은 강력했다. 창피함으로 얼굴이 붉어져 당황하며 아사노에게서 떨어졌다. 아직 다리가 휘청거렸지만 어떻게든 설 수는 있다. 리에는 어색함을 숨기면서 입을 열었다.

"오늘 정기 휴일이었네요. 깜박하고 왔어요."

"죄송합니다. 일요일엔 쉬고 있죠."

아사노는 비닐봉지를 손에 들고 있었다. 베이지색 면바지에 셔츠, 캐주얼 재킷이라는 심플한 코디로, 전체를 갈색으로 통일한 가을 느낌의 옷차림이다.

"가게에 자주 오는 오쿠타니 리에 씨야. 자, 인사해."

리에는 그제야 아사노 뒤에 숨어 있는 여자애를 발견했다. 아사노가 재촉하자 아이는 한 걸음 앞으로 나와 정중하게 머리를 숙였다.

"처음 뵙겠습니다. 저는 아사노 츠유예요. 저희 아빠 때문에 고생 많으시죠."

아사노에게 딸이 있다는 사실에 놀라 리에는 눈을 크게 뜨고 츠유를 바라보았다.

초등학교 3, 4학년 정도일까. 허리까지 늘어진 검은 머리가 인상적이며, 눈초리가 가늘고 긴 눈에 검은 눈동자가 크다. 얼굴 생김새는 아사노와 그리 닮지 않았으나 고요한 분위기는 똑 닮았다.

그때 리에는 츠유를 본 적이 있음을 기억해냈다. 이전에 한 번 시즈쿠의 가게 안을 들여다봤던 아이였다.

"안녕, 츠유."

인사를 주고받자마자 다시 위가 뒤틀리기 시작했다.

"그럼 영업할 때 다시 올게요."

리에는 아픈 내색을 하지 않으려고 웃으며 목례를 했다.

"저, 있잖아요."

막 돌아서려는데 츠유가 불러 힐끔 돌아봤다.

"지금부터 아빠가 가게에서 아침 식사를 만들어줄 건데요. 언니도 같이 먹지 않을래요?"

츠유가 눈썹을 팔자로 내리고 걱정스러운 표정으로 리에를 올려다보았다. 갑작스런 제안에 리에는 당황했고 아사노도 놀란 모습으로 옆에 있는 츠유를 바라보았다.

"가족끼리의 오붓한 시간을 방해하고 싶지 않아요. 괜찮습니다."

츠유가 아사노의 팔을 당기며 매달리는 듯한 눈빛으로 물었다.

"아빠, 안 돼?"

츠유는 이렇게 말하고 아사노의 귓가에 입을 대고 뭔가를 속삭였다. 그러자 아사노는 눈썹을 올리고 천천히 고개를 끄덕였다.

"오쿠타니 씨가 괜찮다면 난 상관없어요."

아사노는 리에에게 시선을 보냈다. 대답을 기다리는 듯했다. 일단은 거절했지만 아사노가 만드는 가정 요리에 솔직히 관심이 갔다. 그래선지 리에의 눈길은 자연스레 비닐봉지를 향했다. 그걸 눈치 챘는지 아사노가 봉지를 들어 올렸다.

"재료는 어젯밤에 다 준비해놨으니까 시간은 별로 걸리지 않을 거예요. 가게에서는 맛볼 수 없었던 요리를 맛보실 수 있을 겁니다."

가게에서는 맛볼 수 없는 요리라…. 구미가 당긴다.

"…그럼 부탁할게요."

가볍게 머리를 숙여 인사하자 아사노와 츠유가 동시에 강아지처럼 반가워하는 표정을 지었다.

츠유가 벽 쪽 테이블 자리로 가 리에와 마주보고 앉았다. 아사노와 츠유는 아침 산책 겸 시장에서 식재료를 구입해 돌아왔다고 했다.

앉자마자 아사노가 마실 것을 준비해주었다. 잔에서 루이보스티의 달콤한 향이 피어올랐다. 츠유는 빨대로 오렌지 주스를 마셨다.

츠유에게 나이를 묻자 열살이라는 대답이 돌아왔다. 그러니까 지금 초등학교 4학년 아니면 5학년이다. 아사노는 30대 초반에서 중반 정도로 보이니까 20대에 츠유를 낳았을 거라고 생각했다.

"전에 한번 주방 쪽에서 가게 안을 보고 있었지?"

리에의 질문에 츠유가 얼굴을 붉혔다.

"사실은 항상 가게에서 아침을 먹거든요. 평소에는 거의 아무도 없지만 요전 날은 언니가 있어서 놀라서…."

아침을 먹으러 오는 손님은 거의 없는 듯했다. 더 많은 사람에게 알려지면 좋겠다고 리에는 생각했다.

츠유는 카운터 너머로 움직이는 아사노를 눈으로 좇고 있었다. 그래서 리에는 시선에 방해가 되지 않도록 츠유와 대각

선으로 자리를 옮겼다.

"아빠가 요리하는 게 좋은 모양이네?"

리에가 묻자 츠유는 쑥스러운 듯 몸을 웅크렸다. 그때 갑자기 조린 야채와 고기 냄새가 진동하더니 아사노가 쟁반을 들고 왔다.

"많이 기다렸죠. 소시지 포테(Potée, 돼지고기와 야채를 넣고 푹 끓여낸 스튜)입니다."

아사노는 내열유리 수프 그릇을 테이블에 올려놓았다. 요리는 전에 가게에서 먹은 포토푀와 비슷했다. 재료 차이는 쇠고기와 소시지 정도인 것 같았다. 큼직하게 자른 양배추, 당근, 감자, 셀러리 같은 야채를 맑은 국물에 푹 끓인 듯하다. 기분 탓인지 츠유에 비해 리에의 접시에 양배추와 셀러리가 더 많아 보였다.

"포토푀가 아니고 포테예요?"

"대개 포토푀는 쇠고기, 포테는 돼지고기를 쓰는 걸로 구별하는데요, 그 부분이 좀 모호해요. 불어로 냄비를 의미하는 말이 어원이라서요. 이번에는 돼지고기 육수를 사용했습니다. 그랜드 메뉴에 포토푀가 준비되어 있어서 포테를 따로 내놓는 일은 없어요."

작은 수프 그릇 세 개를 테이블 위에 놓고는 아사노가 츠유

옆에 앉았다.

"잘 먹겠습니다."

츠유는 손을 모으고 나서 숟가락으로 수프를 떠 입에 넣었다. 곧이어 얼굴 가득 미소가 번진다.

"역시 아빠 수프는 맛있어."

"다행이네."

딸을 바라보는 아사노의 시선이 평소보다 훨씬 부드럽다.

"저도 잘 먹겠습니다."

리에도 숟가락을 들고 포테를 떠서 입에 넣는다.

"와, 전혀 다르네요."

연한 황금색 수프인 포테는 겉보기는 포토푀와 비슷하다. 하지만 육두구(매콤하면서도 달콤한 향이 나는 향신료) 등의 향이 수프에 녹아들어 인상 깊은 맛이 났다.

소시지를 베어 물자 껍질이 파삭파삭 튀어 속에서 육즙이 듬뿍 흘러나왔다. 그러고는 숟가락으로 누르기만 해도 잘라지는 양배추를 입에 넣었다.

"어? 이상하게 맨 처음에 먹은 아침 포타주와 비슷한데요."

다른 점이 있다면 야채의 맛뿐이다. 요전 날 포토푀는 알싸한 맛이 전혀 나지 않아 야채가 가진 단맛을 순수하게 맛볼 수 있었다. 그런데 오늘 먹은 포테는 떫은맛과 쓴맛이 아련하게 혀에 느껴져, 그만큼 야채가 원래 갖고 있는 자연 그대로의 맛을 즐길 수 있었다.

아사노는 멋쩍은 듯 뺨을 손가락으로 긁적였다.

"눈치 챘군요. 실은 아침 시간에 제공하는 건 '오늘의 수프'의 미완성품이에요. 그걸 좀 조정한 것이 런치 이후에 내놓는 '진짜 오늘의 수프'죠. 가정 요리에 가깝기 때문에 원래는 손님에게 내놓을 게 못 될 수도 있습니다."

디너에 먹은 수프는 염분이나 불의 세기, 식재료의 균형을 계산해서 만든 프로의 요리 같은 인상이라 팽팽한 긴장감이 느껴진다. 반면 아침 영업시간에 먹은 수프와 이 포테는 어딘가 가정식 느낌이다. 재료를 대충 넣어 만들었다고 하면 그리 안 좋게 들릴 수도 있겠지만, 넉넉한 맛이 안도감을 주었다.

식사를 하면서 리에는 의문스러웠던 것들을 물어보았다.

"왜 이른 아침에 영업을 하는 거죠?"

직업병인지 그만 인터뷰하는 듯한 어조가 돼버렸다.

"오쿠타니 씨 같은 사람이 먹어줬으면 해서요."

"저 같은… 사람?"

자신이 언급되리라곤 예상하지 못한 일이라서 고개를 갸웃했다.

"이 거리에서 일하는 사람들은 다들 수고가 많죠. 너무 바쁜 나머지 식사를 제대로 못하는 사람들도 많을 겁니다. 그런 사람은 아침을 거르기 쉬운데, 하루를 건강하게 보내려면 첫 식사는 거르면 안 되잖습니까. 그래서 피곤한 사람들에게 편안함을 주는 아침 식사를 제공하고 싶었습니다."

아사노는 거침없이 대답했다. 가게를 운영하면서 메뉴도 고민했을 게 분명하다.

"수프로 정한 건 먹기 편해서인가요?"

부드럽게 푹 끓인 재료는 체력이 떨어진 리에도 쉽게 먹을 수 있었다. 아마도 자신처럼 지친 사람을 위해 아사노는 수프를 택한 모양이다.

아사노 대신 츠유가 대답했다.

"아빠의 수프는 몸이 안 좋을 때도 슥 넘어가니까."

아사노가 기쁜 듯이 딸의 머리를 쓰다듬으려고 했다. 하지만 츠유는 얼굴을 붉히며 아빠의 손을 피해버렸다. 리에가 셀러리를 떠서 먹으려 하자 아사노가 입을 열었다.

"유럽에선 셀러리를 피로 회복에 쓰는 약초로 취급합니다. 오쿠타니 씨가 잘 먹으니 다행이네요.

"감사합니다."

리에의 몸 상태를 거동과 안색으로 짐작하는 것일까. 분명 그래서 츠유와 아사노가 아침을 같이 먹자고 한 것이리라.

계속 제대로 된 식사를 하지 못하면 위뿐만 아니라 몸 전체가 아플 수 있다. 먹는 것은 사는 것 그 자체라고 리에는 나이를 먹으면서 더욱 실감하고 있었다.

수프를 입에 대자 아사노의 따뜻한 마음이 녹아 있는 것 같았다. 눈을 감고 심호흡을 하자 몸에 긴장이 풀리고 힘이 솟았다. 리에는 어느새 위통이 가라앉은 걸 느꼈다.

4

식사를 마친 츠유가 자리에서 일어나 리에에게 미소를 지어 보였다.

"전 이제 가봐야겠어요. 할 일이 있거든요. 리에 언니는 천천히 가세요. …아빠, 부탁해도 될까?"

츠유가 눈짓을 하자 아사노가 미소를 지으며 고개를 끄덕인다. 츠유는 접시를 다 옮겨놓고는 카운터 안쪽에 있는 문으로 들어갔다. 건물의 2층은 아사노의 집인 듯 주방 옆 계단을 통해 출입할 수 있게 되어 있었다.

츠유가 모습을 감추자 이번에는 아사노가 일어났다.

"루이보스티 더 하시겠어요?"

리에가 고개를 끄덕이자 아사노는 주방에서 포트와 자신이 마실 잔을 들고 왔다. 테이블에 놓인 두 개의 찻잔에 아사노가 적갈색 액체를 부었다.

"오늘은 실례했습니다. 이렇게 잘해주시니 정말 감사합니다."

"별 말씀을…."

아사노는 잔에 입을 댄 후 리에의 얼굴을 빤히 쳐다보았다.

"오쿠타니 씨, 많이 지쳐 보이네요. 괜찮다면 무슨 일인지 들려주시겠습니까? 말만 해도 편해질 수 있거든요."

"아뇨, 그런 것까지…."

거절하려고 했지만 다시 위가 뒤틀렸다. 아침을 만들어줬는데 얘기까지 들어달라고 하기에는 미안한 생각이 들었다. 하지만 친절한 말투가 기뻐서 기대고 싶은 기분이기도 했다.

리에가 최근 며칠간 일어난 일을 털어놓자 아사노는 진지하게 귀를 기울였다. 대충 얘기를 마친 리에는 입술을 깨물었다.

"…누굴 의심한다는 게 괴로워요. 누구 탓이라 해도 슬프고요. 다들 고락을 함께한 동료니까요."

다 털어놓고 나니까 어두운 마음이 한결 좋아졌다. 그와 함께 위의 통증도 덜해진 듯한 기분이 들었다. 루이보스티를 입에 갖다댔으나 미지근하게 식어 있었다.

"들어주셔서 감사합니다."

리에는 아사노에게 깊이 머리를 숙였다. 가게 시계는 오전 아홉시 반을 가리키고 있었다. 더 이상 폐를 끼쳐서는 안 되겠다는 생각에 일어났다.

"그럼 계산 좀…."

"계산은 됐어요. 그보다 좀 더 얘기를 하고 가지 그래요."

"아뇨, 그럴 순…."

아사노가 하는 말에 리에는 주저하면서도 의자에 다시 앉았다. 아사노가 포트를 들어 차를 따르자 찻잔에서 김이 피어올랐다.

"수프를 택한 건 영양을 효율적으로 섭취할 수 있는 조리법 때문인데요, 사실은 그것 말고도 다른 이유가 있어요. 제가 수프를 좋아하거든요. 최종적으로 완성된 건 언뜻 보면 그냥 액체 같지만, 재료나 불의 세기 같은 레시피에 따라 맛이 무한히 변하죠. 온갖 요소가 한데 어우러져서 생기는 한 방울의 깊이에 요리사로서 큰 매력을 느낀답니다."

"아, 그래요…."

얘기는 흥미 있었으나 아사노의 진의를 파악할 수 없었다. 리에의 마음이 전해졌는지 그는 멋쩍게 웃었다.

"미안합니다. 이야기가 잠깐 옆길로 샜네요. 복잡한 맛이

나는 수프도 반드시 그에 맞는 레시피가 존재한다. 그러니까 어떤 결과에는 반드시 그렇게 된 이유가 있다는 걸 말하고 싶었습니다."

말을 끝낸 아사노는 잔에 입을 대고 나서 리에의 눈을 빤히 쳐다보았다.

"지금부터 오쿠타니 씨를 괴롭히는 문제의 진상을 설명할게요."

갑작스러운 말에 리에는 벌린 입을 다물지 못했다. 당황하는 리에의 표정에도 아랑곳하지 않고, 아사노는 미소를 지으면서 설명하기 시작했다.

"먼저 후배 하세베 이요 씨가 냉담하게 대하기 시작한 때를 떠올려보세요."

아사노가 말한 대로 그날의 기억을 되살려보았다.

네 사람 중 리에가 맨 먼저 퇴근하려고 했으나, 옆 부서 후배가 부르는 바람에 파우치를 아무도 사용하지 않는 책상 위에 올려놓았다. 파티션이 있기 때문에 리에가 있는 곳에서는 그 책상이 보이지 않았다.

자료 작성에 대해 한창 조언하고 있을 때 후미코, 이노 순으로 퇴근하는 모습이 보였다. 도와주던 일을 마치고 리에는 파우치를 가지러 가려던 참이었다.

그때 퇴근하려는 이요가 스치듯 지나갔는데 그 직후 파우치가 없어진 걸 알았다. 이요의 태도가 바뀐 건 그 시점부터였다.

"결론부터 말하겠는데, 하세베 씨는 이노 씨가 파우치를 갖고 가는 걸 목격했을 겁니다."

"파우치를 갖고 사라진 건 역시 이노 씨란 말이죠?"

이노의 웃음 띤 밝은 얼굴을 떠올리려는 찰나, 리에의 위가 다시 통증을 호소하기 시작했다.

"돌려줬을 때의 상황을 생각하면 틀림없는 것 같아요. 그런데 하세베 씨는 파우치가 리에 씨 거란 걸 알고 있었던 거 아닐까요?"

하세베 이요와는 곧잘 패션 얘기를 하기 때문에 그 파우치가 리에 것인 줄 알고 있었을 게 분명하다. 리에가 고개를 끄덕이자 아사노는 하던 말을 계속했다.

"하세베 씨는 이노 씨를 마음에 두고 있었을 가능성이 있죠. 아마 하세베 씨는 이노 씨와 오쿠타니 씨가 일을 마친 후에도 개인적으로 만나 파우치를 건네주는 사이라고 오해한 게 아닐까요?"

"하지만 이노 씨가 왜 제 파우치를?"

아사노는 차로 목을 적신 후 입을 열었다.

"그 설명을 하기 전에 좀 돌려 생각해보죠. 이노 씨는 연인과의 이별로 인해 일이 손에 잡히지 않을 정도로 고민하던 중이었어요. 타이밍으로 봐서 본 팜므에 대한 질문도 연인과 관련된 것이라고 추측할 수 있죠."

이노는 프렌치 레스토랑에서 본 팜므 요리를 먹었다고 했다. 이노 정도 나이라면, 가족 아니면 이성과 함께했을 가능성이 매우 높다.

"이노 씨와 함께 식사를 한 사람은 본 팜므를 계기로 태도를 바꾸었을 겁니다. 상대 여자는 불어를 어느 정도 할 줄 아는 사람이었겠죠."

분명히 이노의 상대는 불어를 할 줄 아는 여자인 듯하다.

"음식점에서는 분실물이 생기기 마련입니다. 여자들이 잘 잊기 쉬운 것이 파우치니까요. 우리 가게에도 가끔 세면대에 두고 가는 사람들이 있거든요. 이노 씨 교제 상대는 오쿠타니 씨와 같은 물건을 소지하고 있었기 때문에, 이노 씨는 책상 위에 있는 파우치를 그 여자가 잃어버린 것이라고 착각한 게 아닐까요?"

아사노의 설명은 곧 그 장소에 이노의 전 여자친구가 있었다는 얘기다.

"하지만 그런 사람은 그 자리에… 앗?"

불어를 할 줄 아는 사람이라면 짚이는 데가 있다. 스펠링이 잘못된 Mariage라는 단어를 지적하며 대학에서 불어를 배웠다고 말한 데다, 리에가 갖고 있던 것과 동일한 화장품 파우치를 갖고 싶어 했다.

"…그러니까 이노 씨의 헤어진 연인이 편집장 콘노 후미코 씨란 말인가요!"

리에는 무심코 머릿속으로 두 사람의 나이를 계산했다. 이노는 현재 스물여섯살이고 후미코는 서른일곱살이니까 열한 살 차이다.

"편집장과 이노 씨가? 설마!"

"나이 차이가 많은 연애, 멋지잖아요?"

아사노가 부드러운 어조로 왠지 조금 쑥스러운 듯 말했다.

혼란스러운 머리를 진정시키면서 리에는 지금까지의 사건을 정리해나갔다. 언제부터인지는 모르지만 이노와 후미코는 사귀기 시작했다. 하지만 두 사람은 그 사실을 숨겼다. 같은 부서이기도 하고 나이 차이가 많이 난다는 점도 이유 중 하나였을 것이다. 그러던 어느 날, 두 사람은 프렌치 레스토랑에서 식사를 했다. 데이트로는 클래식한 선택이다. 두 사람 다 직장에서 음식점과 관련된 일을 하고 있기 때문에 반드시 멋진 음식점이었음에 틀림없다.

그때 웨이터가 흰살 생선으로 만든 본 팜므를 가져와 요리 이름을 말했다. 그 순간부터 후미코의 태도가 변했다. 본 팜므가 좋은 아내라는 뜻이란 걸 알고 있기 때문이다.

"그래요. 콘노 씨는 본 팜므란 말을 듣고 이노 씨와의 미래를 생각했겠죠."

아사노가 조용히 고개를 끄덕였다. 이노가 이전에 아이를 좋아한다고 말했던 회식 자리에서 후미코도 옆 테이블에 앉아 있었다. 서른일곱살인 후미코에게 아이라는 말은 큰 갈등을 불러왔을지도 모른다. 나이를 먹을수록 임신과 무사히 출산할 가능성은 현저히 낮아진다. 후미코와의 결혼은 이노의 이상적인 가정상과는 거리가 멀었다.

그리고 두 사람은 헤어졌다. 아마 후미코가 먼저 헤어지자고 했을 것이다.

이노와 후미코가 교제를 시작한 것은 골든 위크가 시작되는 회식 자리 이후였을 것이라고 짐작된다. 그보다 이전에 사귀었다면 회식 때 헤어졌을 게 분명하다.

"이노 씨는 아직 콘노 씨를 생각하고 있을 겁니다. 파우치를 가져간 것도 대화의 계기를 만들고 싶어서였을 거고요."

이노가 파우치를 발견한 시점에 후미코는 먼저 퇴근을 했다. 깜박하고 놓고 갔다고 착각한 이노는 파우치를 챙겨서 회사를 나간 것이다.

사귀던 여자에 대해 말할 때 이노의 표정에서는 애틋한 사랑이 느껴졌다. 파우치를 집을 때 그런 표정을 짓고 있었다면, 이요가 리에와의 관계를 오해했을 가능성도 충분히 있다.

사귀다 보면 여자의 화장품 파우치를 볼 수 있는 기회가 있다. 어쩌면 파우치를 이노가 사주었는지도 모른다. 구입하기는 쉽지 않지만 인터넷 옥션에서 비싼 값을 지불하면 못 살 물건도 아니다. 자신이 직접 구입했기 때문에 디자인을 기억하고 있었는지도 모른다.

"제가 상당히 오랫동안 그 파우치를 사용했는데도, 이노 씨는 제 것인 줄 몰랐다는 거군요⋯."

"남자에겐 필요 없는 물건이니까요."

이노는 후미코에게 연락했고 그 파우치의 소유자가 리에임을 알게 된다. 돌려줘야 하지만 자신이 가져온 것은 비밀로 하고 싶었다. 파우치를 가져간 이유를 묻게 되면 후미코와의 관계가 알려질 위험이 있기 때문이다.

이노는 아침 일찍 출근해 리에의 책상에 파우치를 올려놓았다. 그리고 자신이 한 소행을 감추기 위해 사람들이 출근할 때까지 화장실에서 시간을 보냈다. 그걸 옆 부서 남자 후배가 목격한 것이다.

아사노가 일어나 주방에서 얼음물을 가져다주었다. 물에 입을 대자 목을 통과하는 차가운 느낌이 편안하게 느껴졌다.

"그러니까 두 사람의 사랑 싸움에 제가 말려들었다는 건가요?"

"그렇다고 봐야죠."

후미코가 초조함을 드러내기 시작한 이유도 이해가 됐다. 이노의 현재 마음은 생각할 것도 없이 분명하지만 마찬가지로 후미코의 마음도 틀림없다는 생각이 들었다.

안고 있던 수수께끼를 아사노가 속 시원히 풀어주었다. 모든 걸 안 리에는 깊이 숨을 내쉬었다. 사정도 모르고 괴로워하던 때보다 마음이 한결 가벼워졌다.

"감사합니다."

머리를 숙이자 아사노가 고개를 가로저었다.

"실은 츠유가 오쿠타니 씨의 고민을 해결해주라고 저에게 부탁했어요."

"츠유가 말인가요?"

놀라는 리에게 아사노가 크게 고개를 끄덕였다.

"그 아이는 다른 사람의 감정… 특히 힘든 감정에 민감해요. 그래서 오쿠타니 씨에게 분명 뭔가 고민거리가 있을 거라고 알려줬어요."

리에에게 함께 아침을 먹자고 권할 때 츠유가 아사노에게 뭔가를 속삭였다. 분명 그때 말했을 것이다.

"그리고 츠유는 오쿠타니 씨가 며칠 전부터 위가 안 좋은 것 같다고 걱정했어요. 그래서 특별히 접시에 셀러리와 양배추를 넉넉하게 담아드렸습니다."

츠유는 리에를 처음 본 며칠 전부터 이미 위통이 있다는 걸 안 듯하다. 츠유에게 직접 감사 인사를 전하고 싶었다. 리에는 다음에 또 아침 영업시간에 와서 츠유와 함께 먹고 싶다고 말해두었다.

5

"이런 시간에 영업을 하고 있군요. 전혀 몰랐어요."

이요가 신기한 듯 가게를 둘러보았다.

"다른 시간에는 온 적이 있나 보네?"

"디너타임에 몇 번 정도요. 좋은 가게죠. 수프는 맛있으면서 건강에도 좋고 신야 군은 미남이고."

시즈쿠의 아침에 누군가를 초대한 것은 이번이 처음이다. 월요일 이른 아침, 가게 안에는 리에와 이요 외에는 아무도 없었다.

"어서 오세요. 기다리고 있었습니다."

아사노가 가장 안쪽 테이블로 자리를 안내해주었다. 리에
는 이요를 음료 코너와 빵이 담긴 바구니 쪽으로 안내하고 아
침 시간 시스템을 설명했다. 리에는 신맛이 강한 오렌지 주스
를 선택했다. 이요는 커피를 잔에 따르고 빵을 세 개나 접시에
담았다.

지난 주 금요일에는 이노의 송별회가 있었다. 인원이 서른
명이나 되어 해산물이 신선한 이자카야 전체를 빌려 진행했
다. 후미코는 1차가 끝나고 돌아갔지만, 리에와 이요는 2차까
지 참석하고 밤 열시경에 귀가했다. 이노는 남자 직원들에게
끌려 3차까지 갔다.

리에는 아사노에게서 진상을 들었지만 특별한 행동은 취하
지 않았다. 그저 전처럼 동료들의 일을 도우며 밝은 직장 분위
기를 만들기 위해 애썼다.

아사노가 파우치 사건을 추리해준 며칠 후, 이노가 의논할
게 있다며 리에를 시즈쿠로 불렀다. 그가 처음에 말문을 열지
않고 머뭇거리자 리에는 솔직하게 후미코에 대한 일이냐고
물었다. 아무것도 모를 거라고 생각했는지 이노는 놀라 말을
잇지 못했다.

리에는 이노에게 감정에 충실하라고 조언했다. 그 결과 후미코와의 사이가 회복되는 데 보름도 걸리지 않았다. 리에의 예상대로 후미코도 마음을 닫고 있었던 것은 아니었다.

"이노 씨를 부추긴 게 오쿠타니 씨였구나. 그렇게 참견하기 좋아하는 줄 몰랐네."

다시 만나기 시작한 후 후미코가 어물쩍 넘기는 걸 보고 리에는 빙그레 웃었다.

"편집장님은 일도 잘하지만 잃어버리기도 잘하나 봐요."

후미코의 얼굴이 순식간에 새빨개졌다.

이노는 후미코가 물건을 잘 잃어버린다고 했다. 화장품 파우치를 집에 두고 간 적도 한두 번이 아닌 모양이다. 깜박 잊는 실수를 자주 하기 때문에 일할 때 바싹 긴장하는 듯했다.

후미코는 미간에 주름을 잡고 "설교 작작해…"라고 중얼거렸다. 하지만 마지막에는 작게 "고마워"라고 말했다.

마음이 있는 사람끼리 맺어진 건 반가운 일이지만 뜻밖의 변화가 생겼다. 갑작스럽지만 이노가 지금보다 더 큰 회사로 전직하게 된 것이다.

송별회에서 이노는 일이 안정되면 식을 올릴 예정이라고 살짝 일러주었다. 리에는 두 사람의 새 출발을 진심으로 축하해주었다.

"여기 빵은 밀 맛이 제대로 나죠. 수프가 나오기 전에 다 먹을 것 같네."

이요의 들떠 있는 목소리로 봐서 침울한 것 같지는 않았다. 이노의 상담을 받은 직후 리에는 이노의 허락을 받고 이요에게 사정을 이야기했다. 이요는 맨 처음에는 망연자실했지만 곧 이노와 후미코를 응원하게 되었다.

이요는 평소 쾌활하지만 마음이 있는 남자 앞에서는 다소 곳해지는 모양이다.

입사 후 계속 이노를 마음에 두고 있었던 듯하지만 먼저 접근하지는 않았다. 송별회를 하는 동안에도 이요는 쭉 밝게 행동했다. 이요는 "조금 좋아했을 뿐"이라고 말했으나 진실은 본인밖에 모른다고 생각한다.

"기다리셨습니다. 오늘은 특별한 수프를 준비했어요."

납작하게 생긴 흰 접시에 부드러워 보이는 포타주가 담겨 있고, 그 위에는 잘게 썬 파슬리가 떠 있었다. 오렌지색을 띤 우윳빛에서 포근함이 느껴졌고, 야채의 달콤한 향기가 피어올라왔다.

"프랑스 가정 요리 포타주 본 팜므입니다. 주요 재료는 감자와 당근이고 그 외에 셀러리와 서양파 같은 향미 야채를 사용했습니다."

무심코 얼굴을 들자 아사노가 장난스러운 미소를 짓고 있었다.

리에는 오늘 이요와 아침을 먹으러 오겠다고 며칠 전부터 아사노에게 말해두었다. 그는 아무래도 석 달 전의 일을 떠올린 모양이다.

"잘 먹겠습니다."

포타주를 입안에 넣자 무심코 미소가 지어진다. 사르르 녹는 부드러운 식감이 느껴지고, 감자의 단맛이 당근 특유의 쌉쌀한 맛을 잡아주었다. 걸쭉한 식감이 혀 위에 남아 느긋하게 포타주를 맛볼 수 있었다. 후추가 들어 있어서인지 기분 좋은 악센트도 느껴졌다.

포타주 맛에 리에는 근래의 후미코를 떠올렸다. 원래의 그는 주장이 강해서 주위와 충돌하는 일이 많았고, 이노와의 사이 때문인지 히스테리컬한 모습도 보였다.

하지만 요사이 후미코의 태도가 변했다. 지금도 일에는 엄격하지만 발언이나 행동은 모난 곳이 다 닳아서 둥글둥글해졌다. 세심한 배려까지, 여태 후미코에게서 찾아볼 수 없는 모습이었다.

"이 맛, 정말 죽여주네요. 근데 본 팜므가 무슨 뜻이에요?"

즐거운 듯 이요가 묻는다. 리에는 아사노의 추리를 들은 후 다시 사전에서 본 팜므의 의미를 찾아봤다. Bonne은 불어로 '좋다'라는 뜻인 Bon의 여성형이고, Femme은 '여자, 아내'라는 두 가지 의미가 있다.

좋은 여자가 어떤 여자를 가리키는지는 분명하지 않다. 물론 좋은 아내가 좋은 여자라는 뜻도 아니다.

일에 몰두하면서 사랑하는 사람과의 결혼을 결정한 후미코를 리에는 진심으로 축하했다. 그리고 자신도 그렇게 되고 싶다고 생각했다.

"우리도 좋은 여자가 되자."

리에는 주스 잔을 들었다. 사실 술로 건배하고 싶었지만 이른 아침부터 술을 마실 수는 없었다. 이요는 이상하다는 듯 커피 잔을 들어올렸다.

"물론이죠!"

유리와 잔이 부딪혀 딱딱한 소리를 냈다.

리에는 주방 옆의 미닫이문 틈새로 츠유의 모습을 발견했다. 이미 리에와는 몇 번이나 함께 아침밥을 먹었지만 초면인 이요에게는 낯을 가리는 것 같았다.

"츠유, 안녕? 같이 먹자."

리에가 부르자 츠유가 수줍은 미소를 지으며 문에서 나왔다. 이요는 "애, 참 귀엽다!"라고 소리를 질러 츠유를 놀라게 했다. 아사노는 부드러운 눈빛으로 딸을 바라봤다.

"어, 안녕하세요."

츠유의 인사가 가게 안에 울려 퍼져 맑은 아침 공기에 녹아 들었다.

2장

비너스는 알고 있다

1

담박한 크림수프에 굵은 바지락이 듬뿍 들어 있다. 조갯살은 통통하며 굵고, 다진 당근과 양파와 시금치도 보인다.

옆으로 기다란 수프 접시는 새하얀 도자기로 얇지만 단단하게 구워진 것이다. 표면은 반질반질하고 살짝 빛을 발했다. 하얀 벽과 잘 어울리는 식기다.

수프 가게 시즈쿠의 오늘 아침은 클램 차우더(Clam Chowder, 대합과 야채 등을 넣고 끓인 미국식 수프)로 조갯살의 짙은 향기가 가득했다. 수프 한 숟가락을 입에 넣은 하세베 이요는 기분이 좋은 듯 크게 숨을 쉬었다.

"와아, 오늘도 최고네요!"

바지락은 꽤 굵어 씹으면 씹을수록 조개 즙이 흘러나왔다.

시금치는 생으로도 먹을 수 있는 품종답게 살짝 익히기만 했다. 아삭하게 씹히는 식감이 기분 좋고, 제철 야채 특유의 단맛이 강하게 느껴졌다. 생크림 대신 신선한 우유를 사용한 듯 가벼운 풍미와 입에 닿는 느낌이 아침 식사에 딱 좋았다.

배경음악이 없는 시즈쿠는 조용해서 카운터 건너편에서 야채를 썰고 있는 아사노의 칼 소리만 들렸다.

"시이나 선배도 힘이 생기는 것 같지 않아요? 바지락과 시금치에는 철분이 풍부하니까 빈혈에 좋을 듯한 느낌이… 어, 왜 그래요?"

웃고 있던 이요는 마주 앉아 있는 시이나 다케히로를 보고 놀라 물었다. 시이나는 눈물을 글썽이고 있었다.

눈 밑에 짙은 기미가 생긴 그는 코를 훌쩍이며 수프를 내려다보았다. 하얀 벽과 목재로 통일한 가게 안은 아침 공기와 어우러져 상쾌한 분위기인데, 시이나 주위만 어두운 그림자가 드리워져 있다.

"클램 차우더는 그녀의 특기 요리였어…."

"에, 그래요?"

민감한 부분을 건드린 듯했다. 이요가 뒤돌아보자 가게 주인 아사노가 카운터 너머로 걱정스럽게 이쪽을 바라보고 있었다.

수프 가게 시즈쿠는 건강을 배려해 식재료를 선택하고, 이를 먹기 좋은 수프 형태로 제공하는 것이 콘셉트인 다이닝 레스토랑이다. 영양과 건강을 고려한 요리는 일에 시달린 직장인, 특히 여성을 중심으로 인기가 좋아 가게는 런치에서 디너까지 연일 만원이다.

하지만 사실 시즈쿠에는 비밀스럽게 운영하는 영업시간이 있다. 평일 아침에 한해 아침 식사를 제공하는 것이다.

메뉴는 '오늘의 수프' 한 가지고 빵과 음료는 원하는 대로 맘껏 먹을 수 있게 돼 있다. 우연히 알게 되거나 입소문 외에는 알 방법이 없다. 이요는 회사 선배인 오쿠타니 리에를 통해 알게 되었다.

이요는 이곳이 마음에 들어 일주일에 한 번 정도는 꼭 와서 아침을 먹는다. 특히 회사 일로 지쳤을 때는 시즈쿠의 아침 수프로 마음을 달랜다. 그래서 시이나도 좋아하리라 생각했다.

"하세베가 날 생각해서 여기로 데리고 온 거니까 먹어볼게."

느릿한 움직임으로 숟가락을 드는 시이나에게서 자신에 찬 예전 모습은 찾아볼 수 없었다.

시이나는 이요의 대학 2년 선배로 함께 합기도부에서 동아리 활동을 한 남자다. 180센티미터가 넘는 큰 키에 곧은 등과 근육질의 체구 때문에 실제보다 키가 더 커보였다. 졸업한 지

5년이 지나 지금은 식품을 취급하는 수입 업체에서 영업 업무를 하고 있다.

"많이 먹어요. 안 그러면 다시 쓰러져요."

"그래."

클램 차우더를 입에 넣는 순간, 시이나 입에서는 "우와" 하는 작은 소리가 흘러나왔다. 그러고는 먹는 데만 열중하기 시작했다. 마음에 들어 하는 것 같아 이요의 입가에 미소가 번졌다. 절반 정도 먹고는 시이나가 손을 멈췄다.

"이 클램 차우더 상당히 잘 만들었네. 근데 난 호시노가 만든 특제 클램 차우더가 더 좋아. 생크림 맛이 진해서 내 취향이었거든. 아무튼 뉴욕에서 많이 먹던 사람이 재현한 본고장의 맛이니까."

"그래요? 나도 한번 먹어보고 싶다."

프로의 맛과 비교하는 점이 시이나답다고 생각했다. 예전부터 남에게 지기 싫어해 자신이 제일 잘하지 않으면 직성이 풀리지 않는 강한 성격이다.

갑자기 야채를 써는 아사노의 칼 소리가 멈췄다. 아마추어가 프로보다 낫다고 단언하는 말을 들으면, 전문 요리사로서 귀에 거슬릴지도 모른다. 걱정이 되어 뒤돌아보자 아사노는 이상하다는 듯 고개를 갸웃거리고 있다. 기분 나쁜 모습은 아니었다.

시간은 일곱시 반을 가리켰다. 이요는 츠유가 아직 가게에 내려오지 않았구나 생각했다. 아사노의 딸인 츠유는 아침 영업시간 중에 가게 안에서 아침을 먹기도 한다.

시즈쿠의 아침 영업은 이른 아침 여섯시 반경에 시작해 대개 여덟시에서 여덟시 반에 끝난다. 명확한 시간은 정해놓지 않은 듯 손님이나 날씨에 따라 바뀌었다.

아사노 가족은 건물의 위층에 살고 있고, 츠유는 일곱시쯤에 내려온다. 걸어서 십오분 정도 걸리는 초등학교에 다니는 츠유는 등교 시간인 여덟시 이십분에 맞춰 늦지 않게 가게를 나선다. 하지만 오늘은 일곱시 반이 지났는데도 모습이 보이지 않는다. 늦잠이라도 자는 걸까?

시이나가 돌연 입을 열었다.
"생각났어. 그녀가 클램 차우더를 만들어준 건 처음 우리 집에 왔을 때였어…."

시이나는 최근 당한 실연 때문에 침울해 있었다. 사귀던 여자친구인 니카이도 호시노가 돌연 사라져버린 것이다. 그녀가 사라진 1월 말 이후로 시이나는 한 달 가까이 제대로 먹지 못했다. 그러다 결국 사흘 전, 영양 부족과 불면증이 겹쳐서인지 업무 중에 쓰러져버렸다.

이요는 SNS를 통해 시이나가 쓰러졌다는 사실을 즉시 알았다. 시이나의 직장은 이요가 다니는 회사로부터 걸어서 몇 분밖에 걸리지 않는다. 이요는 시이나를 위로하고 힘을 주기 위해 아침 식사 자리로 불렀다. 그는 아침을 거르는 일이 많고 밤에는 야근으로 바쁘기 때문에 과감히 아침을 시즈쿠에서 먹기로 한 것이다.

"머리가 좋고 배려할 줄 아는 정말 좋은 여자였어."

호시노는 시이나의 거래처인 잡화점에서 아르바이트를 하던 사람이었다. 히트 상품 등에 대해 정보를 교환하는 사이에 마음이 통한 둘은 교제를 시작했다.

호시노는 오래된 미국산 소품류를 좋아하는 스물다섯살 여자였다. 나중에 잡화점을 여는 것이 꿈이었다. 그래서 어학 연수를 하러 뉴욕에 단기 유학을 다녀온 후 일하면서 자신이 하고 싶은 공부에 열중하고 있었다고 한다.

시이나는 호시노를 칭찬하기 시작했다. 끝없이 이어지는 말을 듣고 이요가 감탄하면서 말했다.

"선배, 정말 호시노 씨를 좋아했나 보네요. 클램 차우더 말고 잘 만드는 요리는 뭐였어요?"

"집으로 온 건 딱 한 번뿐이었어. 그때 만들어준 요리가 클램 차우더였지. 요즘 보기 드문 순수한 여자였던 것 같아. 손만 잡아도 얼굴이 빨개졌으니까."

호시노는 청초한 타입으로 여름에도 최대한 피부 노출을 피하는 여성인 듯했다. 호시노의 특징을 들은 이요는 바로 납득이 갔다. 시이나는 대학 시절부터 화장이나 옷차림이 화려한 이요 같은 타입과는 정반대의 소박한 여자를 좋아했다.

몇 달 전, 졸업한 여자 동아리 멤버끼리 모인 자리에서 시이나의 새 여자친구가 화제에 오른 적이 있다.

모임에서는 시이나와 여자친구가 1년 가까이 교제하고 있는데도 아직도 관계를 가지지 않았다는 극비 정보까지 올라왔다. 그 자리에서 들었을 때는 믿을 수 없었지만 아무래도 진짜인 듯했다.

이요는 과감히 호시노가 사라진 이유에 대해 물어보았다. 그러자 시이나는 입을 굳게 다물었다가 묵직한 어조로 이야기를 시작했다.

"만난 지 10개월 정도 됐을 때 호시노에게 부모님과 만나자고 말했어."

시이나는 부모에게 결혼을 전제로 진지하게 사귀는 상대로서 호시노를 보여주려 했던 듯하다. 그 얘기를 하자 호시노는 갑자기 울기 시작했다. 시이노는 기뻐 우는 거라고 생각했으나 그 직후 연락이 되지 않았다. 일하던 잡화점도 그만두고 살던 아파트에서도 이사한 상태였다.

경위를 얘기하고 나서 시이나는 깊은 한숨을 내쉬었다. 손목시계를 보니 출근 시간이 가까워 있었다. 이요가 다니는 회사는 시즈쿠에서 가깝기 때문에 시이나가 먼저 나서야 했다. 의자에서 일어서기 전에 시이나가 이요에게 애잔한 미소를 보냈다.

"걱정시켜서 미안해. 여기 정말 좋은 음식점인 것 같아."

"지친 사람들이 이곳 음식을 먹고 힘을 냈으면 하는 마음에서 아침 영업을 하고 있는 것 같아요. 지금 선배에게 딱 맞는 곳인 것 같은데. 아, 맞다. 다음에 여기서 미팅해요. 새로운 만남이 있으면 분명 건강도 좋아질 테니까!"

시이나가 천천히 고개를 옆으로 흔들었다.

"미안하지만 그럴 기분이 아니야. 호시노는… 내 운명의 사람이니까."

"운명의 사람이라… 멋지네요. 그렇게까지 생각하는 사람이 있다니 부럽네."

이요는 멋쩍은 웃음을 짓는 시이나를 요즘 남자 같지 않다고 생각했다.

90

혼자 시즈쿠를 나가는 그의 뒷모습을 이요는 물끄러미 쳐다봤다. 옴츠린 등은 대학 시절에 봤을 때보다 작아 보였다.

시이나의 모습이 사라지자 이요는 한숨을 내쉬었다. 아무 말도 하지 않고 그 상태로 가만히 앉아 있었더니 출근 시간이 다가왔다. 이요는 일어나서 옅은 분홍색 코트 소매에 팔을 끼웠다. 계산을 하는 사이에 이요가 아사노에게 물었다.

"오늘 츠유가 안 보이네요?"

"벌써 학교에 갔을 거예요. 가게에서 식사를 하고 싶다고 하면 그렇게 하라고 하는데요, 오늘은 하세베 씨 일행이 있어서 츠유가 먹을 수프는 집으로 갖다줬어요."

"그렇군요. 시이나 선배 덩치가 크니까 츠유가 무서워할 수도 있죠."

"아니, 그래서가 아니고요…. 츠유가 좀 낯을 가려서 가끔 이럴 때가 있어요. 본인도 고치고 싶어 하긴 하지만."

아사노는 난처한 얼굴로 부정했지만 내심 동의하는 표정이 역력했다.

"시이나 선배는 자기 모습이 좋대요. 노려봤더니 깡패가 달아난 적도 있으니까요. 그럼 다음에 올게요. 잘 먹었습니다!"

밖으로 나오자 살을 에는 듯한 추위가 밀려왔다. 오늘은 이달 들어서도 특히 추운 날 같다. 이요는 코트의 소맷부리를 꽉

움켜쥐었다. 숨을 들이마시자 폐 속에서부터 온몸이 식어가는 듯했다.

2

이요는 그다음 주 점심시간에 리에와 함께 시즈쿠로 향했다.

리에와는 몇 달 전의 일로 약간 소원한 때가 있었지만, 문제가 해결되자 오히려 사이가 가까워졌다.

리에는 성실하고 줏대 있는 성격으로 열심히 일하는 자세가 내외부에서 높이 평가되고 있었다. 이제 입사 2년째인 이요는 기본적인 업무를 모두 리에에게 배웠다. 그래서인지 때때로 보이는 리에의 허점마저 사랑스러웠다. 리에는 이요에게 언니 같은 존재였다.

시즈쿠로 향하는 리에의 발걸음이 가벼웠다. 들뜬 마음도 전해져오는 듯하다. 리에는 회색 트렌치코트에 붉은 머플러를 둘렀다. 2월의 날씨는 상당히 추웠다. 이요는 추워서 곱은 손가락 끝이 저려오는 걸 느꼈다.

시즈쿠 앞에 도착한 리에가 창문으로 가게 안을 들여다보고 중얼거렸다.

"자리가 있을까."

"설마 벌써 찼을까요. 여전히 인기가 있긴 하지만요."

이요가 문을 열자 가게 안에서 떠들썩한 소리가 새어나왔다. 정오를 지난 지 얼마 되지 않은 시간인데도 자리가 꽉 차 있는 듯했다.

"어서 오세요. 아, 오쿠타니 씨, 이요 씨, 안녕하세요!"

"신야 군, 오늘도 바쁘네요."

신야가 분주하게 홀을 돌아다니고 있다. 겨울인데도 밝은 다갈색 피부에 가는 눈썹을 한 신야를 보면 여전히 호스트가 연상된다. 신야는 여자 손님에게 농담을 잘하는 사람이라서 이요가 마음 편하게 대할 수 있는 상대다.

아사노와는 알고 지낸 지 오래돼서 형제나 다름없는 사이라고 했다. 자신의 이름에 씨를 붙여 부르는 걸 좋아하지 않는 듯 '군(친구나 아랫사람 이름에 붙여 친근하게 부르는 말. 주로 남자에게 쓴다)'을 붙여 허물없이 불러달라고 했다. 어느 정도 친해지면 다른 사람에게도 똑같이 말하는지 여자 손님 대부분이 신야 군이라고 불렀다.

리에가 목을 빼며 기웃거렸지만 점주인 아사노의 모습은 보이지 않았다. 안쪽 주방에서 요리를 하는 모양이다. 손님에게 음료를 제공한 신야는 이요에게로 와서 미안하다는 듯이 손바닥을 맞췄다.

"자리가 다 차서 좀 기다려야 할 것 같은데…."

별수 없이 테이크아웃을 하기로 했다. 신야는 가볍게 "미안해요"라고 말하고는 바쁘게 일하기 시작했다.

입구 바로 옆에 있는 테이크아웃 전용 공간에서 리에와 이요가 메뉴를 골랐다. 아침 시간에 음료와 빵 바구니가 놓여 있던 곳이 낮에는 테이크아웃 고객이 주문하고 기다리는 공간으로 바뀐다.

이요는 콘 포타주와 A세트를 주문했다. A세트는 빵과 그날의 반찬 두 가지로 구성돼 있는데 오늘은 라타투이(Ratatouille, 프랑스 남부에서 즐겨 먹는 삶은 채소요리)와 튀긴 갈치 마리네(Marine, 식초·샐러드유·향신료 등을 넣은 즙에 생선을 재워 만든 요리)였다.

메뉴를 고민하고 있는 리에에게 이요가 그날의 포타주를 권했다.

"오늘 아침에도 온 거 아냐?"

"시즈쿠라면 세끼를 먹어도 괜찮으니까."

오늘의 수프는 브로콜리 포타주였다. 겨울이 제철인 영양 만점의 브로콜리를 서양에서는 '영양이라는 보석으로 만든 왕관'이라 부른다.

리에는 이요의 조언에 따라 오늘의 수프와 C세트를 주문했다. C세트는 빵 없이 샐러드와 미니 디저트로 구성된 웰빙세트로, 오늘은 경수채와 자몽 샐러드와 검은깨 무스였다.

주문하고 몇 분 후에 여자 아르바이트생이 요리를 준비해주었다. 이요와 리에는 가게를 나와 앉아서 먹을 수 있는 곳을 찾았다.

근무하는 회사가 있는 오피스 거리에는 빌딩이 즐비하지만 간간이 작은 공원이 조성돼 있다. 3분 정도 걸어 놀이기구라곤 그네만 달랑 있는 작은 공원에 도착했다. 두 사람은 비어있는 벤치로 가 나란히 앉았다.

은행나무 잎이 다 져서 가느다란 나뭇가지 사이로 잿빛 겨울 하늘이 보였다. 그릇에 손을 대니 언 손끝이 따뜻해졌고, 뚜껑을 열자 하얀 김에서 옥수수 향이 났다.

"잘 먹을게요."

종이 그릇에 노란 콘 포타주가 가득 담겨 있다. 플라스틱 숟가락으로 떠서 한 입 넣자 진한 단맛이 입안에 감돌았다. 그 열기가 목구멍을 통해 위로 넘어가는 것이 느껴졌다. 생크림 같은 유분은 최소한으로 한듯 뒷맛이 깔끔하다. 옥수수 알갱이의 식감도 좋았다.

"시즈쿠의 콘 포타주는 정말 천하일품이야! 오늘의 수프도 좋지만 기본 메뉴도 정말 맛있네요."

"그래, 맞아. 이 포타주도 맛있어."

리에는 행복한 듯 브로콜리 포타주를 한 입 떠먹었다.

이요는 불현듯 오늘 아침에 먹은 수프 맛이 떠올랐다. 원래는 풋내 나는 브로콜리를 좋아하지 않는다. 그런데 브로콜리의 풋내를 크림 맛이 부드럽게 감싼 데다 혀끝에 닿는 느낌 또한 부드러워서 아무런 저항감 없이 먹을 수 있었다. 섬유질이 많은 브로콜리 같지 않게 목에 넘어가는 느낌이 좋았다. 아사노의 정성이 느껴지는 부분이다.

리에가 불쑥 말을 꺼냈다.

"왜 아사노 씨는 아침 영업을 하는 걸까?"

"우리처럼 힘들게 일하는 직장인에게 힘이 돼주고 싶어서라고 선배가 저번에 말했잖아요."

이전에 리에가 말해준 적이 있다. 이요가 공원을 둘러보니 여기저기에서 양복 차림을 한 남자들이 보인다. 이요가 담당하는 그 일대에는 피곤에 절은 직장인들뿐이다.

"왜 그런 생각을 하게 된 건지, 아사노 씨의 마음이 궁금해지네."

"아사노 씨에게 관심이 많은가 봐요."

이요가 놀리듯 말하자 리에가 뺨을 붉히며 어깨를 움츠렸다. 그리고 당황한 듯 화제를 바꿨다.

"그런데 말이야, 요전 날 그 선배는 건강해졌어?"

리에는 시이나에 대해 들어 이미 알고 있었다.

"전보다는 나아졌지만 안색은 여전히 안 좋아요."

이요는 고개를 갸웃하면서 라타투이를 입에 넣었다. 푹 끓인 야채에 토마토 맛이 잘 스며들어 있고, 문어의 씹는 맛이 좋았다.

시이나는 시즈쿠의 아침 식사가 마음에 드는 듯 오늘 아침에도 이요와 함께 시즈쿠에서 수프를 먹었다. 아직 충격에서 완전히 벗어난 건 아니지만, 시즈쿠 수프가 목에 잘 넘어가는 듯했다.

"정말 귀찮아 죽겠어요. 시이나 선배는 대학 때부터 사람을 좀 성가시게 해요. 벌컥 화를 내는 일도 많아서 남들과 잘 부딪히기도 하고."

"어머, 잘 싸우는 사람이야?"

리에가 불안한 듯 묻자 이요는 시이나가 캬바쿠라(카바레식 클럽)에서 일으킨 소동에 대해 이야기하지 않을 수 없었다.

1년쯤 전, 시이나는 회사 상사와 캬바쿠라에 갔다. 그는 화려하게 치장한 여자들에게 둘러싸여 술을 마시는 것을 싫어하지만 직속 상사의 권유를 뿌리치지 못하고 동행한 것이다. 시이나는 그곳에서 내키지는 않았지만, 캬바죠(호스티스의 신조어)와 별 뜻 없는 대화를 나누고 있었다. 그때 시이나 옆에 있던 중년 남자가 캬바죠에게 시비를 거는 소리가 들렸다. 잔뜩 취한 손님은 인생의 교훈이랍시고 떠들어댔지만 점차 가만히 듣고 있을 수 없는 험담으로 발전해갔다. 더 이상 참을 수 없었던 시이나가 두 사람 사이에 나섰다.

"아저씨, 그쯤에서 적당히 하고 지금 그 아가씨에게 당장 사과하시죠."

시이나가 주의를 주자 중년 남자가 강하게 반박하고 나섰다. 상황은 몸싸움 직전까지 갔다. 일촉즉발의 순간, 갑자기 힘이 세 보이는 덩치 큰 남자가 나타나 시이나와 중년 손님을 강제로 끌어냈다.

"이 얘기, 시이나 선배 본인한테 직접 들었거든요. 근데 선배는 자랑 삼아 얘기하는 것 같았어요. 자신의 잘못은 전혀 없다는 듯이. 자기는 그 캬바죠가 문신한 걸 보고는 부모에게 받은 몸에 왜 그딴 걸 하느냐고 야단까지 쳤대요. 참 어이없죠?"

"이요 씨는 그 선배를 어떻게 생각해?"

"외모는 그런대로 좋아요. 성격도 뭐, 그리 나쁜 사람 같지 않고요."

이요는 어깨를 움츠렸다. 리에는 수프를 다 먹고 샐러드를 씹고 있었다. 경수채는 잎 끝이 짝 펴져 있고, 자몽 알갱이는 반짝반짝 빛이 났다.

"원래 선배는 성실하고 조신하고 똑똑한 여자를 좋아하니까 나 같은 사람은 아웃이죠."

시이나는 지방의 유서 깊은 집안에서 태어나 어릴 때부터 엄격한 교육을 받고 자랐다고 한다. 집안의 대를 이을 형의 경우, 부모님의 눈에 차지 않는다는 이유로 사귀던 여자와 헤어지게 했다는 얘기도 들은 적이 있다.

"지금까지 시이나 선배가 사귀던 여자들은, 예를 들면 한 걸음 뒤에서 남편 뒤를 졸졸 따라다닐 것 같은 그런 여자들이었어요."

"남자들은 그런 여자를 좋아하잖아."

"얌전해 보이는 여자에겐 남자가 꼬이는 것 같아요."

맞장구를 친 뒤 이요는 다시 리에를 바라보았다. 리에의 심플한 옷차림은 세련돼 보였고, 남자 못지않은 꿋꿋한 분위기를 지니고 있었다. 여자에게 일 잘하는 분위기가 감돌면 남자가 쉽게 다가오지 못한다. 일관되게 일만 할 뿐 연애 따위는 관심 없다는 태도를 보이는데도 잘생긴 연하남을 만난 상사도 있지만, 그건 예외 중의 예외다.

리에도 마찬가지로 이요를 보고 있는 것 같았다.

짧게 커트해 윗부분을 부풀린 연한 갈색머리와 아이라인을 강조한 메이크업 탓에 이요는 화려한 인상을 풍겼다. 미팅에서 만난 남자들은 대개 청초한 타입을 좋아했지만, 지금의 스타일을 바꿀 생각은 없다.

"아사노 씨 같은 타입은 어때요? 음, 결혼한 남자이긴 하지만."

"아사노 씨는 부인과 사별했대."

"그래요?"

이요는 놀라 되물었다.

"츠유에게 들은 거라 확실해. 진짜 안됐지."

"그렇네요."

이요는 남은 콘 포타주를 마저 다 마셨다. 포타주는 대화에 열중한 탓에 완전히 식어 있었다. 리에가 하늘을 올려다보자 이요도 덩달아 얼굴을 들었다. 무미건조한 빌딩에 둘러싸인 곳이라 하늘도 몹시 좁았다. 공원으로 시선을 돌리자 낙엽이 말라 바람에 떠다녔다.

시나이와 이요가 시즈쿠에 처음 온 지 한 달이 지났다. 추위가 조금씩 누그러지면서 시이나의 몸 상태도 좋아졌다. 하지만 울적해하는 건 여전해서 이요는 계속해서 시이나를 시즈쿠에 불렀다.

츠유는 시이나에게 익숙해진 듯 이른 아침 가게 안에서 식사를 같이하게 되었다. 하지만 시나이는 아이를 상대할 여유가 없는 듯 츠유에게 말을 거는 일은 없었다.

왜 호시노는 사라진 걸까? 이요는 그 이유가 궁금했다. 시이나의 말을 종합해보면 두 사람은 행복한 커플이었던 것 같다.

시이나를 차버렸다고 생각하는 것이 자연스럽지만, 직장을 그만두고 살던 곳까지 옮긴 건 의문스러웠다. 사라진 이유가 밝혀지면 시이나도 호시노를 체념할지도 모른다. 더 이상 시이나가 애태우는 모습을 보고 싶지 않다고 생각한 이요는 가능한 범위 내에서 호시노의 행방을 알아보기로 했다.

'사람을 찾고 있는데, 이 여자 몰라? 선배의 전 여자친구야.'

시이나한테 받은 사진을 문자에 첨부해 지인에게 일제히 발송했다. 하지만 모두 모른다는 대답뿐이었다.

이요는 휴일에 호시노가 근무했던 잡화점으로도 찾아갔다. 전철역에서 걸어서 5분 거리에 있는 작은 가게였다. 내부는 컨트리풍으로, 미국에서 수입했다는 잡화와 문구, 오가닉 식품 등이 빼곡하게 쌓여 있었다. 점장은 무늬 없는 면 티셔츠를 입은 카랑카랑한 말투의 여성이었다. 호시노에 대해 묻자 미간을 찌푸렸다.

"갑자기 그만둬서 손님들도 아쉬워했어요."

시이나가 쓰러진 사실을 알리자 점장은 호시노에 대해 자세히 가르쳐주었다. 업무상 거래가 있기 때문에 점장도 시이나와 안면이 있었던 것이다.

호시노가 일한 기간은 1년 정도였다. 일도 열심히 배우고 손님에게도 친절해 평판이 좋았다.

그런데 점장이 한 말 중에 마음에 걸리는 정보가 있었다. 시이나의 말로는 호시노가 영어에 능통하다고 했지만 실제로 유창한 정도는 아닌 듯했다. 가게에 찾아온 외국인들에게 제스처를 섞어 대응할 정도의 영어 실력이었다고 한다.

얘기를 다 듣고 막 나서려는데 이요의 스마트폰 진동이 울렸다. 문자를 보낸 사람은 미팅에서 만난 남자였다. 문자는 '이 여자와 닮은 사람을 본 적이 있다'는 내용이었다.

즉시 전화를 걸자 몇 번 벨 소리가 울린 후 남자의 목소리가 들렸다. 간단한 인사를 나누고 본론으로 들어갔다. 남자는 가벼운 말투로 설명을 시작했다.

"사진과 똑 닮은 여자를 캬바쿠라에서 봤어."

"캬바쿠라?"

남자는 그곳에서 사진의 여자와 닮은 캬바죠를 만났다고 했다. 이요는 순간적으로 빗나간 정보라고 판단했다. 그러면서도 잡화점 일을 그만둔 후 캬바쿠라에서 일하기 시작했을 가능성도 있다는 생각에 일단 귀를 기울였다. 하지만 이 남자가 그 캬바죠의 접객을 받은 건 1년 전의 일이었다.

캬바죠의 이름은 세이라. 남자는 몇 번 세이라를 지명했으나 세이라는 이미 캬바쿠라를 그만뒀다고 했다.

특징을 묻자 '상식 수준의 지식도 갖추지 못한 여자'라며, '팔과 다리에 호랑나비 문신을 하고 있었다'는 대답을 듣고 이요는 더 묻고 싶은 생각이 없어졌다. 시이나가 말한 호시노와는 완전히 딴판이었기 때문이다.

마지막에 남자가 이요의 근황을 묻자 적당히 얼버무리고 전화를 끊었다. 스마트폰을 가방에 넣은 이요는 얼굴을 들고 한숨을 내쉬었다.

"이런 곳까지 와서 내가 뭐하는 거야."

눈앞에는 처음 내리는 역의 낯선 풍경이 펼쳐져 있었다. 한숨이 하얗게 변해 공기 중에 퍼졌다.

이요의 출퇴근길에 있는 벚나무 가로수에 서서히 꽃봉오리가 맺히기 시작했다. 시이나와 아침 식사를 함께한 지도 두 달이 지났다.

시즈쿠에서 아침을 먹기로 약속한 날, 일곱시에 도착하자 시이나가 먼저 와 기다리고 있다. 최근 시이나는 무슨 음식이

든 잘 먹을 정도로 건강이 완전히 회복되었다. 이제 시즈쿠에
서 아침을 먹을 필요는 없지만 이요는 며칠에 한 번은 반드시
시이나를 불러냈다.

"호시노의 이상한 점이 생각났어."

최근에는 잡담뿐, 시이나가 호시노에 대해 말을 꺼낸 건 오
랜만이었다.

호시노와 데이트 중에 일어난 일이다. 두 사람이 번화가를
걷다가 하이힐을 신은 호시노가 발목을 삐끗해서 심하게 넘
어졌다. 시이나가 손을 내밀었으나, 호시노는 그 자리에서 일
어나지 않고 손으로 발목을 누르기만 했다.

호시노는 고통스러운지 얼굴을 일그러뜨렸으나 괜찮다고
반복할 뿐 시이나의 손을 잡으려고 하지 않았다. 스타킹을 신
고 있어서 환부가 부어 있는지 판단할 수가 없었다.

진땀을 흘리는 호시노가 걱정된 시이나는 병원에 가서 진
단을 받자고 권했다. 하지만 호시노는 완강히 거부했다. 그러
고는 시이나의 걱정에도 아랑곳하지 않고 택시를 잡아타고
혼자 집으로 가버렸다.

호시노의 태도에 시이나는 화가 났지만, 다음 날 문자가 왔
다. 발목뼈에 가벼운 금이 갔다는 말과 함께 너무 아파서 자
신도 모르게 이상한 태도를 취했다며 사과하는 내용이었다.

며칠 후 호시노를 만났을 때는 발목을 붕대로 고정시킨 상태였다.

"확실히 뭔가 이상하네요."

통증이 심했다면 시이나에게 의지했어야 했다. 그런데 호시노는 MRI 진단을 권하는 제안을 무시하고 그저 고개를 저을 뿐이었다.

달군 프라이팬에 재료를 넣는 소리가 나더니 가게 안에 야채 볶는 냄새가 진동했다. 아침 영업시간은 재료를 준비하는 때이기도 해서, 아사노는 늘 쉬지 않고 일했다.

숟가락을 입으로 가져가는 시이나의 모습을 이요는 물끄러미 바라보았다.

'…마치 연인이 함께 아침을 맞는 것 같다.'

불현듯 이 말이 머리에 떠오르자 이요는 애써 생각을 떨쳐내려 했다. 하지만 뇌리에는 고등학교 3학년 여름, 매미 소리가 울려 퍼지는 공원 모습이 선명하게 되살아났다.

"뭐야?"

"뭐라뇨? 아무것도 아닌데요."

자기를 쳐다본다는 걸 눈치 챘는지 시이나가 미간을 찌푸렸다. 이요가 짓궂게 대답하자 시이나는 기분 나쁜 듯이 입을 삐죽거렸다.

며칠 후 방에서 느긋하게 쉬고 있는 이요에게 시이나가 전화를 걸어왔다.

"호시노가 돌아왔어!"

"정말요? 지금까지 어디에 있었대요? 어쨌든 다행이네요!"

눈물을 흘리며 알려주는 시이나에게 자연스럽게 격려의 말이 나왔다.

"네 덕분에 호시노가 돌아올 때까지 기다릴 수 있었어. 고마워."

"고맙긴요."

시이나가 고맙다는 말을 반복하자 이요는 급한 일이 있다며 전화를 끊었다. 스마트폰을 귀에서 뗀 후 천천히 심호흡을 했다.

처음에는 정말 시이나를 걱정하는 마음뿐이었다. 하지만 만남이 되풀이되면서 서서히 예전 감정이 되살아났다. 호시노의 행방을 알아보기 시작할 때만 해도 절반은 시이나에게 힘이 돼주자는 마음이었다. 나머지 반은 자신을 위해서였으나 이제 다 헛수고로 돌아가고 말았다.

눈물이 나와 침대에 뛰어 들어 베개에 얼굴을 묻었다.

3

호시노의 첫인상은 시이나가 좋아할 만한 모습 그 자체였다. 행동거지가 우아하고 차를 마시는 모습에도 품위가 있었다.

아침의 시즈쿠에서 시이나와 호시노가 나란히 이요를 마주 보고 앉아 있다. 아사노는 여느 때와 마찬가지로 재료를 준비 중이다. 카운터에는 우연히 들른 리에가 츠유와 나란히 앉아 수프를 먹고 있었다.

시이나는 당초 시즈쿠의 디너타임을 통째로 예약하겠다고 했다. 하지만 시이나에게 급한 일이 생긴 데다 호시노가 아침 영업에 관심을 보이기도 해서, 갑자기 이른 아침에 모여 식사를 하게 된 것이다.

호시노가 머뭇머뭇 입을 열었다.

"실은 교통사고를 당했어요."

호시노는 모습을 감추기 직전 차에 치였고, 생명에 지장이 없다고는 해도 몸에 큰 흉터가 남았다는 말을 시작으로 그동안 있었던 일을 설명했다.

앉아 있으면서도 몇 번이나 왼쪽 어깨에 손을 갖다대는 호시노의 행동에서 긴팔 블라우스 아래에 생생한 사고 흔적이 숨겨져 있음을 알 수 있었다. 어깨에서 두 팔에 걸쳐 10센티미터 이상 꿰맨 흉터가 있고, 발목에는 새빨간 찰과상 흔적이 있다고 했다.

상처가 나아도 흉터가 남는다는 의사의 말을 듣고 호시노는 머리가 새하얘졌고, 추한 흉터가 있는 모습을 보면 시이나가 싫어할 것 같아 아무 말도 하지 않고 사라졌다고 했다.

호시노는 시이나를 일단 멀리했지만 잊을 수는 없었다. 그 무렵 잡화점 점주에게 시이나가 쓰러졌다는 얘기를 들었다. 이요가 잡화점에 찾아간 후 갑자기 그만둔 무례함을 사과하려고 연락을 했다고 한다. 이요가 호시노에 대해 알아보고 다닌 것도 두 사람이 재회하는 데 한몫한 셈이다.

제멋대로였던 자신의 행동을 깨닫고 석 달 만에 호시노는 시이나에게 연락을 했다. 그리고 그동안 있었던 모든 일을 털어놓았고, 시이나는 흉터 있는 모습 그대로의 호시노를 받아들였다.

"시이나 씨가 이요 씨 도움을 많이 받았다고 하기에 한 번 만나보고 싶다고 했어요. 제가 여러 사람을 힘들게 했네요. 정말 죄송합니다."

이요를 향해 조용히 고개를 숙이는 호시노의 눈에 눈물이 그렁그렁 맺혔다.

"그런 일로 자취를 감추다니 호시노는 정말 바보야."

108

시이나가 슬픈 듯한 표정으로 웃자 호시노는 고개를 숙이며 입을 열었다.

"시이나 씨는 피부가 고운 여자를 좋아한다고 해서…."

"흉터가 있다고 해서 좋아하는 사람이 갑자기 싫어질 리가 없잖아. 난 호시노의 모든 걸 받아들일 수 있어. 그러니까 앞으로는 뭐든 솔직히 말해줘."

"…네."

호시노가 고개를 끄덕였다. 그때 적당한 타이밍을 엿보기라도 한 것처럼 아사노가 수프를 가져왔다.

"기다리셨습니다. 어패류 스페인풍 토마토 수프입니다."

아사노가 테이블에 인원수대로 수프 접시를 내려놓았다. 도자기로 된 접시 테두리에는 기하학무늬가 장식돼 있었다.

수프에서 사프란(Saffraan, 독특한 향을 내는 세계에서 가장 비싼 향신료) 특유의 달콤한 향이 강하게 풍겼다. 주재료가 토마토인 수프에 노란 사프란이 녹아 있었다. 새우와 바지락, 흰살 생선 등의 해산물이 듬뿍 담겨 있고, 빨갛고 노란 파프리카로 악센트를 준 수프였다.

"그럼 잘 먹겠습니다."

이요는 얼른 수프를 맛보았다. 토마토의 신맛과 해물의 감칠맛을 조합시킨 것에 사프란의 고혹적인 향기가 더해지자 전혀 다른 맛이 났다. 흰살 생선은 기름이 올라 부드럽고 맛있었다. 시즈쿠의 메뉴보드에는 사프란에는 사프라날이라는 독특한 향 성분이 들어 있어 몸을 따뜻하게 한다고 써 있었다.

신맛이 식욕을 자극해 아침에 먹기 좋은 맛이었다. 이요와 시이나, 호시노는 담소를 나누면서 순식간에 그릇을 비웠다.

식사를 마치자 주방에서 아사노가 얼굴을 내밀었다.

"어땠어요?"

"원래 토마토 요리를 좋아하지만, 이렇게 맛있는 건 처음이에요."

"맛있게 드셨다니 기분 좋네요."

이요는 문득 시이나가 늘어놓던 호시노의 자랑거리를 떠올렸다.

"호시노 씨는 클램 차우더를 잘 만든다면서요."

"호시노가 만든 클램 차우더는 최고지. 어쨌든 본고장의 맛이니까."

자랑하듯 시이나가 말하자 호시노가 난처한 듯 양손을 저었다.

"그리 대단할 건 없어요. 유학할 때 많이 먹어봤을 뿐이거든요."

대화가 끊기지 않고 부드럽게 이어지던 도중에 시이나가

화장실을 가려고 일어났다. 그 사이에 이요는 호시노에게 말을 걸었다.

"행복하세요. 선배가 호시노 씨에게 반한 거 같아요. 운명의 사람이란 말을 쑥스러워하지도 않고 진지한 얼굴로 말하는 걸 보면 말이에요."

"감사합니다. 시이나 씨는 내게도… 운명의 사람이에요."

시이나가 돌아오자 두 사람은 손을 잡고 가게를 나섰다. 둘의 뒷모습을 지켜보면서 이요는 어쩐지 호시노가 석연치 않게 느껴졌다. 호시노는 이요의 말을 들으며 행복한 미소를 지어 보이긴 했다. 하지만 그 직전에 잠깐, 어딘지 모르게 슬퍼 보이는 눈빛이었다.

출근 시간까지는 아직 여유가 남아 있었다. 이요가 리에에게 말했다.

"그렇게 난리를 치더니 언제 그랬냐는 듯 희희낙락하는 게 참 어이가 없어요. 나를 만나러 온 것도 분명 견제하려고 온 게 틀림없어요. 사고를 당한 건 안됐지만."

"얌전한 사람 같던데."

리에는 듣기에 무난한 대답밖에 할 수가 없었다.

"아사노 씨, 아까 그 두 사람 어떻게 생각하세요?"

"운명의 사람이라고까지 말할 수 있는 상대가 있다는 건 멋진 일이죠."

아사노가 좋아 보인다는 듯 입꼬리를 살짝 올렸다. 이른 아침부터 이요의 푸념에 동조하는 사람은 아무도 없었다.

그때 츠유가 말을 걸었다.

"…그 사람, 아주 괴로워하는 것 같았는데."

"그게 무슨 말이야?"

"특히 다쳤다는 말을 할 때 정말 힘들어 보였어요. 어쩌면 아주 슬픈 거짓말을 한 건지도 몰라요."

츠유의 말에 이요는 의아해했고, 아사노와 리에도 같은 반응을 보였다.

아사노가 엄격한 어조로 말했다.

"츠유, 거짓말을 하고 있단 말을 함부로 해선 안 돼."

주의를 주는 아사노의 말에 츠유는 불만스러운 듯 입술을 삐죽거렸다.

"나도 거짓말을 할 땐 아무렇지도 않은 것처럼 행동하는데, 그래도 마음은 되게 괴로웠어. 그 사람도 그런 마음인 것 같았어."

"글쎄, 호시노 씨 마음이 불편할지도 모르지. 하지만 그 나름대로 복잡한 사정을 안고… 아니."

이요는 아사노가 한 말을 하나도 놓치지 않았다.

"마음이 불편할지도 모른다는 게 무슨 뜻이죠? 호시노 씨가 거짓말을 하고 있단 말인가요?"

아침 영업시간이었기 때문에 주고받은 말들을 아사노도 어느 정도 들었을 것이다. 아사노는 어색한 표정을 지으며 이요에게서 눈을 돌렸다.

"미안하지만, 손님 개인정보를 함부로 말하는 건 좀⋯."

아사노의 태도는 음식점을 경영하는 사람으로서 옳다고 느꼈다. 하지만 그대로 물러설 수는 없었다.

"그럼 힌트만이라도 주세요!"

아사노가 작게 한숨을 내쉬었다.

"그럼 특별히 하나만. 혹시 시이나 씨 지인 중에 문신한 여자는 없었어요? ⋯더 이상은 말 못해요."

이요의 뇌리에 캬바죠 세이라가 떠올랐다. 아사노는 어깨를 늘어뜨리고 자신이 한 말을 후회하는 듯한 표정을 지었다.

가야 할 시간이 되자 이요는 리에와 함께 가게를 나섰다.

그날 이요는 퇴근 후 소개팅했던 남자에게 전화를 걸었다.

"요전 날 알려주신 정보, 정말 감사합니다. 그때 가르쳐준 캬바죠 이름이 세이라라고 했죠. 그 캬바죠가 일하던 캬바쿠라 이름 좀 알려주세요."

집에 돌아온 이요는 즉시 스웨터로 갈아입고 세면대에서 화장을 지웠다. 콘택트렌즈를 빼고 촌스러운 안경을 꼈다. 엄마에게 저녁 식단을 묻자 햄버그 스테이크라는 기쁜 대답이 돌아왔다. 저녁 먹기 전에 잠깐 짬이 나자 패션 잡지를 하나 꺼내 들었다.

이요 방의 책장에는 잡지와 디자인 관련 무크지가 나란히 꽂혀 있다. 고등학교 때부터 사용해온 탓에 한쪽에는 순정 만화가 자리를 차지한다.

이요는 초등학생 때부터 고등학생 때까지 만화에 빠져 지냈다. 멋진 아이돌 따위에는 관심이 없는 수수하고 성실한 부류에 속했다. 연애와 인연이 없는 만큼, 순정 만화 같은 만남을 동경했는지도 모른다.

그런 이요에게 예기치 않은 일이 일어났다. 대학 입시를 앞둔 여름방학이었다. 혼자서 공원을 산책하고 있는데 불량해 보이는 남자가 말을 걸었다. 금발의 남자는 허물없는 말투로 가라오케에 가자고 했다. 몇 번이나 거절했는데도 끈덕지게 달라붙더니 끝내는 억지로 팔을 잡아끌다시피 했다. 이요가 비명을 지르자 뒤에서 갑자기 소리가 들렸다.

"싫다고 하잖아! 놔줘."

돌아보았더니 유니폼 차림의 청년이 금발의 남자를 노려보고 있었다. 키가 크고 근육질 몸매에 얼굴은 인기 만화의 주인 공과 약간 비슷했다. 나이는 스무살 전후일까. 가방에서 유도 복 같은 것이 보인 탓인지 금발 남자는 멋쩍은 듯 얼른 가버 렸다.

"아, 감사합니다."

청년은 이름도 밝히지 않고 사라졌지만, 이요는 가방에 새 겨진 대학명을 기억하고 있었다.

그 청년이 다니는 대학의 레벨을 알아봤더니 이요의 제1지 망 대학보다 약간 위였고 마침 원하는 학부도 있었다. 일정도 다른 대학과 겹치지 않았기 때문에 무턱대고 응시해보기로 했다. 그와 재회할 수 있을 거라고 생각했던 건 아니지만, 뚜 껑을 열어보니 제1지망과 안정권 대학은 떨어졌는데 그곳에 는 합격했다.

그때부터 이요는 그와의 재회를 꿈꿨다. 그러면서도 막연 하게 자신처럼 촌스러운 외모의 여자는 좋아하지 않을 거라 고 생각했다. 그래서 화장 연습을 하기 시작했고 있는 돈을 털 어 유행 패션을 마구 사들였다. 헤어스타일은 잡지에서 오린 걸 미용실에 가지고 가서 같은 모습으로 해달라고 했다.

이요는 이런 식으로 자신의 스타일을 완성해갔다. 그리고 동아리를 권유하는 그 청년, 시이나 타케히로와 재회했을 때는 진심으로 이렇게 믿었다.

'분명 이건 운명이야.'

달콤 쌉싸름한 지난날을 생각하며 이요는 자조적인 웃음을 지었다.

저녁 식사를 마치고 샤워를 한 후 화장수가 얼굴에 잘 스며들도록 두드렸다. 그러고는 발포주 마개를 열고 절반을 단숨에 들이켰다.

시이나는 이요를 기억하지 못했지만 망설이지 않고 합기도부에 들어가기로 결정했다. 하지만 얼마 지나지 않아 이요는 시이나에게 이미 사귀는 여자가 있다는 걸 알았다. 게다가 여자친구는 몇 달 전의 자신처럼 때 묻지 않은 청순한 외모의 여자였다.

동아리를 그만둘까도 생각했지만 합기도 자체는 즐거웠기 때문에 계속하기로 했다. 그리고 이미 클래스에서는 좀 화려한 패션 그룹에 속했기 때문에, 원래의 수수한 모습으로 돌아가기도 어려웠다.

그러는 사이에 이요에게도 남자친구가 생겨 시이나를 그냥 선배로 대할 수 있게 되었다. 그 후부터 운명의 사랑 따윈 착각에 지나지 않는다며 과거의 자신을 부끄럽게 생각했다.

하지만 운명이라고까지 믿던 상대는 쉽게 잊히지 않는 법인가 보다. 그러니까 낯선 거리를 다니며 일부러 호시노의 정체를 알아보고 다닌 것 아닌가. 호시노가 시이나를 속이기라도 하면 이요는 도저히 용서할 수 없을 것만 같았다.

4

이요는 호시노에 대해 할 말이 있다며 시이나에게 문자를 보냈다. 약속 시간은 시즈쿠의 디너타임 개점 직후로 잡았다. 시이나는 회사에서 일하는 중간에 왔기 때문에 정장 차림이었다. 바쁜 시간에 불러낸 탓인지 시즈쿠에 들어서는 시이나의 기분이 썩 좋아 보이지 않는다.

이요와 시이나는 우선 음료를 주문했다. 두 잔의 우롱차가 나오자 이요는 즉시 본론으로 들어갔다.

"호시노 씨가 유학 얘기 자주 했죠? 그때 토마토 맛 수프에 대해 말한 적 있어요?"

이요의 질문에 시이나가 고개를 가로저었다. 예상한 반응이어서 이요는 하던 말을 계속했다.

"크림을 넣은 클램 차우더는 보스턴식이라고 한다는데요.

보스턴식 말고도 이탈리아 이민자들이 만든 토마토 클램 차우더가 있대요."

"그게 무슨 말이야?"

"토마토가 들어가는 클램 차우더는 맨해튼식이래요. 뉴욕에 맨해튼 섬이 있잖아요."

시이나가 의아한 표정을 지었다. 미국에서도 우유가 들어간 것이 인기가 있기 때문에 뉴욕에서도 보스턴식 클램 차우더가 주류를 이룬다. 하지만 뉴욕에서 공부했다고 했고, 게다가 토마토 요리를 좋아한다던 호시노가 맨해튼 클램 차우더와 보스턴 클램 차우더를 반대로 거론한다는 건 어딘가 이상하다고 아사노가 말해주었다.

"호시노 씨, 정말 유학 갔다 온 게 맞아요?"

"…뭐라고?"

시이나의 표정이 순식간에 일그러졌다. 이요는 가방에서 태블릿을 꺼냈다. 패널을 조작해 캬바쿠라에서 촬영한 이미지를 화면에 띄웠다. 남자 손님과 몇 명의 캬바죠가 줄 지어 있는 가운데 하얀 드레스를 입은 여자를 확대해 시이나에게 보여주었다.

"이 여자, 호시노 씨와 비슷한 것 같지 않아요?"

"호시노는 이런 야한 옷은 입지 않아. 화장도 너무 진하고.

키와 몸매만 비슷한 것 같은데."

"그럼, 여자 어깨와 발목을 봐요."

이요가 가리킨 곳을 보자마자 시이나의 안색이 변했다. 왼쪽 어깨와 발목에 각각 다른 디자인의 호랑나비 문신이 새겨져 있었다. 모두 호시노가 사고로 부상을 입어 흉터가 남았다고 말한 위치와 일치한다.

시이나가 신음소리를 내며 말했다.

"분명 같은 곳이긴 한데…."

호시노가 노출이 적은 옷을 즐겨 입었던 건 청순한 여자로 보이기 위해서였을 것이다. 하지만 더 큰 이유는 문신 때문이 아니었을까.

문신을 한 여자를 시이나가 좋아할 리 없다. 그 점을 알고 있었기 때문에 호시노는 시이나에게 피부를 드러내지 않고 거짓말을 했을 것이다.

입을 다물고 있는 시이나에게 이요는 문신 제거 방법을 설명했다.

작은 경우는 레이저로 지울 수 있지만 화상 같은 흉터가 남는다. 큰 문신은 더 대대적인 수술을 해야 한다. 문신이 있는 피부를 절제하고 나서 피부를 봉합해야 하기 때문이다.

이런 수술로 문신을 완전히 지울 수 있지만, 그 대가로 봉합 자국이 남고 또한 문신이 큰 경우는 수술을 여러 번 해야 한다. 문신의 일부를 절제한 후에 피부를 늘려 다시 절제하는 처리를 반복하는 것이다.

"피부가 완전히 늘어난 상태에서 제대로 회복하는 데는 시간이 걸리겠죠. 대개 두 달에서 석 달은 지나야 한대요."

시이나가 쓰러지고 나서 호시노가 모습을 드러내기까지 2개월이 걸렸다. 이 기간이라면 큰 문신을 지울 수 있다.

시이나는 등을 구부리고 고개를 숙인 채 움직이지 않았다. 그 모습이 몹시 작게 느껴졌다.

이제 시이나는 호시노가 죄다 거짓말을 했다는 걸 알았다. 이요는 그 점을 노리고 사실을 폭로했다. 그런데도 왠지 가슴은 쓰리기만 했다.

"실례합니다."

아사노가 다가와 수프 2인분을 테이블에 올려놓았다. 손잡이가 달린 큼직한 수프 컵에서 해산물 냄새가 콧속을 파고들었다.

투명한 수프에는 다진 야채와 조개가 듬뿍 들어 있었다. 주문은 하지 않은 상태였다. 이요가 영문을 모르겠다는 시선을 흘끔 던지자 아사노가 느긋한 미소를 보내왔다.

"로드아일랜드 클램 차우더입니다. 제가 특별히 서비스로 드리는 거니까 맛있게 드세요."

"클램 차우더? 하지만 이건…."

"지명도는 낮지만, 미국 작은 주에서 인기 있는 클램 차우 더입니다. 토마토도 우유도 사용하지 않는 건데, 질 좋은 새끼 대합이 들어왔기에 시험 삼아 한번 만들어봤어요. 클램은 대합이나 바지락 같은 쌍각류 조개를 뜻하죠. 그런데 미국에서 는 바지락이 아닌 새끼 대합조개를 사용한답니다."

수프에는 바지락보다 훨씬 큰 대합 비슷한 조개가 들어 있었다.

"불필요한 손은 대지 않았습니다. 자연의 맛 그대로를 즐겨 보세요."

아사노가 정중하게 고개를 숙이고 자리를 떠났다.

이요는 조갯살을 국물과 함께 떠서 입에 넣었다. 새끼 대합 조개는 처음 먹어본다. 조갯살은 두툼한데도 쫄깃하면서 부드러웠고 맛은 담백했다. 대합과 바지락의 중간인 듯한 느낌 이랄까.

국물에도 조개 맛이 듬뿍 녹아 바다 내음을 느끼게 해주었 다. 크림과 토마토가 들어가지 않아 조개 맛을 더욱 섬세하게 느낄 수 있었다.

이요는 계속해서 호시노의 근황을 살펴왔다. 세이라의 근무처인 캬바쿠라에서 탐문을 하고 잡화점에서도 다시 호시노에 대해 물어보았다. 그리고 마지막으로 시이나의 직속 상사를 찾아갔다. 이렇게 해서 모든 걸 알게 되었다.

시이나는 예전에 취객에게 붙잡힌 캬바죠를 도와준 적이 있다. 그 캬바죠의 원래 이름은 세이라이며, 니카이도 호시노의 예전 모습이었다.

호시노는 소동 직후 캬바쿠라를 그만두었다. 그러고는 잡화점에서 일하기 시작했다. 그곳이 시이나의 영업처라는 걸 알았기 때문이다. 호시노는 시이나와 다시 만나기를 기대하고 있었다. 자신이 캬바죠로 있으면 그가 상대해주지 않을 걸 알고 있기에.

호시노는 캬바쿠라 단골이었던 시이나의 직속 상사에게 상의했고, 그는 호시노에게 시이나의 모든 정보를 알려주었다.

그렇게 호시노는 상사의 도움을 얻어 시이나가 좋아하는 유형을 알아냈다. 문신을 싫어한다는 정보도 입수했다. 그리고 마음을 끌기 위해 경력을 위조하고 행동과 말투를 모두 고쳤다.

시이나는 고개를 숙인 채 움직이지 않았다. 큰 충격을 받았는지 말을 잇지 못했다. 이요는 이런 한심한 모습을 보고 싶지 않았다. 동경했던 시이나는 늘 자신감에 넘치고 가슴을 활짝 펴고 다녔다.

숟가락을 테이블에 세게 내려놓자 금속음이 가게 안에 크게 울렸다.

"설마 호시노 씨와 헤어지라고 말하는 건 아니지?"

"네…?"

머리를 든 시이나의 얼굴에 난처함이 묻어 있다.

"내가 알아본 세이라 씨는 공부 같은 건 아예 하지 못했어요. 그렇지만 호시노 씨는 잡화점 손님을 상대하면서 영어를 좀 할 수 있게 되었죠. 선배의 마음에 드는 여자가 되려고 필사적으로 노력했을 거예요."

처음에는 시이나의 마음을 끌기 위해 잘하는 척했는지도 모른다. 하지만 시이나와 교제를 하게 된 호시노는 거짓말이 탄로나지 않게 필사적으로 공부했다.

하지만 동시에 죄책감도 들었다. 그래서 결혼이라는 미래를 제시했을 때, 자신은 시이나가 생각하는 여자와 현실적으로 많이 동떨어져 있다는 걸 알게 되었다. 그 후 시이나에게 버림받을 것이 두려워 아무 말도 없이 사라졌다.

1개월 후 호시노는 상사로부터 시이나가 쓰러졌다는 말을 듣고 그의 곁으로 돌아가기로 한다. 하지만 가장 큰 장애물인 문신이 있었다. 이를 지우는 데는 2개월이라는 기간이 필요했다. 그래서 사라진 지 석 달이 지나서야 모습을 드러낼 수 있었다.

"여자에게 몸에 흉터가 남는다는 것이 얼마나 끔찍한 일인지 상상할 수 있겠어요? 그래도 호시노 씨는 선배에게 사랑받고 싶어서 몸에 칼을 댄 거죠."

"하지만 거짓말을 한 건…."

약한 소리를 하는 시이나에게 이요는 테이블을 치며 강하게 말했다.

"호시노 씨의 모든 걸 받아들이겠다고 했잖아요!"

이요는 호시노의 정체를 알아가면서 묘하게 감정이 이입됐다. 가짜를 벗어버린 있는 그대로의 호시노는 오로지 사랑하는 사람과 함께하기를 원하는 지고지순한 여자였다. 진정성이 느껴진 것이다.

"호시노 씨가 운명의 상대라고 했잖아요. 그렇다면 여자의 거짓말 정도는 웃어넘겨야 남자죠!"

이요의 말에 시이나의 표정이 살짝 바뀌었다. 각오를 한 듯한 그의 표정을 본 이요는 가슴이 강하게 조여오는 걸 느꼈다.

"고마워."

시이나가 찻값을 두고 빠른 걸음으로 가게를 나갔다. 등을 쭉 편 시이나는 전과 같이 커 보였다.

이요가 깊은 한숨을 쉬고 있는데 신야가 테이블에 와인 글라스를 올려놓는다.

"저, 이건 주문하지 않았는데요."

신야가 병을 기울여 진홍색 액체를 따른다.

"쓸데없는 일을 한 점장에게 전부 지불하게 할 거야. 이쪽에 손대지 않은 건 어떻게 하지?"

"제가 다 먹을게요."

이요는 와인을 입에 머금었다. 딸기 같은 향기가 코를 통해 빠져 나갔다. 농밀한 느낌의 와인은 떫은맛이 적고 뒷맛이 깔끔했다. 고가라는 걸 한 모금으로 알 수 있었다.

"이요 씨도 참 바보야. 그런 폭탄 발언을 굳이 먼저 하지 않았어도 두 사람은 분명 헤어졌을 텐데."

"말하지 않아도 알아요."

계속해서 거짓말을 하기는 어려운 법이다. 가까운 시일 내에 반드시 탄로날 게 분명하다. 그렇게 되면 지금 이요가 말해주는 것보다 더 큰 파국을 맞이했을 것이다. 하지만 이요가 불필요한 간섭을 한 탓에 시이나와 호시노의 사이는 더 강하게 밀착돼버렸다.

"아사노 씨, 일부러 투명한 클램 차우더를 내놓았죠?"

이요가 노려보자 아사노는 카운터 너머로 멋쩍은 표정을

지었다.

"불필요한 손을 대지 않은 조개 그대로의 맛을 즐겨보세요."

이 말처럼 있는 그대로의 호시노를 상기시켜 이요의 마음을 바꾸려고 한 것이다. 아사노가 노린 걸 이요는 잘도 알아차렸다.

"아무튼 아사노 씨, 눈치도 빨라요. 호시노 씨가 문신한 걸 어떻게 알았어요? 클램 차우더 때문에 의심하게 된 건가요?"

수프를 전문으로 하는 아사노라면 보스턴과 맨해튼 스타일의 차이를 즉시 알았을 것이다.

"그것도 있지만 호시노 씨가 검사를 피했다는 말을 듣고 이상해서요. 문신에 사용되는 염료에는 전자파에 반응해 발열하는 종류가 있다고 들었거든요. 그러니까 MRI 검사를 하기 전에 문신을 했는지 묻는 경우가 있대요."

호시노는 발목 부상을 당했을 때 검사를 제안하는 시이나 앞에서 도망쳤다. 병원에서 문신이 발각될까 봐 두려웠던 것이다.

"아사노 씨, 어떻게 그렇게 잘 알아요?"

"지인 중에 문신에 대해 잘 아는 사람이 있어서요."

아사노의 눈동자가 순간 슬픈 듯 흔들렸다.

다시 수프를 입에 넣자 조개 맛이 혀에 퍼졌다.

"새끼 대합조개도 맛이 담박하네요. 일본에서는 왜 바지락을 쓰는 거죠?"

"새끼 대합조개는 일본에서 나지 않는 외래종이라 수입이 금지되어 있거든요."

화제가 요리로 바뀌자 아사노의 표정이 밝아졌다.

"그렇지만 최근 몇 년 사이에 도쿄에서도 번식하는 것이 확인됐어요. 그래서 시장에도 나오게 되었고요. 현재 도쿄 만에서는 바지락보다 어획량이 많을 때도 있다고 해요."

"나중에 나타난 주제에 잘난 척이나 하고 정말 못됐네요."

"여담인데요, 새끼 대합조개의 이름 비노스(새끼 대합조개 이름인 '혼비노스가이'를 줄여 이르는 말)는 학명 비너스에서 유래한 거라는 설도 있다네요."

이요는 눈을 동그랗게 뜨고 조개를 손으로 집었다.

"여신이 연적이었다니 처음부터 승산이 없었다는 건가."

조갯살을 입에 넣고 작게 숨을 내쉬었다.

이요가 레드와인을 단숨에 들이켜자 아사노는 순간 와인 병을 보고 얼굴이 굳어졌다. 아무래도 시즈쿠에 있는 와인 중에서도 고가였던 모양이다. 신야는 이요가 잔을 비우는 모습을 보고 눈썹을 올리며 빈 잔에 다시 와인을 듬뿍 부어주었다.

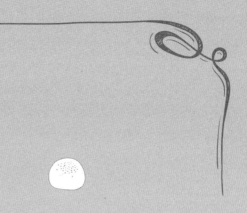

3장

후쿠짱의 다이어트 분투기

"모든 게 네가 한 짓이었구나."

미츠바가 눈앞의 인물을 노려보자 상대도 마찬가지로 날카로운 시선을 보내왔다.

다이어트를 하겠다고 결심한 순간, 미츠바는 달콤한 유혹에 끊임없이 시달려야 했다. 향긋하고 맛이 좋은 버터나 싱싱한 과일 맛을 떠올리게 하는 음식과 마주할 때면, 미츠바의 약한 자제력은 즉시 무너지고 말았다.

눈앞의 인물이 미츠바에게 양과자를 먹이려는 데는 명확한 목적이 있었다.

"말해봐. 왜 나를 살찌게 만들려는 거지?"

눈앞의 인물이 미츠바의 면전에 손거울을 들이댔다. 거울에 얼굴이 비쳤다. 동글동글하게 생긴 얼굴 때문에 어려서부터 만두 혹은 호빵과 비슷하다며 놀림을 받곤 했다.

자신도 모르게 비명이 새어나왔다. 단지 살을 빼고 싶은 것뿐인데 사람들은 왜 이렇게 나를 괴롭히는 걸까.

미츠바의 뇌리에 몇 달 전 일이 되살아났다. 다이어트를 시작할 무렵이었다.

1

후쿠다 미츠바의 애칭은 초등학교 시절부터 '후쿠짱'이었다. 철이 들 무렵부터 미츠바의 체중은 늘 평균치를 넘었다. 미츠바를 본 친척이나 주위 어른들은 "체격이 좋다"라든가 "건강해 보인다"라고 말하곤 했다.

초등학교 4학년 때 남자애들에게 놀림을 받은 후부터 미츠바는 후쿠짱이라는 별명이 싫었다. 후쿠(福)라는 글자가 통통하거나 복스럽게 살찐 사람을 연상시키기 때문이다.

하지만 중학교와 고등학교에 가서도 후쿠짱이라는 호칭은 변하지 않았다. 전문학교에는 같은 학교 출신의 동급생이 없어 다른 호칭을 기대하기도 했다. 하지만 같은 반의 세키타니 마유코가 어느 순간부터 미츠바를 후쿠짱이라고 부르기 시작했다.

"왜 날 후쿠짱이라고 부르는 거야?"

점심시간에 미츠바가 묻자 마유코는 고개를 갸우뚱했다. 동안이고 몸집이 작은 마유코에게 어울리는 몸짓이었다. 아무튼 미츠바라는 이름이니까 미이짱이라든가 밋짱이라 해도 괜찮지 않을까.

"응, 후쿠짱 느낌이니까."

요령 없는 마유코의 대답이었지만 그 자리에 있던 반 친구들이 고개를 끄덕이며 맞장구쳤다. 미츠바는 친구들과 함께 점심을 먹기 위해 책상에 둘러앉았다. 책상 위에는 도시락과 빵이 올려 있었다. 미츠바는 현재 전문학교 2학년에 재학 중이며 졸업하고 나면 복지 관련 자격증을 딸 생각이다.

"나 알겠어. 엄마 같은 편안함이 느껴지니까."

"그런 말 듣기 안 좋아."

미츠바는 그렇게 말하면서 마유코의 셔츠 자락에 붙은 밥알을 떼어주었다. 그러자 친구들은 "바로 그런 점이야" 하며 웃었다.

"후쿠짱, 점심은 그것만 먹으려고?"

마유코가 미츠바의 손을 보고 눈을 동그랗게 떴다. 영양이

첨가된 시리얼 바와 녹차가 오늘 먹을 점심이다.

"아침을 너무 많이 먹었더니 속이 안 좋아서."

"그럼 내가 만든 쿠키도 못 먹겠네."

"응….."

마유코가 가방에서 쿠키를 꺼내자 미츠바는 침을 삼켰다. 마유코는 과자 만들기가 특기라 가끔 집에서 만들어와 친구들에게 나눠주었다.

"그럼 이것만 먹어봐."

미츠바는 마유코가 내민 쿠키를 참지 못하고 입에 넣었다. 바삭한 식감의 버터 맛이 혀에 번지자 행복했다. 하지만 동시에 어두운 기분도 밀려왔다.

미츠바는 지난주 난생처음 미팅에 나갔다. 내키지는 않았지만 고등학교 동창이 조르는 바람에 어쩔 수 없이 발길을 옮겼다. 미팅 장소가 이탈리안 바인 '돌체'라는 점도 수락한 이유 중 하나였다.

남자들 속에서 가가 히사시를 발견했을 때 미츠바는 호흡이 멎는 줄 알았다. 히사시는 중학교 때 동경하던 동급생으로 아이돌 같은 외모 때문에 여자들 사이에서 꽤 인기가 많았다. 유행하는 옷을 입은 그는 여전히 멋있어 보였다.

"후쿠짱이네? 오랜만."

미팅 분위기가 익숙하지는 않았지만 히사시가 자신을 기억해주니 기뻤다.

미팅이 끝나고 주선자로부터 나중에 히사시를 포함한 남자들과 가라오케에 가자는 연락을 받았다.

히사시를 만나는 자리라면 좀 더 예쁜 모습으로 나가고 싶었다. 그래서 황급히 다이어트를 시작했는데, 바로 쿠키를 먹어버리는 자신의 약한 의지가 실망스러웠다.

미츠바는 서점에서 다이어트 책을 사서 효과적인 체중 감량 방법을 찾기 시작했다.

학교가 멀어 아침 일찍 집을 나서야 하는 미츠바는 시간이 없어 아침을 거르는 일이 많았다. 하지만 아침을 거르면 신진대사가 원활하지 않기 때문에 다이어트에는 역효과라고 적혀 있었다. 줄여야 하는 건 저녁 식사다. 밤 여덟시 이후에 다량의 탄수화물을 섭취하는 건 다이어트 최고의 적이라고 여러 책에서 경고하고 있었다. 아침에는 충분히 먹어도 낮에 활동하는 동안 칼로리를 다 소비하기 때문에 체중이 증가하지는 않는다고 적혀 있었다.

그러니까 아침 식사는 맘껏 먹어도 되는 셈이다.

아빠의 먼 친척 되는 하세베 이요가 미츠바에게 회사 근처에 있는 음식점을 소개해주었다.

그곳은 평소에 낮부터 밤까지 손님이 끊이지 않는 수프 전문점이다. 이 가게에서는 매일 아침, 피로가 쌓인 손님에게 속이 편안해지는 최고의 수프를 제공한다고 들었다.

이요가 근무하는 회사는 터미널에 인접한 오피스 거리인데 근처에 오래된 주택가가 있었다. 그곳에는 미츠바의 돌아가신 조부모가 살던 단층집이 있고, 부모의 이혼으로 미츠바는 엄마와 둘이서 그 집으로 이사를 했다. 이요의 회사에서 미츠바가 사는 집까지는 걸을 수 있는 거리였고 미츠바의 집에서 수프 전문점도 가까웠다.

미츠바는 지금까지 여러 번 다이어트에 실패했다. 주된 원인은 왕성한 식욕이다. 식사를 제한하면 스트레스가 쌓여 반동적으로 과식하게 돼버렸다.

하지만 매일 아침 만족스러운 식사를 하게 되면 스트레스가 쌓이지 않을지도 모른다. 그래서 미츠바는 알람을 평소보다 한 시간 반 일찍 설정해놓고 수프를 생각하면서 잠을 청했다.

일출 전의 오피스 거리는 어둑어둑했다. 추위를 느낀 미츠바는 코트 앞 단추를 잠갔다.

이제 겨우 여섯시 반이 지난 시간이라 24시간 영업 체인점

이외에 문을 연 가게는 없었다. 평상시 자동차가 많이 지나다니는 4차선 거리는 언제든 건너갈 수 있을 정도로 한산했다.

미츠바가 다니는 전문학교는 집에서 걷는 시간을 포함해 한 시간 이상 걸리는 먼 곳에 있었다. 수업이 여덟시 오십분에 시작되기 때문에 매일 일곱시 반에는 집을 나서야 했다.

인터넷에 수프 전문점 시즈쿠를 검색해봤더니 관련 정보가 바로 나왔다. 미츠바는 스마트폰 지도를 보며 걸었다. 소문난 가게였지만 아침 영업 정보는 인터넷에 나와 있지 않았다.

어두운 골목 앞에 낡은 빌딩이 하나 있고, 그 1층에서 따뜻한 불빛이 새어 나오고 있었다. OPEN이라고 쓰인 보드가 걸려 있는 것을 보고 미츠바는 힘껏 문을 열었다. 그러자 도어벨 소리에 맞춰 "안녕하세요. 어서 오세요"라는 부드러운 목소리가 들렸다.

카운터 너머에 늘씬한 체형의 남자가 서 있다가 미츠바에게 정중하게 인사했다. 등이 곧은 이 사람이 바로 이요가 말했던 점장 아사노일 거라고 생각했다.

아사노는 아침 영업 방식에 대해 설명하고는 미츠바에게 테이블 석 자리를 권했다.

오늘의 메뉴는 어니언 그라탕 수프였다. 치즈의 칼로리가 살짝 걱정됐지만 아침이라서 괜찮을 듯했다. 호밀빵과 오렌지 주스를 가져와 테이블에 놓고 다시 자리에 앉았다. 주스를 한 모금 마시자 상쾌한 단맛과 강한 신맛이 혀에 닿았다. 이제 막 짜낸 과즙처럼 신선한 맛이 잠으로 몽롱한 정신을 단번에 깨워주었다.

주스를 즐기고 있는데 아사노가 수프를 들고 왔다. 두툼하고 둥근 그릇에 잘려진 빵이 뚜껑처럼 올려 있다. 그릇 주변의 치즈에는 탄 자국이 눌어붙어 있다. 숟가락으로 빵을 들추자 대량의 수증기와 함께 향기로운 냄새가 진동했고, 빵 아래로 누르스름한 갈색 국물과 잘게 썬 황갈색 양파가 모습을 드러낸다.

뜨거울 것 같아 조심스럽게 숟가락을 입에 넣었다.

"…음, 맛있다!"

노르스름해질 때까지 기름에 볶은 양파의 쌉쌀한 맛이 응축된 단맛과 풍미를 살려주고 있었다. 빵은 토스트처럼 파삭한 식감과 수프에 젖어 부드러워진 식감이 대비되어 씹는 맛이 좋았다. 치즈는 전체적으로 화려한 맛이 나도록 해주었고 수프와도 잘 어울렸다.

블랙보드에 눈을 돌리자 양파의 영양에 대해 적혀 있다. 양파에 함유된 황화알릴은 신경을 달래주는 것 외에도 피로 회복과 신진대사를 촉진하는 비타민 B1의 효과를 높이는 작용이 있고, 케르세틴이라는 성분은 지방의 흡수를 억제하는 작용이 있다고 써 있었다. 양파는 다이어트에도 도움이 되는 식재료였던 것이다.

먹다 보니 차가웠던 몸이 서서히 따뜻해진다. 수프의 맛을 참지 못하고 미츠바는 빵을 두 개나 더 먹었다. 하나는 부드러운 둥근 빵으로 쫀득한 식감이 형용할 수 없이 좋았다. 또 하나는 살짝 신맛이 나는 슬라이스 한 검은 빵이었다. 이 빵은 그냥 먹어도 깊은 맛이 났지만 수프를 듬뿍 찍어 입에 넣으니 자신도 모르게 감탄사가 흘러나왔다.

첫날부터 미츠바는 시즈쿠가 맘에 들었다. 밤에 식사를 거르는 건 정신적으로 괴롭지만 다음 날 아침에 시즈쿠 수프를 맛볼 수 있다면 견딜 수 있을 것 같았다. 미츠바는 그 이후에 일주일에 세 번이나 시즈쿠에서 아침을 먹는 단골손님이 되었다.

매화가 지고 벚꽃이 피기 시작했다. 미츠바가 다이어트를 시작한 지 한 달이 지났다. 미팅에서 만난 남자들과는 가라오케에서 기분 좋게 놀고 서로 연락처도 주고받았다. 정기적으로 만나자는 약속도 했다. 미츠바는 계속 다이어트를 해야겠다고 다짐했다.

일요일 오후, 미츠바는 체중을 확인했다. 순조롭게 감소하던 체중이 일주일 전부터 변함이 없다. 화장실 거울 앞에 서서 어깨가 축 쳐진 자신의 모습을 살피고 있을 때였다. 현관 벨이 울리고 그쪽으로 향하는 엄마의 발소리가 들린다.

잠시 후 현관에서 옥신각신하는 소리가 나서 무슨 일인가 싶어 들여다보았다. 그곳에는 미츠바의 두살 아래 여동생인 가나코와 엄마가 한창 언쟁을 벌이고 있었다. 가나코는 현재 좀 멀리 떨어진 아파트에서 아빠와 함께 살고 있다.

"너한텐 좀 빠르다니까."

"지금 사용 안 하니까 빌려줘도 되잖아."

가나코는 엄마가 갖고 있는 명품 가방을 빌리려고 온 것이다. 엄마는 종종 남자들한테 선물을 받기 때문에 집에 명품 가방과 장식품이 꽤 있는 편이다.

엄마는 젊은 시절에 패션모델을 했는데 그만둔 지 오래된 지금도 현역 모델 못지않은 몸매를 유지하고 있다. 군살이 잘 붙지 않는 체질인지 한 달에 몇 차례 테니스를 하는 것만으로도 보기 좋게 근육이 붙는다.

"별수 없군. 이번만 특별히 빌려줄게."

"엄마, 고마워!"

엄마는 가나코에게는 심하게 대하지 못하고 결국 모든 요구를 들어주고 만다. 예전부터 그랬다. 집에 들어온 가나코는 거실에 서 있는 미츠바를 보고 놀란 표정을 지었다.

가나코와는 오랫동안 사이가 좋지 않았다. 고등학교 2학년 가을 때부터니까 올해로 4년째다. 미츠바가 본체만체하자 가나코는 아무 말 없이 엄마 전용 옷방으로 들어간다. 그러고는 유명 브랜드의 가방을 손에 들고 나오더니 거실에서 발을 멈췄다.

"언니, 설마 다이어트 하는 건 아니지?"

"또 무슨 말을 하려고?"

가나코한테는 아직 다이어트한다는 얘기를 하지 않았다. 외모에 성과가 나타나면 기나코가 기뻐해줄 거라고 생각했던 미츠바의 기대는 속절없이 무너졌다.

"어울리지 않는 짓 좀 하지 마. 밥맛이니까. 거울 좀 제대로 보고 다녀."

머리에 피가 솟구쳐 손에 들고 있던 리모콘을 던지고 싶었다. 간신히 이성으로 누르는 사이에 가나코는 이미 거실을 떠나고 없었다.

아무리 살을 빼도 가나코처럼 되기는 어렵다는 걸 미츠바는 누구보다도 잘 알고 있다. 가나코는 키가 크고 몸매도 좋다. 한편 미츠바는 보통 키에 뼈대가 굵은 체격이었다. 자매가 걷고 있으면 주위의 시선은 당연히 가나코에게 집중됐다.

가나코는 얼굴도 엄마를 쏙 빼닮았다. 그래서 어릴 때부터 주위에서는 "엄마 같은 미인이 되겠다"라고 칭찬을 받았다. 거기다 가나코는 타고난 재능이 있었고, 미츠바는 재주가 없어 무슨 일이든 시간이 걸렸다. 나중에 시작한 것도 가나코는 쉽게 미츠바를 앞질렀다.

미츠바는 꾸준히 공부해 지역에 있는 인문계 고등학교에 합격했다. 가나코는 중학교 3학년 때 모델 활동과 연극부 발표 등의 일로 공부할 틈이 없을 정도로 바빴다. 성적은 학년에서 하위권을 맴돌았다. 그런데 시험 3개월 전에 갑자기 공부를 시작하더니 미츠바와 같은 고등학교에 합격했다.

사교적인 가나코는 남녀 할 것 없이 친구가 많았고 미츠바의 몇 안 되는 친구와도 거의 아는 사이였다. 가나코는 마유코와도 가끔 연락을 주고받는다. 마유코가 모델 시절 가나코의 팬이기도 해서인지 미츠바의 집에서 우연히 마주친 후 즉시 의기투합했다.

가나코를 배웅하고 나서 엄마가 거실로 들어왔다.

"정말 가나코는 제멋대로야. 누굴 닮은 건지 모르겠어."

엄마가 푸념하면서 의자에 앉았다. 텔레비전을 켜자 버라이어티 프로그램이 나온다. 가나코와 언쟁을 벌일 때면 엄마는 늘 외로운 표정을 짓는다.

엄마는 미츠바에게는 관심이 없고 늘 가나코에게만 눈을 돌린다.

엄마는 가나코가 초등학교 고학년 때, 10대를 위한 잡지 모델에 응모하게 하더니 합격한 이후에는 매니저로 따라다녔다. 여동생이 모델이 되고 나서 엄마가 미츠바의 수업 참관이나 면담을 위해 학교에 온 적은 한번도 없었다.

하지만 가나코는 대학 입학과 동시에 모델을 그만두었다.

부모님이 이혼하기로 했을 때 가나코가 먼저 아빠와 살고 싶다고 말했다. 엄마는 줄곧 가나코에게 집착했기 때문에 미츠바는 당연히 두 사람이 함께 살 거라고 생각했다. 그때 엄마의 망연자실한 표정을 미츠바는 지금도 선명하게 기억하고 있다.

"너, 다이어트 하고 있었구나."

가나코가 한 말을 들은 걸까. 엄마가 처음으로 미츠바의 체형에 대해 언급했다. 엄마는 미츠바를 흘끗 곁눈질하고는 다시 텔레비전으로 시선을 돌렸다.

"열심히 해봐. 넌 볼품없어서 그 정도는 돼야 겨우 보통 사람 축에 낄 수 있으니까."

텔레비전 화면에 비친 인기 연기자는 어린 나무처럼 팔다리가 가늘었다.

"나도 알고 있어."

미츠바는 지금까지 엄마에게 외모에 대해 칭찬받은 기억이
아예 없다.

더 열심히 체중 감량을 해야겠다고 마음을 다지고 난 며칠
후, 이모가 보낸 택배가 도착했다. 포장지를 뜯어 내용물을 확
인한 순간 신음 소리가 났다. 줄을 서서 사는 유명한 러스크
(Rusk, 빵이나 카스텔라 따위를 얇게 썰어 버터나 설탕을 발라 구운 음식)
전문점 바구니였던 것이다. 동봉된 편지에는 연말에 러스크
전문점에 갔다가 미츠바 생각이 나서 샀다고 적혀 있었다.

"…몇 개 먹는다고 어떻게 되겠어?"

갑작스러운 유혹에 미츠바는 저항할 수 없었다. 캐러멜 초
코가 코팅된 신제품 러스크를 손에 들고 포장 비닐을 뜯었다.
한 입 베어 먹었더니 사르르 녹는 달콤한 초콜릿과 바삭한 식
감의 조합이 절묘했다. 자꾸 손이 가 자신도 모르는 사이에 네
개나 먹어버렸다.

문득 정신을 차린 미츠바는 비명을 지르며 황급히 화장실
로 향했다. 깊이 숨을 들이쉬고 입을 충분히 씻어냈다. 그리고
각오를 입에 담았다.

"반드시 다이어트에 성공할 거야!"

2

"정말 맛있다⋯."

꽃무늬가 새겨진 도자기 접시에 선명한 붉은색 수프가 담겨 있다. 오늘의 시즈쿠 아침 메뉴는 보르시(Borscht, 고기와 야채 등을 넣고 비트로 맛을 낸 다음 사워크림을 올려 먹는 스튜)다.

흙내 나는 듯한 독특한 단맛은 비트 덕분일까. 표면에 떠오른 사워크림의 신맛이 이른 아침잠에서 덜 깬 혀를 자극했다. 한입 크기로 들어간 삼겹살은 적당한 탄력이 있고 씹으면 씹을수록 고소한 맛이 퍼졌다. 우크라이나의 가정 요리인 보르시에서는 말로 표현할 수 없는 독특한 맛이 났다.

미츠바는 가게 안의 블랙보드에 눈을 돌렸다. 선홍색 비트는 원래 '마시는 수혈'로 불릴 만큼 비타민과 미네랄이 풍부하다고 적혀 있었다. 거기다 일산화질소가 함유되어 있어 미용과 다이어트 효과도 기대할 수 있다고 한다.

"아, 맛있다⋯. 아사노 씨, 오늘의 수프도 정말 맛있네요."

"감사합니다. 그런 말을 들으니 기쁩니다."

미츠바는 어느새 아사노와도 곧잘 대화를 하는 사이가 되었다.

식사를 마친 후에는 화장실로 향했다. 세면대 옆 화병에는 카모마일이 꽂혀 있었다. 미츠바는 외출용 칫솔 세트를 꺼내 양치질을 시작했다.

거울에 비친 모습은 미츠바의 이상과 동떨어져 있었다. 그래서 무심코 시선을 딴 데로 돌렸다. 주말에는 남자 친구들과 어울려 보낼 예정인데, 그저께는 마유코가 만든 초콜릿 케이크를, 어제는 이모가 보내온 젤리를 연달아 먹어버렸다.

미츠바는 입안을 헹구고 나서 미소를 지어 보았다. 동그란 자신의 얼굴은 늘 재미있게 생겼다는 느낌을 준다.

"어, 아직도 깨끗하지가 않네."

치아 표면이 노르스름해 보인다. 다시 양치질을 했지만 여전히 이는 그대로였다.

신경이 좀 쓰였지만 전철을 타야 할 시간이 다가왔다. 화장실을 나오자 마침 츠유가 가게로 들어오고 있었다. 츠유는 점장 아사노의 외동딸로 허리까지 내려오는 검은 머리카락이 인상적인 소녀다. 종종 아침밥을 시즈쿠에서 먹는데 미츠바와는 시간이 엇갈려 자주 보지는 못한다.

"미츠바 언니, 안녕? 지금 가려고?"

"응. 다음에 같이 먹자."

계산을 하고 가게에서 나오자 5월의 아침 햇살이 유난히 강렬했다. 빌딩 사이로 비치는 햇빛에 미츠바는 살짝 현기증을 느꼈다.

토요일 볼링장은 소란스러워서 대화를 하려면 자연스럽게
서로 얼굴을 가까이 대야 했다. 미츠바는 스트라이크를 칠 때
마다 하이터치도 하며 좋은 시간을 보냈다. 그런데 게임이 끝
난 후 히사시가 무서운 제안을 했다.

"에너지가 고갈됐으니까 이제 케이크 먹으러 가자."

근처에 원하는 대로 먹을 수 있는 케이크 뷔페가 있다며 할
인 쿠폰까지 보여준다. 그 자리에 있던 모두가 찬성하며 좋아
하는 바람에 미츠바도 어쩔 수 없이 동행했다.

두 시간 동안 맘껏 먹을 수 있는 케이크 뷔페인데도 가격은
생각보다 저렴했다. 쇼케이스에 다양한 케이크가 놓여 있고,
파스타와 카레도 준비돼 있었다. 막상 먹어본 케이크는 퍼석
퍼석하고 크림도 식물성이어서 빈말이라도 1급이라고 하기
는 어려웠다. 하지만 미츠바는 친구들과 어울려 케이크 몇 개
를 위 속에 넣고 말았다.

집에 돌아온 미츠바가 복근운동을 하고 있는데, 열한시경
에 엄마가 들어왔다. 새빨간 립스틱을 바른 엄마는 데이트를
하고 온 듯했다. 화장실로 향한 엄마는 나오자마자 미츠바를
향해 말했다.

"화장실에서 이상한 냄새가 나네? 청소는 제대로 해야지."

"미안, 엄마. 다음엔 잘할게."

엄마는 가족 넷이서 살 때도 집안일을 싫어해 미츠바는 철이 들 무렵부터 밥 짓는 일과 세탁, 청소를 도맡아 해야 했다. 엄마는 미츠바를 내려다보며 입 끝을 살짝 들어 올렸다.

"어머머, 살이 좀 빠진 것 같네. 지금처럼 제대로 해봐. 방심하지 말고."

엄마는 돌아서서 욕실로 향했다. 미츠바는 엄마의 말에 어리둥절해졌다. 외모에 대해 엄마로부터 긍정적인 말을 들은 건 난생처음이었다. 기분이 좋아서 복근 운동을 평소보다 두 배나 했다.

방에서 공부하는 동안에도 엄마의 칭찬이 미츠바의 머릿속에 자꾸만 맴돌았다.

언젠가 이모가 엄마의 어린 시절에 대해 얘기해준 적이 있다. 엄마는 어려서부터 외모가 뛰어나 주위 어른들에게 귀여움을 받았고, 남자들한테도 인기가 많았다. 고등학교 재학 중에 스카우트되어 패션쇼에 출연했고 잡지 화보를 장식하는 등 화려한 활동을 이어갔다.

하지만 20대 중반에 모델을 그만두게 되었다. 자신을 아름답게 보여주는 기술을 익히지 않으면 경쟁 상대에게 이길 수 없고, 날로 변화하는 유행의 최첨단에 서려면 공부를 해야만 하는데 엄마는 노력하는 방법을 몰랐다.

모델 활동을 계속하기 어려웠던 엄마는 민첩하게 행동했다. 주위의 남자 중에서 가장 돈을 잘 버는 남자와 결혼했다. 그리고 미츠바와 가나코를 낳았다.

대기업 간부의 아내로서 순탄한 항해를 계속할 수도 있었지만, 엄마는 전업주부로서의 삶에 싫증을 느꼈다. 차츰 밤에 외출하는 일이 잦아지더니 옷차림도 화려해졌다. 그리고 가나코가 고등학교를 졸업했을 때 정식으로 이혼했다. 현재 엄마는 40대 지인 남성이 경영하는 회사에서 비서로 일하고 있다.

엄마는 뛰어난 미모를 무기로 인생을 살아왔다. 그 때문인지 가나코만큼 예쁘지 않은 미츠바를 가엾다고 생각하는 면이 있다.

"하다못해 집안일이라도 할 줄 알아야지."

엄마가 미츠바의 어린 시절부터 늘 하던 잔소리다. 전문학교를 선택한 것도 기술을 배우라는 엄마의 말을 거역할 수 없어서였다. 뛰어난 외모를 소유하지 못한 장녀는 가사 기술이나 자격증이 없으면 살아가기 어렵다고 생각한 것이다.

엄마는 자신의 외모를 쏙 빼닮은 둘째 딸에게만 관심을 보였다.

"…어?"

문득 정신을 차리고 보니 미츠바는 문이 열린 냉장고 앞에 앉아 있었다. 입안에 단맛이 남아 있고 바닥에는 과자 봉지가 뒹굴었다. 어두운 주방을 냉장고의 희미한 불빛이 비추고 있었다.

녹음이 짙어가는 5월이 끝나가는 시간. 미츠바는 다이어트를 계속하면서도 마유코가 손수 만든 쿠키의 달콤한 유혹에 몇 번이나 넘어가고 말았다.

이모는 정기적으로 택배를 보내주었다. 햄과 야채, 레토르트 카레 등 다양했다. 짭짤한 음식이면 미츠바는 참을 수 있었지만, 가끔 보내오는 달콤한 과자나 케이크에는 자신도 모르게 손이 갔다.

그날은 움직이는 것이 귀찮아 늦잠을 잤다. 시즈쿠에 갈 생각이었으나 평소 학교 가는 시간에 눈을 뜨고 만 것이다.

미츠바는 2주일 내내 몸이 좋지 않았고 생리도 늦어지고 있었다. 시즈쿠에 가면 1교시에 늦을 것 같았지만, 전날부터 기대했던 재미를 미루고 싶지 않았다.

지각을 각오하고 시즈쿠를 찾은 미츠바는 테이블 앞에 앉아 깊은 숨을 내쉬었다. 위가 좋지 않았으나 커피를 한 모금 마셨다. 카페인에 지방 연소 효과가 있다는 걸 안 후부터는 가급적 마시려고 노력하는 중이다.

수프를 기다리고 있는데 주방 안쪽에서 츠유가 얼굴을 내민다. 손짓을 하자 앞에 와서 앉았다.

"안녕, 츠유? 드디어 함께 아침을 먹을 수 있겠네."

"그래. 어? 미츠바 언니, 다친 거야?"

"으응. 조금."

츠유가 손등을 보고 고개를 갸웃거리자 미츠바는 무심코 팔을 당겼다. 미츠바의 손등에는 반창고가 붙어 있었다. 츠유가 아무 말 없이 응시하자 무심코 시선을 딴 데로 돌렸다.

"오래 기다리셨습니다."

아사노가 여름 야채와 닭고기 미네스트로네(Minestrone, 제철에 나는 채소와 파스타 등으로 만든 이탈리아 전통 수프)를 테이블에 올려놓는다.

수프에 사용된 토마토는 풍미가 강하고 그만큼 신맛이 선명했다. 맛의 윤곽이 확실해 미츠바가 즐겨 찾는 음식이기도 하다. 토마토에 함유된 리코핀 성분은 다이어트 효과가 있는 것으로 유명하다. 이 성분을 영양보충제로 만들어 약국에서도 판매하고 있다는 건 알고 있었다.

츠유가 수프를 입안에 넣는 순간 눈꼬리가 내려갔다. 그 반응에 기대가 부풀어 미츠바도 재빨리 입에 머금었다.

"어…?"

토마토와 닭고기의 간이 맞지 않은 듯 어딘가 부족하게 느껴졌다. 반응이 이상하다고 생각했는지 츠유가 불안한 표정을 지었다. 그때를 놓치지 않고 미츠바가 얼른 미소를 보여주었다.

"역시, 츠유 아빠는 요리 천재네!"

츠유가 쑥스러운 듯 고개를 끄덕이며 다시 먹기 시작한다. 미츠바는 닭고기를 씹었으나 역시 맛이 여느 때보다 싱거웠다. 식재료의 질이 떨어진 것인가, 미츠바 것만 조리에 실패한 것인가. 하지만 말을 꺼낼 용기가 나질 않아 묵묵히 싱거운 수프를 먹을 수밖에 없었다.

전문학교의 점심시간, 미츠바는 차와 쿠키 타입의 영양 기능식품을 가방에서 꺼냈다. 저녁 식사는 거를 예정이니까 오늘의 밥은 이게 마지막인 셈이다. 수다를 떨면서 점심을 마쳤는데 마유코가 수제 마카롱을 책상 위에 꺼내놓는다.

"보기엔 좀 그렇지만 맛은 보장해. 후쿠짱도 먹어봐."

녹색과 갈색, 노란색 등 화려한 색상이 식욕을 자극했다. 친구들은 마카롱을 입에 넣으면서 "이건 초코 맛이구나" 혹은

"이건 어떤 맛인지 모르겠네"라며 각자의 느낌을 말했다.

"미안. 오늘은 안 먹을래."

"몸이 안 좋니?"

"사실 나 다이어트 중이야."

친구들이 눈을 동그랗게 뜨고 서로 얼굴을 마주보며 일제히 웃기 시작한다.

"후쿠짱, 무슨 말을 하는 거야? 어디를 빼겠다고."

이런 식의 빈말이 싫어 미츠바는 다이어트를 비밀로 한 것이다. 마유코가 마카롱을 내밀었다.

"먹어봐. 나의 야심작이야."

"안 먹는다니까!"

미츠바가 팔을 뿌리치자 마카롱이 공중으로 튀었다가 바닥에 떨어진다.

"아, 미안…. 그래 좀 먹어볼게."

최근 미츠바는 머리에 피가 거꾸로 솟는 듯 흥분하는 일이 잦아졌다. 황급히 바닥에 손을 뻗었지만 마유코가 먼저 집어 들었다.

"괜찮아. 억지로 권해서 미안해."

미츠바의 반응에 놀란 듯했으나 마유코는 평상시와 변함없이 미소를 보여주었다. 하지만 찌그러진 마카롱은 쓰레기통에 버릴 수밖에 없었다.

잠시 후 수업 시작을 알리는 벨 소리가 울리고 강사가 교실
에 들어왔다. 마음은 즉시 학교에서 도망치고 싶었지만 교실
에 남아 수업에 귀를 기울였다. 마지막 강의가 끝나자마자 미
츠바는 정신없이 학교를 나왔다.

집 근처 역 앞에 도착했을 때, 심한 피로감이 몰려왔다. 근
처에 있는 카페에 들어가 커피를 주문하고는 눈을 감고 심호
흡을 했다. 그때 큰 웃음소리가 나더니 귀에 익은 목소리가 날
아들었다.

"앞으론 빅 파르페 제발 시키지 마. 손이 저절로 멈추잖아."

등 너머로 히사시의 목소리가 들렸다. 미츠바의 존재를 아
직 모르는 것 같았다. 말을 걸어볼까 망설였으나 처음 보는 남
자들이 많이 모여 있어 끼어들 용기가 나지 않았다.

"이제 질렸어. 나머지는 히사시가 먹어."

"무슨 소리야. 난 단 거 싫어한단 말이야."

미츠바는 귀를 의심했다. 단것을 싫어한다면서 왜 케이크
뷔페에 가자고 제안했을까. 그날 히사시는 가벼운 식사 중심
으로 먹긴 했지만, 케이크도 그런대로 잘 먹었다.

곧이어 화제가 연애로 바뀌자 미츠바는 숨을 멈추고 귀를
쫑긋 세웠다. 커피가 나왔는데도 마실 여유가 없었다. 친구들

은 히사시에게 최근 데이트했다는 여자에 대해 꼬치꼬치 캐물었다.

"후쿠다 가나코는 중학교 때부터 유명하잖아. 어떻게 꼬셨는지 알려줘."

"비밀이라고 했잖아."

핏기가 없어진 미츠바는 양손으로 얼굴을 감쌌다. 히사시와 친구들은 야한 농담을 섞어가면서 가나코가 얼마나 귀여운지 이야기하기 시작했다. 가나코와 데이트를 한 번 했을 뿐 아직 사귀고 있는 것 같지는 않았다. 하지만 히사시는 "절대 놓치지 않겠다"라고 자신만만하게 선언했다.

그러더니 갑자기 웃음을 참지 못하겠다는 투로 말했다.

"그러고 보니 가나코 언니와 만났는데, 정말로 대단해. 사진 있는데 볼래?"

"어디 어디?"

잠시 침묵이 흐른 뒤 남자들이 일제히 소리쳤다.

"왝! 진짜 친언니 맞아?"

"정말 위태롭게 생겼네. 이런 여자를 데리고 걷는 건 무리야."

미츠바는 속이 울렁거려 화장실로 달려갔다. 변기에 토하려 했지만 위액밖에 나오지 않았다. 몇 번이나 시도하다 15분 정도 지나 자리로 돌아왔을 때, 히사시와 친구들의 모습은 보이지 않았다.

계산을 하고 거리로 나오자 지나가는 행인들이 자꾸 자신을 쳐다보는것 같았다. 미츠바는 여러 번 쉬면서 불안정한 발걸음을 집으로 옮겼다.

3

고등학교 시절에 동경하던 선배가 있었다. 항상 멀리서 바라봤는데 그날은 갑자기 선배가 말을 걸더니 영화를 같이 보러가자고 했다. 뛸 듯이 기쁜 미츠바는 가나코와 상의했다.

가나코는 언니의 옷차림을 지적하고는 함께 쇼핑을 나가 유행하는 옷을 사도록 거들었다. 데이트는 별 재미가 없었고 영화에도 집중이 안 됐지만, 그래도 미츠바에게는 꿈 같은 시간이었다. 다만 선배가 동생에 대해 묻는 게 좀 걸렸다.

며칠 후, 나도는 소문이 미츠바의 귀에 들어왔다. 선배는 가나코를 끈질기게 따라다녔으나 동생은 거들떠보지 않았다. 그래도 좋다며 따라붙는 선배에게 가나코가 데이트를 해줄 테니 대신 '미츠바와 함께 영화를 봐달라'라고 조건을 제시했다는 것이다.

반신반의했던 미츠바가 가나코에게 따져 묻자 동생은 시원스럽게 인정했다. 진의를 묻는 미츠바에게 가나코는 조금의 거리낌도 없이 대답했다.

"언니가 선배를 좋아하니까 그랬어."

어린 시절, 가나코는 몹시 겁이 많았다. 불안할 때면 미츠바의 등 뒤에 숨어 성난 것처럼 얼굴이 굳어졌다. 엄마를 비롯해 어른들은 그런 가나코를 귀여워했다. 안심한 가나코는 점차 웃음을 뿌리고 다녔고, 주위사람들로부터 점점 더 많이 예쁨을 받았다.

미츠바도 지지 않으려고 웃는 연습을 해본 적이 있다. 하지만 그 모습을 본 엄마가 "쓸데없는 일을 하는구나"라며 웃음거리로 만들어, 가나코를 흉내내기는 포기했다. 나이를 먹으면서 빛을 더해가는 동생을 미츠바는 그늘에서 가만히 바라볼 수밖에 없었다.

미츠바가 원하는 건 모두 가나코가 차지했다.

"쓸데없는 짓 하지 마!"

큰소리로 말하자 가나코가 미츠바를 노려봤다. 그때부터 둘은 거리를 두게 되었다. 꼭 해야 할 말만 하고 일체 대화를 시도하지 않았다. 둘이서 찍은 사진과 스티커 사진도 다 내다버렸다. 가나코가 사다준 수학여행 기념품도 거부했다. 미츠바는 동생과 관련된 일이라면 죄다 피해버렸다.

　히로시와 카페에서 조우한 다음 날, 미츠바는 몸이 나른해 학교를 쉬었다. 점심이 지나서야 자리에서 일어나 텔레비전을 켜자 기상 캐스터가 장마철에 돌입했음을 알렸다.

　미츠바는 옷장 속에서 이모가 보내준 파운드케이크 바구니를 꺼냈다. 홧김에 마구 먹으려고 했지만, 체중계의 숫자가 머리에 떠올라 손이 움직이지 않았다.

　초인종 소리가 나 현관으로 가봤더니 냉동 택배가 도착해 있었다. 전표에서 이모 이름을 확인한 순간 하마터면 짐을 떨어뜨릴 뻔했다. 내용물은 백화점 지하에서 산 롤케이크였다. 줄을 서서 사야 할 정도로 인기가 많은 케이크였으나 미츠바는 주방으로 들고 가 휴지통에 처넣고는 이모에게 전화를 걸었다. 몇 번 벨이 울린 후 이모가 전화를 받았다.

　"이모, 오랜만이에요. 롤케이크 보내셨네요."

　"그래. 마음에 들었으면 좋겠다."

　"고맙지만 다시는 보내지 마세요. 특히 단 건 절대 사절이에요."

　"입에 맞지 않니?"

"다이어트 중이라 곤란해요."

잠시 침묵하더니 이모가 웃으며 말했다.

"젊으니까 먹어도 괜찮아. 이모는 조금만 먹어도 몸에 살이 붙지만…."

"필요 없다고 했잖아요!"

어릴 때부터 엄마의 변덕에 휘둘리며 자라온 이모는 미츠바에게 다정하게 대해주는 몇 안 되는 친척이었다. 그래서 호의를 무시하고 싶지 않았지만 더 이상 음식을 보내는 건 참을 수 없었다.

이모의 당황하는 모습이 전화 너머로 전해왔다. 이모가 사과를 하며 다시는 음식을 보내지 않겠다고 약속했다. 전화를 끊으려고 하는데 물었다.

"가나코와는 사이좋게 지내니?"

"…그런 건 왜 물어요?"

여동생과의 불화는 친척들에게 숨기고 있던 터였다.

"특별한 의미는 없어. 따로 살고 있으니까 신경이 좀 쓰였을 뿐이야."

이모는 당황한 듯 전화를 끊었다.

미츠바는 냉장고를 뒤져 야채수프를 만들었다. 지방을 섭취하지 않으려고 육류도 넣지 않고 재료도 볶지 않았다. 소금으로만 맛을 낸 수프는 도저히 먹을 수 없을 정도로 맛이 없었다. 그래도 미츠바는 얼굴을 찡그리면서 입안에 흘려 넣었다.

저녁 무렵 히사시에게 문자가 왔다. 웃음거리가 된 순간의 공포가 되살아나 열어보기가 무서웠다. 간신히 내용을 읽긴 했으나 가벼운 현기증이 났다.

'다음 주에 우리 술 마시러 가자. 일본 과자랑 케이크가 인기 있는 이자카야인데, 후쿠짱도 단 걸 좋아하는 것 같아서 이곳으로 정했어.'

미츠바의 사진을 보고 조롱하며 데리고 다니기 부끄럽다고 떠들던 때가 바로 어제다.

그 순간, 가나코의 얼굴이 뇌리에 스쳤다. 미츠바는 떨리는 손으로 히사시의 전화번호를 찾아내 통화 버튼을 눌렀다.

"지금 통화 괜찮아?"

"응, 문자 봤어?"

상쾌하다고 느꼈던 히사시의 음성이 지금은 경박하게 느껴진다.

"나랑 놀아주면 가나코가 데이트를 해주겠대?"

"어?"

당황한 반응이 느껴지자 미츠바는 자신의 짐작이 맞았다고 확신했다.

"도대체 가나코가 뭐라고 한 거야?"

"무, 무슨 얘기야? 날짜는 나중에 문자 할 테니까 올 수 있으면 답 좀 해줘."

그럴듯하게 얼버무리기는 무리라고 판단했는지 히사시는 당황한 목소리로 전화를 끊었다.

이모는 여러 번 음식을 보내주었고 갑자기 가나코와의 사이를 물었다. 히사시는 동생과 데이트를 하기 위해 미츠바를 달콤한 음식점으로 데려가려고 한다.

모두 가나코와 달콤한 음식이 관련되어 있다. 그리고 미츠바는 또 한 사람 짚이는 인물이 있었다.

잿빛 하늘 아래, 이슬비가 부슬부슬 내리는 아침이었다. 역에서 도보권 내에 있는 빌딩 한 동이 미츠바가 다니는 전문학교다. 미츠바는 어제 마유코에게 수업이 시작되기 전에 오라고 문자를 보냈다. 1교시가 시작되기 40분 전에 학교 앞에서 기다리고 있자 우산을 든 마유코가 모습을 드러냈다.

둘은 엘리베이터를 타고 맨 위층으로 향했다. 1교시에 맨 위층 교실은 사용하지 않기 때문에 인기척이 없었다. 형광등은 꺼져 있고 창문으로 들어오는 희미한 빛이 복도를 비춘다. 미츠바는 마유코를 뚫어지게 쳐다봤다.

"나한테 과자 먹이라고 가나코가 부탁한 거지?"

마유코는 아무 대답도 하지 못하고 입술을 굳게 다물었다. 마유코는 미츠바의 집에 놀러 왔을 때 카나코와 서로 연락처를 주고받았다.

"마유코한테만 부탁한 게 아니야. 중학교 동창과 친척한테도 가나코가 이런 식으로 부탁했어."

히사시와의 관계가 알려진 경위는 알 수 없지만 발이 넓은 가나코는 미츠바의 친구와도 교류하고 있었다. SNS를 통해 미츠바가 히사시와 놀러 간 것을 알고, 중학교 친구를 통해 연락했을 게 분명하다.

"…후쿠짱, 미안."

마유코는 힘없이 고개를 숙이더니 가나코의 부탁임을 인정했다.

4월 초쯤 마유코는 가나코가 보낸 문자를 받았다. 내용은 정기적으로 먹을 것을 만들어 권해달라는 부탁이었다. 4월 초는 집에서 마지막으로 얼굴을 마주한 시기에 해당한다.

"왜 그런 부탁을 들어준 거야?"

"당연히 걱정되니까 그렇지."

"걱정되는데 왜 과자 같은 걸 먹이려는 거야!"

머릿속이 새하얗게 되었다. 더 이상 마유코와 함께 있고 싶지 않아서 엘리베이터에 탔다. 함께 타려는 마유코를 못 들어오게 하고 1층까지 내려가 학교를 나왔다. 학교로 향하는 친구들이 스쳐 지나갔지만 모두 모른 척했다.

몇 번이나 쉬어가면서 가나코가 사는 아파트에 도착했다. 아침부터 내리던 비는 어느새 안개비로 바뀌어 온몸에 엉겨붙었다. 1층 입구에서 아파트 호수를 눌러 신호를 보냈다. 부재중이면 다시 나올 생각이었으나 가나코는 집에 있었다. 자동문이 열렸다.

열린 현관문 안으로 들어가니 가나코는 거실 소파에 앉아 있었다. 옷도 갈아입고 화장도 끝마친 상태로, 불만스러운 듯 미간을 찌푸렸다.

"이렇게 일찍 웬일이야? 무슨 일 있어?"

"마유코도 히사시도 이모도, 다 네 소행이지?"

가나코는 입술을 삐죽거리며 가볍게 어깨를 움츠리고는 숨을 내쉬었다.

"이제 알았구나."

"속셈이 뭐야?"

"언니 체중이 늘어나길 바란 거지."

어렴풋이 예상은 하고 있었지만 실제로 듣고 나니 충격이 컸다.

"왜 날 살찌게 만들려는 거지?"

가나코는 눈썹을 크게 올린 후 미츠바를 날카롭게 노려보았다.

"무슨 말을 하는 거야. 그게 이유라니까."

가나코가 테이블 아래에 있던 손거울을 집어 미츠바의 면전을 비췄다. 어릴 때부터 정말 싫어했던 구역질 날 정도로 동그란 얼굴이 나타난다. 반면 옆에 선 가나코는 험한 표정인데도 홀릴 만큼 아름다웠다.

가나코처럼 태어나고 싶었다. 그러면 다들 예뻐해줬을 게 분명하다. 저렇게 예뻤다면 엄마 역시 미츠바에게 관심을 가졌을 것이다.

"…너무해."

목소리가 떨렸다. 가나코가 부옇게 보인다.

"이렇게 뚱뚱한 나에게 왜 그런 짓을. 그렇게 내가 싫은 거니…?"

번지는 시야 저 멀리 가나코의 얼굴이 일그러져 보였다.

미츠바는 뛰어나왔다. 뒤에서 부르는 소리를 무시하며 아파트 밖으로 달렸다. 빗줄기가 제법 강해져 있었지만, 미츠바는 우산도 받지 않고 달렸다. 비참한 기분이 소용돌이쳐서 눈물이 비 오듯 흘러내렸다.

집에 돌아온 미츠바는 방에 틀어박혔다. 엄마는 문 밖에서 저녁 준비를 하라고 재촉했다. 대꾸하지 않자 외출해버리고 없었다.

아무것도 먹지 못한 채 아침을 맞은 미츠바는 시즈쿠로 향했다. 어제부터 내린 비는 그치지 않고 여전히 부슬부슬 내리고 있었다.

"안녕하세요. 어서 오세요."

아사노가 여느 때와 같이 웃는 얼굴로 반겨주었으나 미츠바는 왠지 몸에 기운이 빠지는 느낌이었다. 수프 냄새가 진동하는 가게 안에 야채 볶는 소리가 울리고 있었다.

오늘의 수프는 호박 포타주였다. 자리에 앉자 아사노가 오렌지색 수프가 담긴 목제 접시를 들고 왔다. 나무 숟가락을 넣자 호박의 달콤한 냄새와 함께 육두구 향이 피어올랐다. 미츠바는 자신도 모르게 침을 삼켰다. 숟가락을 들어 올리자 위에 곁들인 막대 모양 생크림이 와르르 무너져내렸다.

순간, 미츠바는 손을 멈췄다.

"호박 싫어하세요?"

이상한 낌새를 눈치 챈 아사노가 말을 걸었으나 미츠바는 눈을 감고 고개를 가로저었다.

"죄송합니다. 못 먹겠어요. 저는 뚱뚱하니까. 먹으면 더 살이 찌니까요."

생크림을 먹으면 지방으로 변할 게 분명하다. 주방 안쪽에서 보글보글 끓는 소리가 들렸다. 아사노가 작게 숨을 들이 쉬었다.

"…도저히 못 먹을 것 같습니까?"

고개를 들자 아사노가 진지한 표정으로 미츠바를 바라보고 있다.

"안 되겠어요. 못 먹겠어요."

"못 먹겠으면 얘기나 좀 할까요?"

"무슨 얘기를 왜 하자는 거예요?"

"이야기를 하면 기분 전환도 되고 반드시 식욕도…."

아사노도 식사를 권하는 분위기가 되자 미츠바는 울먹일 듯한 표정을 지었다.

"못 먹겠다고 말했잖아요. 왜 다들 날 살찌게 하려고 안달인 거죠?"

양손으로 테이블을 치자 흔들리는 접시에서 포타주가 흘러내렸다.

"지금 38킬로그램이나 되는데!"

갑자기 공중에 뜨는 듯한 감각에 사로잡혔다. 평형감각을 잃은 듯 수프 접시가 눈앞에 다가왔다. 그 직후, 미츠바는 의식을 잃었다.

4

눈을 뜨자 츠유가 미츠바의 얼굴을 들여다보고 있었다. 의식을 되찾은 걸 본 츠유는 밝은 표정을 지었다. 미츠바의 손을 쥐고 있던 츠유의 작은 손에서 온기가 전해져왔다.

미츠바는 아사노의 집 소파에 누워 있었다.

의식을 잃은 순간 누군가에게 안긴 기억이 난다. 아사노가 팔을 뻗어 받아준 것이라고 생각했다. 벽시계를 확인해보니 의식을 잃은 건 30분 정도 전이다.

츠유가 가방을 메고 미츠바에게 손을 흔들었다.

"언니, 빨리 나아요."

그렇게 말하고는 방을 나갔다. 번갈아 지키듯이 아사노가 미츠바의 모습을 보러 와서 테이블 위에 물컵을 놓고 나간다.

"가게에 있을 테니까 천천히 쉬세요."

미츠바는 눈을 감았다. 다시 깨어났을 때는 한 시간이 지나 있었다. 미츠바는 물을 마시고 나서 천천히 일어섰다.

거실 중앙에 작은 테이블이 있고 그 위를 따뜻한 색깔의 조명이 비추고 있었다. 벽에는 책장이 줄 지어 달렸고, 요리 관련 자료가 나란히 꽂혀 있었다. 아사노와 단발머리 여자와 나란히 찍은 사진도 보였다. 아사노 씨의 아내일까 궁금했지만 사생활을 엿보는 것 같아 바로 얼굴을 돌렸다.

계단을 내려와 가게에 와보니 아사노는 바닥 청소를 하고 있다. 아침 영업시간은 벌써 끝난 것이다.

"이제 움직여도 괜찮아요?"

"네, 괜찮아요. 그보다 폐를 끼친 것 같네요."

미츠바는 아사노에게 고개를 숙였다. 그러자 그도 깊이 머리를 숙였다.

"저야말로 후쿠다 미츠바 씨의 기분을 생각하지 않고 무턱대고 권하기만 했네요. 미안합니다."

"그렇지 않아요. 미안해할 것 없어요."

아사노가 천천히 머리를 들었다. 그리고 미츠바에게 테이블 자리에 앉도록 권하더니 마주보고 앉았다. 아사노가 빤히 쳐다보자 미츠바는 무심결에 얼굴을 돌렸다.

"…역시 얘기하는 게 좋을 것 같아 말하는데요, 충격을 받을지도 모르지만. 미츠바 씨, 아무래도 섭식장애인 것 같아요."

섭식장애라는 말을 들어보긴 했다. 하지만 뉴스 프로그램 특집에서 본 정도의 지식밖에 없다.

"네? 왜 제가 섭식장애라고…?"

"이유는 여러 가지가 있죠."

아사노는 이렇게 말을 꺼내고는 섭식장애에 대해 설명하기 시작했다. 섭식장애는 체중에 과도하게 집착하는 것으로, 식사 행동에 영향을 미치는 마음의 병이라고 할 수 있다. 주로 폭식증과 거식증이 있는데 10, 20대 여자에게 많이 일어난다.

"거식증은 식사량을 한계까지 줄여서 체중을 극단적으로 빠지게 하죠. 그 때문에 호르몬 이상이 생겨 불면증이나 나른함, 생리 불순 같은 증상이 나타날 수 있어요."

미츠바도 최근 잠을 잘 못 잤고 생리도 불안정했다.

"그리고 영양 부족으로 인해서 다양한 증상이 나타난답니다. 아연이 부족하면 생기는 미각 장애도 그중 하나죠. 최근 우리 가게 수프가 입맛에 맞지 않았죠? 미츠바 씨가 수프 맛을 잘 못 느끼는 것 같다고 츠유가 그러더군요. 츠유와 미네스트로네를 먹을 때부터 그 증상이 나타난 것 아닌가요?"

최근 며칠간 수프 맛이 이상하다고 느끼긴 했다. 아사노의 지적이 정확히 맞긴 하다. 하지만 고개를 가로저었다.

"거식증이라니 말도 안 돼요. 저는 과자를 너무 잘 먹어서 탈이란 말이에요."

이모와 마유코가 주는 쿠키와 빵도 참지 못해 먹었고, 케이크 뷔페에서 실컷 먹은 적도 있다. 스트레스가 쌓여 한밤중에 냉장고를 뒤진 적도 한두 번이 아니다.

"과식과 거식증은 상반되는 증상이라고 생각하기 쉽지만 그렇지 않아요. 두 가지가 동시에 일어날 수도 있거든요. 이 경우 먹고 토하기를 반복하는 과식 구토를 하기도 하죠. 그때 손에 상처가 생기는 경우가 있답니다. 반창고 얘기는 츠유한테 들었어요."

미츠바는 테이블 아래에서 왼손으로 오른손 등을 덮었다. 츠유가 걱정해주던 날 이후에도 계속 손등에 반창고를 붙이고 있었다.

식사 제한이 계속되면 스트레스가 쌓여 인내의 한계에 달한 시점에 음식을 한꺼번에 먹게 된다. 하지만 배가 부르면 후회가 엄습해온다. 영양을 흡수하면 살이 찐다는 공포에서 벗어나기 위해 취할 수 있는 행동은 하나밖에 없다. 위의 내용물을 비우는 것이다.

미츠바는 목구멍에 손가락을 넣어 몇 번이나 구토를 반복했다. 오른손을 입안으로 밀어 넣을 때 치아가 손등에 상처를 입히기 때문에 반창고를 붙이지 않을 수 없었던 것이다.

엄마가 이전에 화장실 냄새를 지적한 적이 있는데, 그 직전에 미츠바는 뷔페에서 먹은 케이크를 토했다. 때문에 화장실에 위액과 내용물 냄새가 남아 있던 것이다. 아마 치아가 노르스름해진 것도 구토가 원인일지 모른다. 자주 위산에 닿으면 치아도 멀쩡한 상태로 있을 수 없기 때문이다.

"미츠바 씨 정도로 마르면 주위 사람은 누구나 걱정하기 마련이죠."

아사노한테서 말랐다는 말을 듣고도 미츠바는 납득할 수 없었다.

BMI 지수라고 하는, 키와 몸무게를 이용해 비만 정도를 추정하는 계산법이 있다. 이 지수를 기준으로 보면 키가 157센티미터인 미츠바의 경우는 50킬로그램 정도가 돼야 건강한 것으로 나온다.

그러나 모델을 직업으로 하는 여자의 체격을 기준으로 계산하면 미츠바의 경우는 40킬로그램 이하여야 한다. 여기서 모델의 기준은 가나코나 엄마처럼 태어나면서부터 반듯한 이목구비와 스타일을 지니고 있는 사람이다. 그래서 미츠바는 남들보다 더 많이 살을 빼야 엄마에게 인정받을 수 있다고 생각했고, 그 때문에 다이어트를 계속하려 했던 것이다.

하던 말을 마치고는 아사노가 다시 미츠바의 얼굴을 똑바로 쳐다보았다.

"아는 대로 설명했지만 어디까지나 전 아마추어입니다. 치

료에 관해서는 전문가와 상담하는 것이 좋을 거예요. 의사의
진단을 한번 받아보세요."

아사노가 일어나 카운터 뒤로 가더니 주방에서 호박 포타
주가 담긴 접시를 들고 왔다.

"정 힘들면 먹지 않아도 됩니다."

"아사노 씨는 어떻게 그렇게 섭식장애에 대해서 잘 알아
요?"

"⋯예전에 아는 사람 중에 그런 사람이 있어서요."

뭔가 숨기는 게 있는 듯 눈길을 피했다.

미츠바는 포타주에 흘끔 시선을 던졌다. 아까와는 달리 생
크림이 보이지 않았다. 숟가락을 넣어보니 국물 농도가 묽어
져 있다. 미츠바는 심호흡을 하고는 수프 한 숟가락을 떠서 입
에 넣었다.

수프는 뜨겁지 않을 정도로 약간 식어 있었다. 입에 닿는
맛은 깔끔했으나 어쩐지 호박 맛을 제대로 느낄 수 없었다.

갑자기 숟가락을 든 손이 눈에 들어왔다. 미츠바에게는 불
필요하게 붙어 있는 군살밖에 보이지 않았다. 그런데도 아사
노와 마유코는 걱정될 정도로 앙상하다고 말한다.

미츠바는 눈을 감고 생각에 빠졌다.

"병원에 가보긴 할 거예요. 그래도 살을 빼고 싶은 마음을

억제하진 못할 것 같아요."

"억제할 필요는 없어요."

미츠바가 눈을 뜨자 아사노는 미소를 짓고 있다.

"살을 빼고 싶은 건 당연하고 자연스러운 감정이에요. 나도 몸매를 유지하기 위해 정기적으로 운동을 해요. 하지만 살찔까 봐 지나치게 두려워하는 게 문제라는 거죠."

아사노의 말에 마음이 조금 가벼워진 듯한 기분이 들었다. 미츠바는 포타주를 3분의 1만 먹고 집으로 돌아가기로 했다. 아사노는 가게 출입구까지 배웅을 나왔다. 밖으로 나오니 비가 그쳐 있었고, 아스팔트에 생긴 물웅덩이로 밝은 하늘이 비쳤다.

집 현관문을 열자 화려한 샌들이 벗어 던져 있다. 미츠바는 단번에 신발의 주인이 누구인지 알 수 있었다. 안으로 들어가자 가나코가 거실에 앉아 있다.

"여긴 왜 온 거야?"

"학교에 오지 않는다고 마유코가 그래서. 마유코 씨, 전화하면서 엄청 울먹이던데."

미츠바도 거실에 앉았다. 가나코는 기분이 좋지 않은지 자꾸만 입술을 깨물었다. 할머니 때부터 사용하던 벽시계가 초침 소리로 시간을 새기고 있었다. 침묵을 깬 것은 가나코였다.

"엄마 가방 빌리러 왔을 때 갑자기 말라 있어서 놀랐어."

"그때 나보고 밥맛이라고 했잖아."

"정말 너무 말라 있어서 그랬어. 보기에도 건강해 보이지 않고 무서워서…."

다이어트를 시작했을 때 미츠바의 체중은 56킬로그램이었다. BMI 지수로는 보통 체중에 해당하지만 세상 사람들은 통통하다고 말하는 체형이었다. 그 때문에 BMI 지수를 믿을 수 없다고 생각했다. 미츠바는 다이어트를 해서 한 달 반 만에 10킬로그램 이상 체중을 줄였다. 가나코와 만난 날은 45킬로그램이 되던 시점이다.

그날 가나코는 집에 돌아가서 엄마에게 휴대전화로 연락을 했다. 그러나 엄마는 미츠바가 살을 빼는 건 당연하다는 태도를 취했다. 그래서 가나코는 어떻게든 자신이 말려야 한다고 생각했다.

가나코는 우선 이모와 마유코에게 도움을 청했다. 그리고 미츠바의 근황을 알아내는 데 히사시의 존재가 필요하다고 생각했다.

"어째서 그런 번거로운 방법을 취한 거지?"

"내가 직접 나섰다면 거부할 게 분명하니까. 고등학교 때부터 줄곧 나를 피했잖아."

가나코가 지적한 대로 동생이 음식을 내밀었다면 미츠바는 분명 손을 대지 않았을 것이다.

가나코는 자신이 한 일을 털어놓기 시작했다. 과자 위주로 먹이려고 한 건 미츠바가 단 걸 좋아하기 때문이었다. 하지만 영양의 균형이 깨질까 봐 걱정되어 이모에게 과자나 빵 말고 다른 것도 보내줄 것을 부탁했다.

갑자기 가나코의 어깨가 조금씩 진동하기 시작했다.

"엄마는 이상해. 언니가 갑자기 이렇게나 말랐는데도 왜 가만있는 거야!"

엄마의 미에 대한 기준은 보통 사람과 달라서 미츠바가 표준 체중일 때도 더 빼라고 부추길 정도였다.

가나코는 이어서 엄마에 대한 불만을 토로했다.

"난 엄마의 인형이었어. 엄마 마음에 드는 옷만 입어야 하고 모델이 되는 것도 거스를 수 없었어. 날 구속하는 엄마 때문에 매일 질식할 것 같았어. 엄마가 아빠와 이혼하기로 했을 때 난 엄마 손아귀에서 벗어날 수 있는 기회라고 생각했어. 그래서 아빠를 따라간 거야."

가나코는 미츠바의 팔을 잡고 보석 같은 두 눈에서 굵은 눈물을 떨어뜨렸다.

"난 언니를 동경하고 있었어."

가나코의 갑작스런 고백에 미츠바는 귀를 의심했다.

"난 참을성이 없어서 뭘 해도 오래가지 못하잖아. 애교를 떠는 일밖에 못해서 마음을 터놓을 친구도 없었어. 하지만 언니는 다들 후쿠짱이라고 부르며 좋아했어. 몇 번 실패해도 절대 포기하지 않고 해내는 힘을 지니고 있기도 하고."

미츠바는 줄곧 가나코처럼 되고 싶었다. 그런데 자매가 같은 생각을 하고 있었다니…. 상상도 못했던 일이다.

"고등학교 때도 데이트를 해보면 그 선배는 당연히 나보다 언니를 선택할 거라고 생각했어. 하지만 그걸 언니가 기분 나빠 할 거라곤 전혀 예상하지 못했던 거야."

미츠바는 불현듯 어린 시절이 떠올랐다. 무서움을 많이 타는 가나코는 툭하면 화가 난 것처럼 얼굴이 굳어졌다. 어쩌면 미츠바에게 보인 지금까지의 태도도 두려움 때문이었는지 모른다.

"나 같은 건 싫어해도 좋아. 하지만 부탁이니까 더 이상 살은 빼지 마. 어떻게든 밥을 먹어…."

눈물을 흘리는 가나코를 미츠바는 감싸듯 안아주었다.

"알았어. 알았으니까 그만 울어."

가나코보다 미츠바의 몸은 훨씬 가늘어져 있었다. 미츠바의 겉옷에 눈물이 스며들었다. 예전에 그랬던 것처럼 머리를 쓰다듬자 가나코의 우는 소리가 더 크게 울렸다.

두 달 후, 미츠바는 시즈쿠에서 가나코와 함께 아침 식사를 했다.

고교 시절부터 벌어진 두 사람 사이를 좁히기 위해 가나코는 미츠바가 사는 집에 들어와 있었다. 여름방학이 긴 대학생과 달리 전문학교의 여름방학은 2주일 정도밖에 되지 않았다. 두 사람은 어제까지도 집에 같이 있었으나 오늘부터는 미츠바에게 수업이 있다. 그래서 미츠바는 밤샘으로 새벽녘에 잠든 여동생을 깨워 시즈쿠로 데려왔다.

가나코는 천성이 밝아서 가게에 있던 리에와 츠유와도 즉시 친해졌다. 미츠바는 이제 그런 모습을 봐도 질투가 나지 않았다.

오늘의 수프는 소송채와 두유 냉 포타주였는데, 은은하게 나는 쓴맛이 식욕을 돋워주었다. 가나코도 마음에 드는 눈치였다. 소송채는 칼슘이 풍부해 다이어트 시에 우려되는 골다공증을 방지해준다. 그리고 두유에 함유된 이소플라본은 깨지기 쉬운 호르몬 밸런스를 정돈해준다고 블랙보드에 적혀 있었다.

아사노의 조언대로 미츠바는 병원에서 상담을 받았다. 덧붙여 책을 뒤지며 섭식장애에 대해 조사하기 시작했다.

섭식장애는 체중에 신경 쓰는 사람이 많이 걸리며 남성보다는 여성에게 많이 나타난다고 되어 있었다. 그 외에 자존감이 극단적으로 낮은 경우에도 일으키기 쉽다고 한다. 지금의 모습으로는 안 된다고 부정하기 때문에, 외모에 지나치게 집착한 나머지 비정상적인 식사 습관으로 치닫는다는 것이다.

그 원인으로는 가족 관계에 문제가 있는 경우가 많다고 한다. 자식을 지배하려고 하는 부모 밑에서, 부자연스러울 정도로 사리 분별을 하는 아이로 자란 경우에도 섭식장애에 걸릴 확률이 높다는 것이다.

미츠바와 가나코의 사이는 좋아졌으나 엄마와의 관계는 조금도 개선될 기미가 보이지 않았다. 가나코와 함께 대화를 시도해보긴 했지만 엄마는 딸들의 주장을 조금도 이해하지 못했다. 지금까지의 불만을 호소해도 "그런 일 없어" "생각이 과하네" "난 완벽하게 너희를 키웠어"라는 식으로 받아칠 뿐 딸들의 마음을 알려고 하지 않았다.

자신이 정말 옳다고 믿는 엄마의 생각을 바꾸는 건 불가능할지도 모른다. 그래서 미츠바는 자신이 생각을 바꾸었다. 부모와 자식이라 해도 각자 다른 인격체로 서로의 가치관은 맞지 않을 수도 있다. 그것은 애정의 유무와는 관계없는 일이다.

"맛있다, 언니!"

위험할 정도로 살이 빠졌던 미츠바의 체중은 지나친 과소 체중에서 약간 마른 체형으로까지 회복되었다. 그러나 아직도 살이 찌는 것에 대한 두려움이 완전히 사라진 상태는 아니다. 하지만 점차 표준체중이 될 때까지 늘려야겠다고 미츠바는 생각했다.

가나코에게 미소를 보이며 미츠바는 수프를 떴다. 밝은 녹색 포타주가 목을 지나 몸의 안쪽으로 스며드는 느낌이 기분 좋았다.

4장

날이 저물 때까지 기다려

1

오쿠타니 리에는 보름에 한 번씩 쉬는 것으로 주말에 일한 것에 대한 대체휴가를 사용하고 있다. 쉬는 날에는 주로 청소와 쇼핑을 하다 보면 하루가 다 간다. 오늘은 이틀 만에 출근하는 날로 수면을 충분히 취해서인지 화장이 잘 먹었다.

교정 완료 직후라《일루미나》편집부에는 느긋한 분위기가 흐른다.

"자, 이번 호도 열심히 해보자."

힘껏 기지개를 켜고 나서 화이트보드에서 동료들의 일정을 확인한다. 편집장 후미코는 새집으로 이사하기 위해 유급휴가를 낸 상태다. 최근에 입사한 신입사원도 업무에 익숙해지기 시작했다. 오늘은 반휴(半休)를 내서 오후에 출근할 예정이라고 쓰여 있다.

그때 후배 하세베 이요가 나른한 표정으로 출근했다.

"아, 오쿠타니 선배, 저 있잖아요. 어제 점심에 시즈쿠에서 재미있는 걸 봤어요!"

리에를 보자마자 이요가 힘 있게 말을 걸어왔다. 사실은 신규 점포에 대한 회의를 하고 싶었으나, 시즈쿠 이야기가 나오면 그만 귀를 기울이게 된다.

리에가 밤을 새운 그저께, 이요는 담당 페이지를 끝내고 막차로 귀가했다. 다음 날은 오후부터 회의가 있었기 때문에 이요는 시즈쿠에서 점심을 먹고 출근할 생각이었다.

이요는 점심 개점 시간인 열한시 반보다 일찍 도착했다. 사인보드가 CLOSED로 되어 있었기 때문에 가게 앞에서 기다리고 있는데 갑자기 문이 열리더니 한 여자가 뛰어 나왔다.

여자의 눈에는 눈물이 고여 있었다. 여자가 도어벨 소리와 함께 밖으로 나온 후 아사노도 가게에서 나와, 이젤보드를 가게 앞에 세웠다.

"어서 오세요, 하세베 씨. 혼자세요?"

"네."

아사노는 문에 거는 사인보드를 OPEN으로 바꾸고는 태연하게 이요를 가게 안으로 불렀다. 어리둥절한 이요는 아무런 질문도 하지 못하고 이끌리듯 가게 안으로 들어갔다. 이요가 오늘의 수프인 중화풍 약선(약재를 넣어 조리한 음식) 수프를 먹고 있는 동안에도 아사노는 평소대로 요리를 하고 손님을 맞았다.

이야기를 마친 이요는 리에를 가리켰다.

"직감인데, 그 여자가 아사노 씨에게 고백한 거 같아요. 차여서 울며 사라진 거죠. 아사노 씨는 잘생기고 성격도 좋고 인기 있는 셰프니까 방심해선 안 돼요."

"그 여자, 어떤 여자였어?"

이요의 말을 듣던 리에는 달려 나간 여자의 특징을 물었다.

"그게 말이죠."

이요는 화려한 여성이었다고밖에 기억하지 못했지만 눈가의 점이라는 큰 특징만은 유일하게 선명했다. 우는 흑점이라 요염하고 좋잖아요, 라고 말하며 이요는 고개를 끄덕였다.

"난 그 여자가 누군지 짐작이 가는데?"

"정말요? 선배도 그 일에 연루되어 있는 건가요?"

"어제 아침에 나도 시즈쿠에 갔거든."

그저께 리에는 한밤중에 일을 끝내고 나서 회사에서 잠깐 눈을 붙였다. 눈을 뜨자 시즈쿠의 아침 영업시간이었다. 그래서 아침을 먹고 집에 갈 생각으로 이른 시간 회사를 나왔다.

"내가 가게에 있을 때 여자 세 명이 왔거든. 그중 한 명이 이요 씨가 목격한 여자인 것 같아."

"그러니까 그 여자는 아침 영업이 끝난 지 몇 시간 후 런치 타임에 시즈쿠로 되돌아온 거네요?"

"그런 것 같은데."

리에는 팔짱을 끼고 작게 쥐어짜는 소리를 냈다.

"실은 하마터면 경찰을 부를 뻔했어."

"정말요? 재미있을 것 같네요. 무슨 일인지 얘기해줘요."

이요가 호기심 어린 태도로 관심을 보였다. 리에는 느낌상으로는 그저께지만, 날짜로 말하면 어제 아침에 일어난 사건을 회상했다.

2

회사에서 나온 순간, 리에는 눈부신 초여름 햇살에 눈을 가렸다. 밤새 일하고 맞이하는 아침 햇살은 다른 날보다 더 눈이 부시다. 여느 때 같으면 집으로 직행했겠지만 몸과 마음이 지칠 대로 지친 지금은 영양가 높은 수프 생각이 간절하다.

"오늘의 수프는 뭘까…?"

사람이 별로 지나다니지 않는 길 위로 무거운 발걸음을 옮겼다. 차도에는 거의 차가 없었고 거리에는 행인보다 까마귀가 더 많았다. 배기가스로 오염되지 않은 시원한 공기에 리에는 깊이 심호흡을 했다.

　오피스 빌딩 사이에 지어진 낡은 건물의 1층에서 오늘도 시즈쿠는 영업을 하고 있었다.

　문을 열자 아사노가 여느 때와 다름없는 온화한 미소로 반겨준다. 이 가게에 처음 온 지도 벌써 9개월이 지났다. 그동안 일주일에 세 번 정도는 거르지 않고 아침이나 점심, 저녁 어느 한 시간대에 찾아와 식사를 했다. 최근에는 이요나 미즈바와 가나코 자매, 시이나와 호시노처럼 아침 영업시간에 오는 손님이 꽤 늘었지만 오늘은 누구도 보이지 않는다.

　리에는 입구에 가까운 테이블 자리에 앉았다. 가게 안에는 여느 때의 수프와는 다른 구수한 냄새가 감돌았다. 리에는 안쪽에 있는 블랙보드에 중화풍 약선 수프라고 쓰여 있는 것을 보고 향기의 정체가 참기름과 파라는 것을 알았다.

　"오늘은 중국식이군요."

　"이전부터 약선을 연구하고 싶어서 재료란 재료는 모두 구입했습니다. 중국식인데 괜찮겠어요?"

　"그럼요, 오히려 기대되는데요."

기대에 부푼 리에는 우선 음료와 빵을 가지러 갔다. 바구니에는 처음 보는 흰 빵이 담겨 있었다. 집게로 집으면 찌그러질 정도로 부드러웠다. 오늘의 메뉴에 맞춰 중화요리의 찐빵을 만든 모양이다. 음료로 준비된 우롱차와 함께 흰 빵도 먹어보기로 했다.

"많이 기다리셨습니다."

자리로 돌아오자마자 아사노가 두툼하고 깊이 있는 연한 남색 접시를 들고 왔다. 수프에는 건더기를 넣은 작은 라유 접시도 딸려 있었다.

수프는 쇼유(清湯)라 불리는 맑은 국물이었다. 반투명의 녹색을 띤 건더기는 동과이고 보랏빛이 감도는 거무스름한 말린 과일은 대추인 듯했다. 그밖에도 닭고기 완자와 청경채가 들어 있고, 채 썬 생강이 곁들여졌다. 블랙보드에는 동과와 대추, 생강이 부종에 효과가 좋다고 써 있었다. 밤을 지새운 리에에게는 고맙기 그지없는 음식인 셈이다.

사기 숟가락으로 떠서 입에 넣자 닭 육즙이 혀에 퍼졌다. 치킨 국물에 참기름과 향미 야채를 조합하니 인상이 전혀 달라졌다. 뭉근 불에 익힌 동과는 가볍게 씹기만 해도 으스러졌고 동시에 즙이 터져 입안을 가득 채웠다.

부드럽게 부푼 닭고기 완자와 함께 청경채의 쓴맛, 대추의 단맛과 채 썬 생강의 매운맛 등 풍부한 맛을 즐길 수 있었다. 게다가 감칠맛 나는 국물이 전체적인 맛의 균형을 제대로 잡아주었다. 담백한 중국식 찐빵과도 궁합이 뛰어났고 곁들인 우롱차는 입안을 다시 깔끔하게 만들어주었다.

"대단해요, 아사노 씨. 중화풍도 맛있네요."

"입맛에 맞아 다행입니다. 취향에 맞게 우리 가게 특제 라유(고추기름)를 넣어 드시면 더 맛있을 거예요."

접시에 코를 가까이 대자 분디(산초나무 열매)와 시나몬 등 다양한 향신료가 섞인 향기가 날아들었다. 라유를 넣으면 어떤 맛으로 변할지 기대가 되었다. 하지만 원래 국물 맛도 충분히 맛보고 싶었기 때문에 리에는 절반 정도 먹고 나서 라유를 시도해보기로 했다.

늘 먹던 빵을 먹을까 망설이고 있는데 도어벨이 울렸다.

"정말, 이런 시간에 영업하네!"

"내가 말한 그대로지?"

여자 세 명이 대화를 주고받으며 들어왔다. 나이는 모두 20대 중반 정도였다.

"안녕하세요. 어서 오세요."

아사노가 인사하며 맞이하자 까맣고 긴 머리에 키가 큰 여자가 눈을 반짝였다. 차분한 베이지색 블라우스에 주름치마를 맞춰 입고, 테 없는 안경을 끼고 있었다.

"우와, 점장이 멋있는 타입인데."

"린, 좀 자중하라니까. 이제 막 약혼했잖아."

목소리가 커서 대화 소리가 저절로 귀에 날아들었다. 세 사람 다 옷과 헤어스타일이 흐트러져 있고 지쳐 보이는 점으로 봐서 밤을 새운 모양이다. 리에의 앞을 가로지를 때 린이라고 불린 여자의 왼손 약지에 낀 반지가 빛을 반사시켰다.

아사노가 자리로 안내하고 아침 메뉴에 대해 설명하기 시작했다. 수프가 한 종류밖에 없다는 데 망설이면서도 세 사람은 이내 금방 수긍했다.

빵과 음료를 가지러 갔다가 자리에 돌아오는 동안에도 그들은 쉬지 않고 떠들었다.

"교카, 이런 가게를 잘도 찾았네."

음악이 흐르지 않기 때문에 그들의 대화는 더 잘 들렸다. 조용한 이른 아침 시간이 사람들의 움직임으로 인해 어떻게 잡음으로 채워지는지 느끼게 해주었다.

"학생한테 들었어. 후쿠짱이라고, 다들 좋아하는 애가 있거든."

후쿠짱은 리에와도 안면이 있는 이 가게 단골로 늘 웃고 다니는 전문학교 학생이다. 몇 번 대화를 나눈 적이 있는데 인상이 좋은 상냥한 여자였다.

교카라는 여자는 전문학교 교원이거나 직원일 것이다. 교카는 좀 전에 린을 꾸짖었던 인물로, 어깨까지 내려온 머리카락을 어두운 갈색으로 염색했다. 티셔츠에 카디건, 스키니 청바지를 입은 깔끔한 차림이다.

나머지 한 사람은 세로로 웨이브를 넣은 금발머리에, 화려한 꽃무늬 원피스를 입고 있었다. 오른쪽 눈 아래에 있는 검은 점이 인상적이며, 대화는 주도하지 않고 두 사람의 말에 주로 맞장구를 쳤다.

수프를 들고 온 아사노에게 린이 친근하게 말을 걸었다.

"이건 붓기에 효과가 있겠네요. 밤새 놀아서 얼굴과 다리가 퉁퉁 부었거든요."

"어젯밤은 즐거운 시간을 보내셨나 보군요."

아사노가 웃는 얼굴로 응하자 교카가 정중한 어조로 대답했다.

"얘 약혼을 축하해주려고 모였어요. 고등학교 동창인데 오늘을 위해 모두 휴가를 냈거든요. 오랜만에 밤새워 가라오케에서 놀았어요."

학창 시절의 인연은 사회인이 되어도 계속된다. 직장인이 되면 휴일이 맞지 않아 만날 기회는 줄어들지만 그래도 인연이 끊어지지 않는 것이 친구다.

아사노가 주방으로 사라지자 그들은 다시 대화에 꽃을 피우기 시작했다.

"허니문은 페루로 가고 싶대. 근데 거리가 좀 멀어야지."

신혼여행 이야기가 시작되었다.《일루미나》일이 바빠서 한동안 여행을 가지 못한 리에는 실례를 무릅쓰고 대화에 귀를 기울였다. 페루 여행이란 말을 듣고 교카가 쓴웃음을 지었다.

"걔는 예전부터 잉카 제국을 좋아하더니 초등학교 때와 전혀 달라진 게 없는 모양이네."

"초등학교 시절이라니 상상이 안 된다. 나중에 졸업 앨범이라도 보여달라고 해야겠네."

"…남미는 치안이 좋지 않은 것 같은데 괜찮을까?"

처음으로 요염하게 검은 점이 난 여자가 입을 열었다. 밤을 지새운 탓인지 피곤한 듯한 말투였다. 그 말에 린이 수긍했다.

"유리노 말대로 그게 제일 걱정이야. 그래서 이것저것 알아보다 이상한 방범 대책을 찾아냈어."

린이 즐거운 듯이, 어떤 여자가 겪은 이야기를 들려줬다. 그 여자는 해외여행 중에 가방을 도난당했다고 한다. 지갑과 여권 모두 가방 안에 있었고, 관광 도중이었기 때문에 호텔까지도 거리가 있었다. 말이 통하지 않는 상황이었지만 여자는 숨겨둔 비상금 덕분에 대사관에 도움을 요청할 수 있었다.

거기까지 말했을 때 교카가 끼어들었다.

"나 그 얘기 알아. 브래지어 패드 넣는 곳에 지폐를 숨긴 거지?"

"먼저 말해버리면 재미없잖아!"

"아마 린이라면 그대로 세탁해버렸을걸. 고등학교 때부터 물건을 잘 잃어버렸잖아."

"분명히 그랬을 거야."

유리노의 지적에 린이 입을 삐죽거렸다. 그 모습에 교카와 유리노는 웃음이 터졌고 린도 금세 표정이 풀렸다. 한바탕 웃은 후 교카가 작은 한숨을 내쉬었다.

"그 사람과 린이 결혼한다는 게 상상이 안 가. 몇 번이나 물어봤지만 정말 괜찮아?"

"물론이야. 그렇게 착한 사람은 또 없어. 소개해준 교카한테 정말 감사하고 있다니까."

린이 편안한 어조로 답했다. 약혼자에 대한 마음이 따뜻한 미소에 나타나는 듯했다.

"음, 그렇다면 다행이지만."

린의 대답에 교카는 어깨를 움츠리며 고개를 끄덕였다.

리에는 이야기 듣던 걸 멈추고 먹는 데 열중하기 시작했다.

중화 수프가 반으로 줄어들자 시즈쿠에서 만든 라유를 투입하기로 했다. 라유를 수프에 넣자 표면에 붉은 기름막이 번져 중국식 샤브샤브인 훠궈(火鍋)처럼 되었다.

사기 숟가락으로 떠서 입에 넣자 매운맛이 나타나는 것이 아니라, 분디와 시나몬, 팔각 등의 향이 코를 자극했다. 깔끔하고 맑은 맛에서 복잡하고 강렬한 인상으로 바뀌었다. 잠이 덜 깨 몽롱한 상태에서는 적당한 자극이 될 것 같았다.

"린은 다다음 달 말쯤에 일을 그만둔다면서. …부러워."

여행에 이어 이번에는 일이라는 단어가 귀에 들어왔다. 관심 있는 말에는 자연스레 뇌가 반응하나 보다.

가라앉은 어조의 유리노에게 린과 교카가 걱정스러운 모습으로 몸을 숙였다.

"쓸데없는 참견인지도 모르지만 역시 유리노에게 캬바쿠라는 맞지 않아."

"나도 그렇게 생각해. 꽃집 하는 게 꿈이라고 예전부터 말했잖아."

유리노는 고개를 숙이면서 천천히 고개를 가로저었다.

"하지만 아빠 회사 매출이 줄어서 이 일을 하지 않으면 먹고살기 힘들어. 떠맡아준 은혜를 갚아야 하잖아."

심각한 분위기가 되자 리에는 엿들은 걸 반성했다.

"앗!"

린이 큰 소리를 내 리에는 반사적으로 얼굴을 돌렸다. 린의 앞에 있던 작은 그릇이 엎어지면서 수프가 테이블에 흐르고 있었다. 그릇이 손에 걸린 건지 린이 자신의 팔을 보고 있다.

"괜찮습니까?"

아사노가 젖은 수건을 들고 서둘러 다가왔다. 교카와 유리노가 냅킨에 손을 뻗어 린에게 주고는 테이블을 닦기 시작했다. 리에도 거들어줄까 망설였지만 방해가 될 것 같아서 그만두었다. 아사노는 손님이 데었을까 봐 걱정했지만 수프가 식어서 괜찮은 모양이었다.

"손 씻고 올게."

린이 토트백을 들고 화장실로 사라졌다. 그사이 아사노는 작은 그릇과 사기 숟가락을 교체했다. 갑자기 리에도 화장실에 가고 싶어졌지만 린이 나올 때까지 기다리기로 했다.

"얘들아, 소란 떨어서 미안해."

몇 분 후 린이 돌아와 아사노와 친구들에게 머리를 숙였다.

"가방이 젖었네요. 이거 쓰세요."

린의 토트백 밑에 물이 스며 있었고 아사노는 린에게 냅킨 몇 장을 건넸다.

"어머, 진짜네. 여러 번 수고하게 만드네요."

그 모습을 곁눈질하며 리에는 화장실로 향했다. 문을 열면 먼저 세면대가 설치되어 있는 작은 공간이 나온다. 평소 시즈쿠의 화장실은 청소가 잘되어 있고 계절마다 다른 꽃으로 장식해 놓는다. 오늘은 가늘고 노란 꽃봉오리가 핀 꽃이 놓여 있었는데 그중 한 개는 금방이라도 터질 듯했다. 세면대 위에는 일회용 칫솔과 종이컵이 준비되어 있다. 주인의 세심한 배려가 느껴져서 이용하는 사람을 늘 기분 좋게 하는 장소라고 생각했다.

거기에서 또 다른 문을 열면 화장실이 나온다. 리에가 화장실을 사용한 후 나와 손을 씻으려 하는데 세면대 옆이 물에 젖어 있었다. 가방을 둘 정도의 공간에 천으로 닦다 만 흔적이 보였다. 리에는 종이 타월로 그곳을 닦고 나서 손을 씻었다.

자리에 돌아와서는 세 사람의 대화를 의식적으로 듣지 않으려 했다. 차를 마시면서 아무 생각 없이 멍하게 있는 이 시간이 진심으로 사치스럽다고 느꼈다.

"이제 계산하고 갈까? 그 전에 잠깐만."

"나도 화장 좀 고치고…."

세 사람은 나갈 준비를 시작했다. 먼저 교카가 일어나자 바로 유리노도 일어났다. 교카와 유리노가 함께 화장실을 향해 걸어가고, 린이 먼저 자신이 먹은 걸 계산했다. 부종에 작용한다는 건 결국 이뇨 작용이 있다는 것이다. 리에도 그렇지만 손님들이 화장실을 자주 가는 건 우연이 아닌 듯했다.

몇 분 후, 교카와 유리노가 동시에 돌아왔다. 차례로 각각 자기 몫을 계산하는 사이에도 세 사람은 끊임없이 수다를 떨었다.

"엇!"

갑자기 린이 시선을 떨구고 목소리를 높였다. 그녀의 시선이 향한 곳은 유리노의 발이었다.

"어떡해. 신발이 더럽혀졌어. 이거 라유 색깔이잖아."

"아, 보이는구나. 손수건으로 닦았는데 안 지워지네."

"미안, 나 때문에. 세탁비 줄게."

"싸구려니까 걱정하지 않아도 돼."

유리노는 흰색 펌프스를 신고 있었기 때문에 붉은색 기름 얼룩이 눈에 띄었다.

린이 몇 번이나 돈을 주겠다는데도 유리노는 계속 거절했고 그렇게 세 사람은 가게를 떠났다. 문이 닫히는 순간 가게 안에 정적이 흘렀다.

"이렇게 정신없는 아침 영업은 처음이네요."

리에가 그렇게 말하자 아사노가 쓴웃음을 지었다.

"가끔은 이런 아침도 나쁘지 않죠."

"뭐, 그렇긴 하지만요. 어?"

가게 안쪽에 있는 문에 그림자가 보인다. 아사노의 딸인 츠유가 얼굴을 내밀고, 뭘 찾는 듯한 모습으로 매장을 둘러보고 있다.

"안녕? 츠유."

"안녕하세요."

리에가 말을 걸자 츠유가 다가와서 의자에 앉는다. 아사노는 테이블에 츠유가 먹을 수프를 올려놓았다.

"좋은 아침, 츠유. 오늘은 중화풍 수프야. 절반 정도 먹고 나서 라유를 조금만 넣어봐. 좀 매우니까 조심하고."

"응, 알았어. 오늘도 맛있을 것 같다. 잘 먹겠습니다."

츠유는 손을 모으고 나서 수프를 한 입 먹고는 얼굴 가득 미소를 지었다. 그 광경을 보고 있는 것만으로도 리에는 피로가 풀리는 기분이 들었다.

"오늘은 좀 늦었네."

츠유가 내려오는 시간이 오늘은 여느 때보다 10분 정도 지나 있었다.

"리에 언니와 함께 먹고 싶었는데… 목소리 큰 사람들이 있어서."

츠유는 좀 전의 손님들이 소란스러웠던 모양이다.

"그리고 왠지 무서운 생각이 들어서."

츠유는 그들에게서 뭔가를 느낀 듯했다.

"왜 무섭다고 생각했어?"

리에가 묻자 츠유가 고개를 갸웃했다. 츠유는 감수성이 풍부해 지나치게 피곤하거나 슬픔을 안고 있는 사람을 민감하게 알아차린다. 아사노는 카운터 너머에서 감자를 빙글빙글돌리면서 칼로 솜씨 좋게 껍질을 깎고 있다.

츠유가 당황한 모습으로 설명하기 시작했다.

"귀여운 가방을 들고 있는 애를 보고 그 앞에선 좋다고 해놓고선, 나중에 그 애가 없을 땐 어울리지 않다고 말하는 것같다고나 할까. 머리 긴 사람한테 그런 기분이 보이는 것 같았어. …표현을 잘 못해서 미안해요."

"질투라는 걸까?"

"그게… 어쩌면 그럴지도."

초등학교 5학년의 세계에도 복잡한 인간관계가 있는 모양이다. 그 질척질척한 감정을 츠유는 세 사람에게서 느끼고 합류하기를 꺼렸던 것이다.

그때 갑자기 출입구 도어벨이 세차게 울렸다. 리에와 츠유는 동시에 문 쪽으로 얼굴을 돌렸다. 그러자 아까 나간 세 사람 중 한 사람인 린이 뛰어 들어와서, 가게를 향해 큰 소리로 말했다.

"저기요! 반지를 잃어버렸어요!"

3

린은 당황해서 화장실로 달려갔다. 그리고 몇 분 후에 새파란
얼굴로 돌아왔다.

"없어요. 화장실에서 뺀 건 틀림없는데….."

떨리는 린의 손가락에는 반지가 끼워져 있지 않았다. 그는
화장실에서 수프가 묻은 손을 씻기 위해 반지를 옆에 빼놨다
고 주장했다. 그리고 그 사실을 잊어버린 채 친구들과 헤어져
지하철을 타려고 하다 그제서야 알았다고 한다.

리에는 자신이 갔을 때의 화장실 모습을 생각해봤지만 반
지는 없었다. 조명이 켜진 좁은 공간인 세면대 옆에 보석이 빛
나고 있었다면 분명 눈에 띄었을 것이다.

리에는 문득 린이 자신을 주시하고 있음을 깨달았다. 이유
를 생각하다 린 바로 뒤에 화장실에 간 것이 떠올랐다. 상황을
감안하면 리에가 반지를 갖고 나왔을 가능성이 가장 높다. 아
사노가 린에게 고개를 숙였다.

"몰랐네요. 제가 확인해보겠습니다."

아사노가 화장실로 사라지고 가게 안에는 세 사람만 남게 되었다. 불안해하는 츠유의 표정에도 아랑곳하지 않고 린은 계속해서 리에에게 의심쩍은 시선을 보냈다.

"그 반지는 시어머니 될 분에게 물려받은 거예요. 약혼자의 집에 대대로 내려오는 소중한 물건이라고요. 잃어버린 줄 알면 파혼당할지도…."

그렇게까지 소중한 거라면 집에 보관해두었으면 좋았을 텐데 하는 생각이 들었지만, 오랜 친구에게 보여주기 위해 끼고 나왔을지도 모른다.

린은 고개를 숙이면서 확실하게 중얼거렸다.

"못 찾으면 경찰에 신고하는 수밖에."

"잠깐만요. 경찰은 아직 일러요. 차분하게 찾아보세요."

불온한 발언에 그만 리에가 되받아쳤다.

"경찰을 부르면 재미없는 일이라도?"

리에는 거리낄 것이 없지만 경찰이 음식점에 오면 귀찮은 상황이 벌어진다. 엉뚱한 소문일수록 빠르게 퍼지고 매출에도 영향을 미칠 게 분명하다.

그때 갑자기 츠유가 린을 향해 입을 열었다.

"리에 언니는 나쁜 일은 하지 않아요."

갑자기 아이가 끼어들자 린은 할 말을 잃은 듯했다.

화장실 문이 열리고 아사노가 한 손을 들어 올리면서 나왔다. 두 손가락으로 집은 물건이 조명 빛을 받아 반짝였다.

"이거죠?"

"앗! 네, 그거예요. 어디에 있었어요?"

"뒤쪽 보이지 않는 곳에 떨어져 있었어요."

안색을 바꿔 손을 내미는 린에게 아사노가 반지를 건네주었다. 반지를 받은 린은 소중한 듯 손을 가슴에 대고 꼭 쥐었다.

"구석구석 찾았는데…."

찾던 물건이 발견되자 만족한 린은 아사노에게 고개를 숙이고 시즈쿠를 떠났다.

돌아가던 중 리에와 눈이 마주쳤지만 어색한 표정으로 시선을 돌렸다.

린이 돌아간 순간 우르르 피로가 몰려왔다. 어이없는 일이지만 의심을 받은 것만으로도 긴장했던 것 같다. 그렇잖아도 철야로 지쳐 있는 상태였다. 리에는 계산을 마치고, 배웅하려고 자리에서 일어난 츠유의 머리를 어루만졌다.

"츠유, 감싸줘서 고마워."

"또 오세요."

츠유에게 손을 흔들며 가게를 나왔다. 도로의 교통량이 늘

어나 거리에는 소음이 넘쳐났다. 전철을 타고 집으로 돌아와
샤워를 하고 이불 속으로 들어갔다. 정신없이 자다가 눈을 떴
을 때는 이미 오후가 되어 있었다.

리에는 둘만 있는《일루미나》편집부에서 이요에게 그때
있었던 일을 모두 설명했다.

이요가 팔짱을 끼고 고개를 갸우뚱거렸다. 시즈쿠의 세면
대라면 몇 분 만에 즉시 찾을 수 있다는 건 이요도 안다. 그런
데 린이 찾지 못한 반지를 아사노가 찾아낸 점이 의문이었다.

"세면대에 있는 건 거울과 칫솔 두는 곳뿐인데."

"벽면에 있는 종이 타월 홀더가 좀 수상한데요. 수도꼭지
옆에는 비누와 꽃병이 있고, 어제 꽃은 애기원추리였어요."

"그 꽃 이름이 애기원추리구나. 그다음엔 휴지통인데 아침
에는 비어 있는 경우가 많잖아. 내가 종이 타월을 버릴 때는
아무것도 들어 있지 않았어."

린은 아마도 자기 손수건으로 손을 닦았을 것이다.

리에는 거울과 벽 그리고 바닥 등을 다시 떠올려보았다. 반
지가 빠질 수 있는 틈이 없어, 찾는 데도 시간이 얼마 걸리지
않는 장소다.

"그럼 누군가가 일부러 숨긴 거네요. 가장 수상한 건 점심

전에 온 화려한 여잔데, 미츠바가 다니는 전문학교에서 일한
다던 여자도 재미있는 일을 벌일 수 있을 것 같은데요."

"왜?"

"친구 약혼자의 소꿉친구잖아요. 오랫동안 마음에 품고 있
던 소꿉친구를 빼앗긴 원한 같은 게 있는지도 모르죠. 그래서
반지를 숨겨 파혼을 노렸을 수도 있고!"

페루 여행에 대한 이야기를 하고 있을 때, 교카는 린의 약
혼자의 초등학교 시절에 대해 언급했다. 린의 약혼자와 교카
는 린과 유리노보다 오랜 사이라고 생각할 수 있다.

그 후에도 추리를 계속했지만 곧 한계에 다다르자 리에와
이요는 일에 집중하기로 했다. 이요는 화이트보드에 '즉시 귀
가'라고 쓴 후 세시쯤에 회사를 나갔다. 리에는 인사차 영업
중인 미용실과 신규 점포에 들르고 나서 정시에 퇴근했다.

다음 날 아침, 리에는 시즈쿠를 찾았다. 오늘은 테이블 석
이 아니라 카운터에 앉았다. 블랙보드에는 '중국식의 약선 수
프(중화 햄)'라고 써 있다.

아사노는 카운터 너머에서 샐러드를 준비 중이었다. 야채
와 밑조리는 주로 조리대의 맞은편에 있는 싱크대 옆에서 하
고, 불을 사용하는 작업은 안쪽 주방을 사용한다.

"오늘도 중화풍이군요."

"관심 있는 식재료는 많았지만 최대한 몇 개만 추려서 구입했어요. 그런데도 너무 많이 샀다고 신야 군한테 혼났어요. 일단 어제와 맛은 달라졌고요."

신야는 시즈쿠의 남자 직원으로 주로 접객이나 와인 등의 음료를 맡고 있다. 경박한 인상과는 달리 꼼꼼한 성격인 듯 놀랍게도 경리도 담당하고 있다.

수프가 나오기 전에 리에는 화장실에 들어갔다. 그저께와 변함없는 광경이지만, 단지 맺혔던 봉오리가 조금 피어 있었다. 백합처럼 노란 꽃인데, 이요는 애기원추리라고 했다.

다시 확인해도 역시 찾는 데 시간이 걸릴 만한 곳은 없었다. 수도관에 들어갔다면 아사노도 찾는 데 시간이 걸렸을 것이고, 린에게도 그 취지를 설명했을 것이다.

해결의 실마리를 얻지 못한 채 자리에 돌아오자 아사노가 수프를 내주었다. 어제와 비슷한 맑은 중화 수프지만 재료가 달랐다.

박고지 같은 노란 빛이 도는 납작하고 길쭉한 갈색 재료가 들어 있었다. 본 적도 먹어본 적도 없는 재료다. 블랙보드에 금침채(원추리꽃)라고 쓰여 있는 걸 보면 아마 이걸 말하는 것인가 보다. 부가 설명에는 철분이 시금치의 스무 배나 함유되어 있는 데다 항우울 작용을 하는 트립토판과 수면을 개선시키는 멜라토닌 등이 함유되어 있다고 쓰여 있다. 그밖에도 구기자와 목이버섯 등 익숙한 재료도 들어 있었다.

"잘 먹겠습니다."

어제는 닭고기로 육수를 냈으나 오늘은 중화 햄으로 국물을 우려 고급스러운 맛이 났다. 금침채는 오독오독한 식감으로 리에가 좋아하는 산나물 같은 맛이다.

"오늘의 수프도 정말 맛있네요."

"감사합니다."

한방 재료 같기도 하고 향신료 같기도 한 풍미를 몇 가지나 느꼈지만 너무 복잡해 정체를 알 수 없었다. 하지만 맛을 분석하지 않고 깊은 맛에 젖는 것 자체로 행복했다. 국물을 흡수한 당면과 목이버섯, 죽순 등 중국요리의 단골 재료들 또한 잘 어우러져 있다.

수프를 맛보면서 리에는 그저께 일을 물어볼까 말까 망설였다. 손님에 대한 일을 함부로 묻는 건 실례라고 생각했기 때문이다.

아사노는 썰어놓은 대량의 양상추를 플라스틱 바구니에 담고 있었다. 익숙한 손놀림으로 계속 작업을 하던 그가 갑자기 입을 열었다.

"그저께 반지 건, 신경 쓰이죠?"

갑자기 말을 걸어와 숨이 턱 막혔다.

"…그렇게 보였어요?"

"돌아갈 때 신경 쓰는 듯했고 아까도 화장실을 확인하는 것 같아서요. 그리고 하세베 씨한테 런치타임 시작 전에 있었던 얘길 듣지 않았을까 생각했죠."

모두 꿰뚫어보고 있는 것 같다.

"솔직히 신경이 쓰였어요. 화장실 어디에 반지가 있었는지, 왜 유리노 씨는 다시 시즈쿠에 왔는지. 그렇지만 제삼자인 제가 그런 걸 물어봐도 되는지 몰라서 망설이고 있었죠."

"츠유한테 들었는데 반지를 분실하신 분은 오쿠타니 씨한 테 의혹의 눈길을 보낸 것 같아요. 게다가 경찰을 부르겠다고 하는 걸 말렸잖아요. 그러니까 오쿠타니 리에 씨도 당사자로 서 전말을 들을 권리가 있다고 생각합니다."

아사노는 물기를 뺀 대량의 양상추를 밀폐 용기에 옮겨 담아 카운터 아래에 있는 냉장고에 넣었다. 그러고는 작업을 멈추고 수돗물로 손을 꼼꼼히 씻었다.

"사실 그때, 세면대 어떤 곳에 반지가 숨겨져 있었어요. 오쿠타니 씨는 그날 화장실에 들어간 사람의 순서를 기억해요?"

이요와 얘기하면서 정리가 된 덕분에 리에는 즉시 대답할 수 있었다. 먼저 화장실에 들어간 건 린이다. 수프가 묻은 손을 씻기 위해 반지를 빼고, 그대로 두고 온 것이 소동의 발단이다. 그리고 직후에 리에가 들어갔기 때문에 린의 의심을 받는 처지가 되었다.

"우선 반지의 행방을 순서대로 정리해보죠."

아사노가 입을 열었다.

"반지를 분실한 린 씨의 토트백은 화장실에서 돌아왔을 때 바닥이 젖어 있었죠. 아마 세면대 옆에 놓았기 때문일 겁니다."

"확실히 젖어 있었어요."

리에가 세면대를 사용했을 때, 옆 공간에 물기가 있고 천으로 닦은 듯한 흔적이 남아 있었다.

"반지는 세면대 옆에 있었을 테니까, 가방을 움직이면서 반지가 굴러떨어졌을 거예요."

리에가 세면대를 이용한 시점에서 반지는 바닥에 있었던 셈이다. 그래서 리에는 반지를 보지 못했던 것이다.

그다음에 가게를 나설 때쯤 교카가 화장실에 가기 위해 일어섰다. 그리고 유리노도 화장을 고친다며 화장실로 갔다.

"그 두 사람은 함께 나왔어요."

"그러고 보니 그랬네요."

교카가 화장실에 들어가 있는 동안 유리노는 세면대 거울 앞에서 화장을 고치고 있었다. 돌아온 타이밍이 같은 이유를 아사노는 그렇게 추리했다.

"머리 색깔이 밝은 손님은 펌프스에 묻은 라유 방울이 지워지지 않았다고 했죠. 펌프스 얼룩을 닦으려면 쪼그리고 해야 하잖아요. 허리를 굽혀 시선을 낮추었기 때문에 바닥에 떨어진 반지를 발견했을 거예요."

"그러면 반지를 주운 건 유리노 씨가 되네요."

"안타깝게도 그럴 겁니다. 아마도 갖고 나가는 건 위험하다고 생각했겠죠. 반지 주인이 잃어버린 걸 알 가능성이 높고, 세면대에 둔 반지가 사라지면 용의자는 좁혀지잖아요. 그래서 반지를 어떤 곳에 숨겨놓은 거죠."

유리노는 원피스 차림에 핸드백을 들었을 뿐이다. 만일 도난이 의심되어 소지품 검사나 신체검사를 한다면 쉽게 발견될 수 있다. 브래지어에 숨기는 방법도 있지만 최근 화제가 되는 방법인 만큼 들킬 위험이 컸다.

"그래서 결국 반지는 어디에서 찾았어요?"

아사노가 빙그레 웃으며 눈앞의 수프를 가리켰다.

"우연이지만 오늘의 수프에 힌트가 숨어 있습니다."

리에는 앞에 놓인 수프를 바라보았다. 고기와 야채 색깔로 물든 국물에 기름이 떠 있고, 잘게 썬 햄과 빨간 구기자, 검은

목이버섯, 금침채가 듬뿍 들어 있다. 한 모금 마셔보았지만 맛
의 밸런스가 절묘한 것 외에는 힌트가 무엇인지 알 수 없었다.

"제가 졌습니다."

리에가 소리를 높이자 아사노는 주방에서 숨이 죽어 납작
해진 황토색 식물을 들고 나왔다.

"그건?"

"물에 불리기 전의 금침채입니다. 백합과 식물인 원추리의
꽃잎 부분을 건조시킨 건데, 주로 대만에서 재배하는 한방 재
료죠."

아사노가 금침채라는 결정적인 힌트를 줬지만 리에는 아직
도 진상을 알 수 없었다. 도움을 청하는 눈빛을 보내자 아사노
가 장난스러운 미소를 지었다.

"반지는 애기원추리 꽃봉오리 속에 숨겨져 있었습니다."

4

리에는 반지가 꽃봉오리 속에 들어 있었다는 말을 듣고 즉시
화장실로 향했다.

금침채의 원료로 쓰는 애기원추리는 관상용으로도 흔하게

심는 예쁜 꽃이다. 중국에서는 이 꽃을 금침채라고 부르며 음식의 재료로 이용한다. 세면대 옆에 있는 화병에는 백합을 닮은 노란 꽃이 꽂혀 있었다. 스마트폰으로 금침채의 원재료 이미지를 검색해보니 정말로 애기원추리가 나왔다.

"이 안에 있었구나."

아직 피지 않은 꽃을 살짝 건드렸다. 가늘고 긴 꽃봉오리는 반지가 떨어지지 않을 정도로 단단하게 맺혀 있었다. 보통 봉오리는 틈이 없지만 막 피기 시작하면 꽃받침 사이로 비집고 들어갈 공간이 생기는 모양이다.

카운터로 돌아온 리에는 계속되는 아사노의 추리에 귀를 기울였다.

"세 사람 중 한 사람이 꽃집을 하고 싶었다는 이야기를 했죠. 그래서 혹시나 해서 꽃봉오리 속을 찾아봤는데 반지가 나온 거예요. 반지를 숨겨놓은 사람이 런치타임이 시작되기 바로 전에 찾아온 것도 이유가 있었어요. 애기원추리의 꽃이 저녁에 피기 시작한다는 특성을 알고 있었던 거죠."

아사노는 저녁 무렵에 서서히 개화하는 꽃봉오리는 저녁이면 떨어질 가능성이 있다고 설명했다.

그렇게 되면 점원이 청소하다 반지를 발견할 수도 있다. 최악의 경우 손님이나 점원이 반지를 가져갈 수 있다는 점도 부인할 수 없다. 그래서 유리노는 런치타임 시작 전에 와서 반지를 회수하려고 했던 것이다.

런치타임이 시작되기 전에 온 유리노는 문을 열고 들어오자마자 화장실을 사용하고 싶다고 말했다. 아사노는 린에게 반지를 돌려준 것을 말하고 꽃봉오리 속에 있었다는 것도 설명했다. 아사노가 가만히 있자 유리노는 울 것 같은 표정으로 반문했다.

"그걸, 린한테도 말했어요…?"

아사노는 유리노와 15분 정도 대화를 나누고 돌려보냈다. 이야기 도중 유리노는 유치원 시절에 부모를 잃고 자녀가 없는 먼 친척에게 입양되었다는 것을 들었다. 하지만 유리노가 초등학교 때, 양부모에게 아들이 태어나자 유리노는 양부모 눈치를 보며 살 수밖에 없었다. 캬바쿠라에서 일하는 것도 진학을 앞둔 동생의 학비를 벌기 위해서라고 했다.

"린이 부러웠어요."

유리노는 훔친 동기를 그렇게 토로했다. 반지를 팔려는 것은 아니었고 회수한 후 본인에게 다시 돌려줄 생각이었다. 린의 결혼 상대는 경제적으로 풍족하고 성격도 좋다. 순탄한 인생길을 걷는 린을 앞에 두고 순간적으로 나쁜 마음을 품었다고 한다. 츠유가 말한 건 유리노가 품은 린에 대한 질투심이었던 것이다.

자신의 얘기를 마친 유리노는 린에게 말하지 말아달라고 사정했다. 친구 관계가 끊어질 것을 두려워한 것이다. 다시는 이런 일을 하지 않겠다는 약속을 받아내고 아사노는 린의 부탁을 받아들였다.

"아무리 힘든 상황이라 해도 도둑질을 용서할 수는 없죠. 하지만 사사로운 정에 넘어가고 말았습니다. 부모의 부재는 …정말 힘드니까요."

아사노가 잠시 슬픈 듯 눈을 내리깔았지만 곧 원래의 웃는 얼굴로 돌아왔다. 아사노 주위에 비슷한 처지의 사람이 있는 걸까 궁금했지만 리에는 물을 수 없었다.

"좀 심하게 주의를 줬더니 울어버려서… 반성하고 있습니다."

갑자기 도어벨이 울리고 손님이 들어왔다.

"안녕하세요…. 어?"

놀라는 아사노를 보고 리에가 얼굴을 돌리자 가게 입구에 유리노가 서 있었다. 화려하게 올린 헤어스타일과 보라색 인어 라인 드레스는 직장에서 입는 의상인 듯했다. 유리노는 카운터까지 걸어와서 머리를 숙이며 작은 쇼핑백을 아사노에게 내밀었다.

"어제는 죄송했습니다. 사과하는 마음이라 생각하고 받아주세요!"

아사노는 사양하다 결국 받았다. 유리노는 식사를 하지 않고 돌아갈 생각인 듯, 머뭇머뭇하면서 눈을 치켜뜨고 아사노에게 물었다.

"저, 성함을 여쭤봐도 될까요?"

"아, 네. 아사노 아키라입니다."

갑작스런 질문에 아사노도 당황한 듯 보였다. 눈물을 글썽이는 유리노의 볼이 살짝 붉어졌다.

"아키라 씨, 정말 감사합니다. 제가 그런 식으로 제대로 혼나본 적이 없어서…. 나중에 또 수프 먹으러 올게요."

"기다리고 있겠습니다."

아사노의 대답에 유리노는 만면에 미소를 지었다. 일부러 성을 빼고 이름만 부른 데서, 유리노가 아사노에게 품고 있는 마음을 짐작할 수 있었다.

돌아갈 때에야 리에의 존재를 의식한 듯 유리노는 주저하며 고개를 숙였다.

"…미안합니다."

유리노는 그 말을 하고 가게를 나갔다.

"어, 지금 한 말은?"

"오쿠타니 씨가 의심받는 상황을 만든 것에 대해 사과한 거예요. 내가 가장 엄하게 주의를 준 건 그 점 때문이었으니까요."

리에의 입장을 이해한 아사노는 대신 화를 내준 것이다. 기뻐서 갑자기 얼굴이 뜨거워졌다. 동시에 왠지 모르게 이요의 말이 뇌리에 스쳤다.

"방심하고 있으면 안 된다니까요."

아사노에게 감사의 말을 해야지 생각하며 리에가 입을 열려고 한 순간, 문이 힘차게 열렸다.

"오늘도 아침을 먹으러 왔어요! 아, 선배도 와 있네요."

이요 때문에 하려고 했던 말을 못하고 말았다. 이요가 옆에 앉아 눈을 크게 뜨고 수프를 들여다보았다.

"오늘도 좋은 향이 나네요. 곱빼기로 부탁합니다!"

리에는 작게 한숨을 내쉬었다. 아사노는 고개를 끄덕이고는 쇼핑백을 들고 주방으로 사라졌다. 곧 츠유도 2층에서 내려올 것이다. 리에는 이 고요한 시간이 가능한 한 오랫동안 계속되기를 진심으로 바랐다.

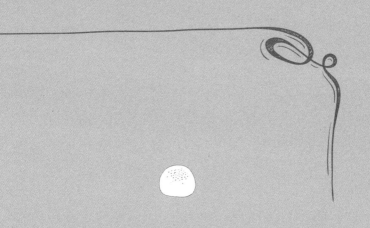

5장

나를 못 본 체하지 마

현재 - 리에

스트레스 해소 방법은 사람마다 다르겠지만 리에는 쇼핑이
가장 좋았다. 일을 순조롭게 처리하고 맞은 토요일, 가볍게 화
장을 하고 백화점으로 향했다.

　역 앞은 많은 사람들로 넘쳐났다. 다니는 회사가 근처라는
점은 그다지 기분 좋지 않지만, 백화점에 원하는 브랜드가 집
중해 있는 것만 생각하기로 했다.

　7월의 햇볕이 너무 강해 첫번째 들어간 매장에서 모자를
충동구매했다. 그러자 모자에 어울리는 여름옷도 갖고 싶어
져서 다른 매장으로 향했다.

　아사노는 어떤 옷을 좋아할까. 전시된 옷을 바라보며 리에
는 자신도 모르게 아사노를 생각하고 있었다.

반지 소동이 있고 나서 2주일 동안 리에는 한 번도 시즈쿠에 가지 않았다. 원래도 사람들에게 쉽게 다가가는 성격은 아니다. 지금까지 몇 번 남자를 사권 적은 있지만 자신이 먼저 다가간 적은 없었다. 그래서 짝사랑하던 남자와는 한 번도 만남을 가지지 못했다. 마음에 있는 상대를 의식한 순간 긴장해버리기 때문에 다가갈 수가 없었다. 시즈쿠의 분위기는 상당히 마음에 들기에, 괜히 섣부른 행동으로 드나들기 곤란해지는 사태를 만드는 것은 피하고 싶었다.

하지만 그보다 더 큰 이유는 자신의 감정에 위화감이 있어서였다. 아사노가 멋있기는 하지만 지금의 상태는 이제까지와의 연애 감정과는 어딘가 다른 것 같았다. 마음에 확신이 없는 이상 행동에 옮길 수는 없었다. 이요에게 이야기했다가는 '뭘 그렇게 어렵게 생각하느냐'는 핀잔만 들을 게 뻔하지만.

전철역과 연결된 백화점을 다 돌았더니 오후 한시가 지나 있었다. 점심은 백화점 안에 있는 카페에서 먹었다. 맛도 서비스도 그저 그랬다. 모자와 그해 입을 여름 원피스는 하나씩 건졌지만, 그 정도로는 직장에서 쌓인 스트레스가 해소되지 않았다.

"그러고 보니 4초메(街)에 생긴 잡화점에 아직 안 가봤구나."

직업상 회사 근처에 있는 매장 정보는 자세히 알고 있다. 취재를 하기도 하고 동료가 담당해서 지면에 게재한 것을 보기도 해서, 가보고 싶은 잡화점이나 액세서리 가게는 늘 여러 군데 있는 편이다. 리에는 4초메로 가기 위해 백화점을 나섰다.

밖으로 나오자 역전 광장에 심어놓은 나무 주위가 사람들의 약속 장소로 바뀌어 있었다. 리에가 사거리에서 신호를 기다리고 있는데, 인파 속에 낯익은 인물이 쭈그리고 앉아 있는 것이 보였다.

"저건…?"

긴 머리가 인상적인 소녀는 아사노의 딸 츠유가 분명하다. 어깨에 멘 갈색 가방도 그 애 것이다.

츠유는 흰색 반팔 블라우스에 베이지색 치마바지를 입고 있었다. 두리번거리는 걸로 봐서 누군가를 찾고 있는 모양이다.

아사노가 근처에 있을지도 모른다고 생각했으나 토요일은 시즈쿠가 영업하는 날이다. 츠유는 등을 돌리고 있어 리에를 알아보지 못했다. 다가가 말을 걸려던 참이었다.

"엄마!"

츠유가 외치는 소리에 리에는 그 자리에 멈춰 서고 말았다. 아이는 손을 흔들며 거리 안내도 옆에 서 있는 여성에게 달려갔다. 여성은 만면에 미소를 지으며 츠유를 향해 양팔을 펼친다. 잠시 멈춰 주저하던 아이는 제자리걸음을 하더니 이내 여성의 가슴에 뛰어들었다.

여성은 아사노처럼 30대 중반 정도로 보였다. 상당히 강해 보이는 인상 때문인지 츠유와는 분위기가 사뭇 달랐다. 그레이 원피스와 레깅스를 입은 차림은 휴일에 외출한 주부 분위기를 풍겼다.

포옹이 끝나자 여자는 손을 내밀었다. 츠유는 불안한 모습으로 응했다. 두 사람은 손을 잡고 번화가 쪽으로 걸어갔다.

일련의 사건에 리에의 혼란은 정점에 달했다. 츠유의 엄마는 죽었다고 알고 있었는데 분명히 엄마라고 불렀다. 그들이 보행자 사이에 묻혀버리기 전에, 리에는 황급히 뒤를 쫓기 시작했다.

눈앞의 광경을 어떻게 해석해야 할지 몰라 리에는 몇 가지 가능성을 떠올려보았다.

먼저 츠유와 걷는 여성이 친모일 경우다. 리에에게 거짓말을 한 셈인데, 사정이 있어서 죽었다고 말했는지도 모른다. 두번 다시 엮이고 싶지 않아서 죽은 셈 치는 경우 말이다.

그리고 정말 엄마가 죽었다고 해도, 그 여성이 엄마일 가능성도 있다. 즉 츠유의 새엄마이고, 아사노의 재혼 상대일 가능성이다. 그 생각이 머리에 떠올랐을 때 리에는 가슴에 작은 통증을 느꼈다.

일정한 거리를 유지하면서 리에는 미행을 계속했다. 가끔 츠유의 옆모습이 보였는데 긴장한 듯 부자연스러웠다.

리에는 이마에 난 땀을 손수건으로 닦으며 둘이 손을 잡고 장난감 가게로 들어가는 모습을 지켜보았다. 건물 한 동이 모두 매장인 대형점이었다.

이대로 미행을 계속할지 망설이다 결국 장난감 가게로 따라 들어갔다. 츠유와 여성이 2층에 있는 인형 코너로 이동하자 리에는 상품 선반 뒤에서 이들의 모습을 엿보았다. 거리가 있어 대화는 들리지 않았지만 분위기로 봐서 여성은 뭔가 사주고 싶어 하는 듯했다. 리에에게는 그것이 새로 딸이 될 소녀에게 잘 보이려고 하는 행동처럼 느껴졌다.

선반의 한 모퉁이로 츠유가 얼굴을 돌렸다. 시선의 끝에는 최근 초등학생들에게 인기 있는 캐릭터 인형이 놓여 있었다. 그걸 눈치 챈 여자가 인형을 들고 츠유에게 건네주려고 했다. 하지만 고개를 저으며 되밀자 여성은 난처한 표정으로 선반 쪽으로 돌아갔다.

츠유가 가방에 손을 넣어 분홍색 무언가를 꺼냈다. 그러고는 여자에게 말을 하더니 리에가 있는 쪽으로 걸어왔다. 조마조마한 마음으로 지켜보던 리에는 선반 뒤에 주저앉았다.

츠유는 창가 부근에 멈춰 서서 분홍색 물체를 귀에 갖다 대며 무언가 말하고 있었다. 어린이용 휴대전화인 듯했다. 리에는 츠유 소유의 휴대전화가 없는 것으로 알고 있다. 선반 너머로 귀를 쫑긋 세우자 단편적으로 츠유의 목소리가 들렸다.

"정말 괜찮아?"

건물의 큰 유리창 너머로 츠유는 지상을 내려다보면서 통화하고 있었다.

"알았어, 계획한 대로 계속해. 그래, 먹어보려고 노력할 테니까."

츠유의 말투에는 심각한 기색이 역력했다. 목소리가 끊겨서 엿보았더니 츠유가 여성 곁으로 돌아가고 있었다.

츠유 일행은 결국 아무것도 사지 않고 장난감 가게를 나갔다. 리에는 미행을 그만하기로 했다. 하지만 츠유가 통화할 때 "계획한 대로"라고 했던 말과 휴대전화의 출처가 걸렸다.

망설인 끝에 리에는 시즈쿠로 향하기로 했다. 밖은 몹시 무더웠고 매미 우는 소리가 멀리서 희미하게 들렸다.

수프 가게 시즈쿠에는 OPEN 사인보드가 걸렸다. 가게에 들어서자 아사노가 카운터에서 계산을 하고 있다. 실내는 냉방이 잘되어 있어 리에는 잠깐 숨을 돌렸다.

오늘의 메뉴는 정어리 동그랑땡과 여름 야채 된장국이다.

시즈쿠는 오늘처럼 일본식 수프를 내놓을 때면 특별히 현미 주먹밥을 함께 준비한다. 품질이 좋은 다시마와 가다랑어포를 끓여 우린 국물에, 제철 재료를 듬뿍 사용한 된장국은 깊은 맛이 제대로였다. 리에는 점심을 시즈쿠에서 먹을걸, 하고 후회했다.

"어서 오세요. 아, 오랜만이네요."

리에를 반겨준 사람은 신야였다. 면바지에 리넨셔츠를 입고 검은 앞치마를 두른 여느 때와 같은 모습이다. 가게에 손님은 없었다. 오피스 거리에 있기 때문에 평일 점심은 테이크아웃용 수프를 찾는 손님들로 줄 지어 있지만, 토요일 낮에는 비교적 한산했다. 아사노는 계산을 마친 후, 리에에게 미소를 지으며 말했다.

"오랜만에 오셨네요. 시간을 아슬아슬하게 맞춰서요."

2주일 만이어선지 그만 리에의 얼굴이 붉어졌다. 시계가 오후 두시가 되기 2분 전을 가리키고 있었다. 런치타임은 오후 두시 반까지이고 주문은 적어도 30분 전에는 해야 한다. 리에는 자리로 가지 않고 그 자리에서 손을 흔들었다.

"미안합니다. 오늘은 손님이 아니에요. 츠유 말이에요…."

"그 앤 외출했는데, 왜 그러세요?"

츠유는 열시쯤, 친구 와타나베 렌카와 놀러 갔으며, 도서관에 가겠다고 나갔는데 약속 자체는 며칠 전부터 정해져 있었다고 한다.

"사실은 아까 거리에서 츠유를 봤거든요."

리에가 츠유의 옷차림과 수수께끼의 여성에 대해 얘기하자 아사노의 표정이 일그러졌다.

"츠유가 분명한 것 같네요."

아사노가 말하는 오늘 나갈 때의 차림과 일치했다.

"궁금한 게 몇 가지 있어서 아사노 씨에게 물어보려고 했죠. 미행은 제가 생각해도 너무 지나쳤지만…."

벨 소리가 울려서 얼굴을 돌리자 신야가 문을 열고 나가고 있었다. 사인보드를 CLOSED로 바꾸려는 것 같았다. 신야가 얼음을 띄운 물을 내놓았다. 리에는 컵을 기울여 목을 축였다.

"하지만 이상한데. 츠유가 휴대전화를 갖고 있다는 게?"

신야의 질문에, 아사노가 심각한 얼굴로 고개를 끄덕였다.

"정말 츠유가 그 여자를 엄마라고 불렀습니까?"

아사노의 물음에 리에가 고개를 끄덕였다. 입가에 손을 댄 아사노에게 리에는 조심스럽게 물었다.

"저, 츠유 엄마는 이미…."

"죽었어요."

컵에 든 얼음이 딸랑 소리를 냈다. 입을 다문 아사노 대신 신야가 묘한 어조로 대답했다. 리에는 용기를 내 가장 궁금했던 의문에 부딪혔다.

"이를테면 부인 외에 츠유가 엄마라고 부르는 사람이 있는 건…."

한심하게도 말끝을 흐렸다. 이번에도 본인의 대답은 없고 대신 신야가 어깨를 움츠렸다.

"내가 아는 한 아사노에게 재혼 예정은 없어요. 그렇지?"

가벼운 말투로 말을 건 신야가 눈을 동그랗게 떴다. 아사노의 안색이 파랗게 질려 있었던 것이다.

"…한 사람, 츠유를 딸이라고 생각할지도 모르는 여자가 있습니다."

아사노의 이마에서 땀이 흘렀다. 리에가 그 의미를 묻기도 전에 먼저 신야가 눈을 크게 떴다.

"야, 너 설마 유즈키 아이코를 말하는 거야?

두 사람이 잔뜩 긴장하는 분위기라는 걸 알 수 있었다. 가게 안의 냉방이 더욱 세져 리에는 땀을 흘린 몸에서 한기를 느꼈다. 유즈키 아이코가 누구인지 궁금했지만 물어봐도 좋은지 알 수가 없었다.

"그러고 보니 그 사건이 일어났을 때도… 시즈쿠 씨를 만난 것도… 지금과 같은 한여름이었네요."

눈을 가늘게 뜬 아사노의 시선 끝에는 멀고 먼 과거가 어려 있었다.

과거–시즈쿠

"그만해!"

아사노 시즈쿠가 큰 소리로 꾸짖자 소년들은 거미 새끼가 흩어지듯 사방으로 달아났다. 출입이 금지된 폐건물은 불량배가 모이는 집합소로 신고가 많이 들어오는 곳이다. 뭇매를 맞던 남자를 동료에게 맡기고 시즈쿠는 좀 뚱뚱한 편인 소년을 추격했다. 담을 넘으려는 곳에서 목덜미를 잡아 저항하는 그에게 몸을 휙 내던져 제압했다.

관절을 세게 눌러 꼼짝 못하게 하자 소년은 즉시 단념했다. 그는 고등학생 정도로 보였다. 같은 무리의 신원은 경찰서에 가서 다그치면 실토할 것이다. 동료에게 무선으로 도움을 청하자 즉시 소형 순찰차, 일명 미니패트가 도착했다.

"순회 중에 수고 많았어. 아사노 순사, 정말 열심이네."

"직무를 완수했을 뿐입니다."

시즈쿠는 교통과에 근무하는 선배에게 소년의 신병을 인도

228

했다. 현장 상황으로 미뤄볼 때 집단 폭행인 듯했지만 가해자들의 부은 얼굴로 미루어 짐작했을 때 피해자도 지지 않고 반격한 듯했다.

피해자는 머리에서 피를 흘리며 주저앉은 채 동료의 부축을 받고 있었다. 순찰차가 떠나자마자 구급차가 도착했다. 그 자리에서 일어난 피해자는 무슨 일인지 구급차로 향하지 않고 시즈쿠 앞으로 다가왔다.

"살았네. 평소 같으면 저런 녀석들한테 지지 않지만 갑자기 뒤에서 쳐서 말이지. 난, 나이토라고 해."

"그래."

나이토라는 남자는 여기저기가 부어 있고 찰과상이 심한 듯했지만 단정한 얼굴이었다. 시즈쿠보다 나이가 많아 보이긴 하지만 좀처럼 알아맞히기 어려운 분위기를 띠고 있었다. 파마를 한 금발과 알로하 셔츠의 조합은 성실한 직장인으로는 보이지 않았다. 나이토는 갑자기 시즈쿠 앞에 얼굴을 가까이 댔다.

"그런데 말이야, 나랑 사귀지 않을래?"

"뭐라고?"

난처한 표정을 짓는 시즈쿠를 곁눈질하며 나이토는 구급대원의 손에 이끌려 차 안으로 들어갔다. 시즈쿠는 혼란스러운 얼굴로 회전등의 붉은빛이 멀어져가는 걸 바라봤다.

　아사노 시즈쿠는 파출소에서 근무하는 경찰관이다. 생활안
전과 소년계로 이동을 원했지만, 실적이 없기 때문에 배속될
전망은 아예 없었다. 지금은 지역의 치안을 지키기 위해 파출
소에서 일상 업무에 매진하고 있다.
　나이토는 주변을 어슬렁거리는 백수건달이었다. 잘생긴 얼
굴과 입담으로 여자 문제를 많이 일으켰다. 얼마 전 소란도 여
자를 둘러싼 트러블이 원인이었다. 나이토가 헌팅한 여자가
무리 리더의 여자친구였던 것이다. 나이토는 말하기를 "어른
스러워서 꼬맹이라고는 생각하지 않았다"라고 한다. 그 후 번
화가에서 얼굴을 마주칠 때마다 말을 걸어왔지만, 시즈쿠는
적당히 받아넘겼다.
　계절은 7월의 막바지로 여름방학의 영향인지 거리에는 전
보다 학생들이 많이 보였다. 오후가 지날 무렵 시즈쿠가 자전
거로 순찰을 도는데 공원에 인파가 몰려 있었다. 분수가 있는
넓은 공원 한쪽이 소란스러웠다.
　"우리 딸에게 무슨 짓을!"
　많은 사람들이 빙 둘러싼 중심에 두 가족이 있었다. 큰 소
리로 울부짖는 소년 옆에서 허리가 굽은 할머니가 고개를 숙

이고 있고, 그 맞은편에 20대 후반 정도의 여자가 고함을 치고 있었다.

젊은 여자 옆에 있는 아이를 시즈쿠는 넋을 잃고 쳐다봤다. 먼저 가슴까지 내려온 요염한 흑발이 인상적이었다. 초등학교 저학년 정도의 체격으로 뺨에서 목에 걸쳐 보이는 피부는 도자기처럼 하얬다. 한여름인데도 긴팔 블라우스에 멜빵 달린 빨간 치마를 입고 있었다.

시즈쿠는 무엇보다도 아이의 공허한 눈동자가 궁금했다. 긴 속눈썹이 그림자를 떨어뜨려 어린 나이인데도 애수를 자아냈다.

"어떻게 된 겁니까? 진정하세요."

시즈쿠가 비집고 들어가자 할머니는 안도한 듯 깊은 한숨을 내쉬었다. 젊은 엄마도 경찰관 유니폼을 보고 놀랐는지 입을 다물었다.

당사자와 구경꾼들에게 사정을 들어봤더니 아이들의 싸움이 원인이었다. 먼저 소년이 흑발의 소녀를 놀리기 시작했다. 하지만 소녀가 아무런 대꾸를 하지 않고 무시하자 화가 나서 세게 밀어 넘어뜨린 것이다.

이 광경을 목격한 젊은 엄마가 달려와 분노에 차서 그대로 소년을 들이받았다. 근처에 있던 소년의 할머니가 뛰어와 황급히 사죄했지만, 젊은 엄마는 계속 격앙되어 소리를 높였다는 것이다.

소년이 나쁜 짓을 하긴 했지만 이미 할머니와 함께 사과했다. 시즈쿠가 잘 타이르자 젊은 엄마도 분노를 거두고 마지막에는 할머니와 소년에게 고개를 숙였다. 소동이 수습되자 사람들은 사라지고 소년도 할머니 손에 이끌려 집으로 갔다.

"죄송합니다. 이 아이에게 폭력을 휘두르는 걸 보고 그만 흥분하고 말았습니다."

유즈키 아이코라고 자신의 이름을 밝힌 젊은 엄마는 고개를 숙여 시즈쿠에게 사과했다.

"아이를 지키는 건 당연한 일이에요."

유즈키 아이코는 이웃 도시에서 최근 이사 온 듯했다. 차분할 때의 아이코는 소녀처럼 순진한 분위기로, 격앙되어 있을 때와는 완전히 딴판이었다.

몇 번이나 고개를 숙이고 나서 둘은 손을 잡고 공원을 떠났다. 시즈쿠가 두 사람의 등을 바라보자 한여름의 태양 빛을 받은 흑발이 빛을 반사시켰다. 기름매미 우는 소리가 중첩되어 주위에 울려 퍼졌다.

비번 날, 오전 중에 세탁을 마치고 방 청소를 시작했다. 점심시간까지 대충 청소를 마무리하고 외식하기 위해 티셔츠와 면바지 차림으로 외출했다.

습도와 기온이 높아 공기가 피부에 엉겨 붙었다. 자주 가는 음식점에서 돈가스 덮밥을 먹은 후 집을 향해 천천히 걸었다. 평소 순찰을 돈 탓인지 사복 차림인데도 아는 체하는 사람이 여럿 있었다.

슈퍼마켓에서 저녁거리를 사들고 돌아오는 길에 공원을 가로질렀다. 공원에는 엄마, 아빠와 고무공을 갖고 놀거나 물총을 쏘며 노는 아이들이 있었다.

시즈쿠는 공원에서 본 기억이 있는 아이를 벤치에서 발견했다. 가슴까지 내려온 흑발은 멀리서도 눈에 띄었다. 시즈쿠는 다가가 엉거주춤한 자세로 말을 걸었다.

"안녕? 엄마는 같이 오지 않았니?"

아이는 밀짚모자를 쓰고 있었는데 검은 머리는 여전히 아름다웠고 윤기가 흘렀다. 흰색 긴팔 티셔츠 위에 갈색 민소매 원피스를 겹쳐 입고 있었다. 시즈쿠의 물음에 아이는 살짝 얼굴을 올렸다가 즉시 돌려버렸다. 순간 비친 눈동자에는 거절의 의지가 담겨 있었다.

무시당했지만 시즈쿠는 나무 그늘 벤치에 나란히 앉았다. 그리고 다시 옆에 앉은 아이를 바라보았다. 뉴스는 연일 30도가 넘는 높은 기온을 알리고 있는데, 아이는 왠지 오늘도 긴팔이다. 목덜미는 뼈가 앙상하고 스커트 아래로 뻗은 다리는 심하게 가늘다.

"오늘도 덥네."

역시 대답은 없다. 하늘에는 뭉게구름이 떠다니고 멀리 보이는 경치는 열기로 흔들리고 있다. 시즈쿠는 일어나 일단 공원을 나왔다. 그리고 자판기에서 음료수 캔 두 개를 뽑아 다시 벤치로 돌아왔다.

"어느 쪽이 좋아?"

오른손에 콜라, 왼손에 오렌지 주스를 들고 아이에게 전부 내밀었다. 주스에 반응했는지 내리깔고 있던 눈동자가 크게 열렸다. 시선이 왼쪽으로 향한 걸 놓치지 않고 시즈쿠는 오렌지 주스를 앞으로 내밀었다. 캔 표면에 물방울이 맺혀 땅에 떨어졌다.

"…감사합니다."

"천만에."

생각해보니 목소리를 들은 건 이번이 처음이었다. 쉰 목소리에 순간 여름 감기에 걸린 건 아닌지 걱정되었다. 조심스럽게 뻗은 아이 손에 시즈쿠는 오렌지 주스를 건넸다. 아이는 목을 축이기 시작했다. 마시던 캔에서 입술을 뗀 표정은 어느

새 풀려 있다. 부드러운 미소는 나이에 걸맞게 순진하고 귀여웠다.

시즈쿠는 다시 벤치에 앉았다.

"그러고 보니 아직 이름을 들어본 적이 없네."

"…말하고 싶지 않아요."

마음을 열었나 생각했지만 방어 자세는 여전했다. 시즈쿠도 콜라에 입을 대자 탄산이 목을 자극했다. 근처에서는 햇볕에 그을린 중학생 정도의 여자아이 세 명이 잔디밭에서 프리스비를 던지며 놀고 있었다. 여자아이들은 프리스비가 엉뚱한 방향으로 튈 때마다 깔깔거리며 웃었다.

"이사한 지 얼마 안 됐나 보구나. 1학기 종업식이 끝나고 전학했니?"

"…네."

끄덕거리기까지 시간이 걸렸지만, 반응할 만큼 발전했다고 생각했다.

"지금은 초등학교 2학년 정도일까? 전학했으면 친구와 헤어졌겠구나. 괜찮으면 나와 친구 할래?"

땅바닥에 알루미늄 캔 떨어지는 소리가 났다. 굴러 떨어진 캔 입구에서 오렌지 주스가 흘러나왔다. 당황해서 얼굴을 옆으로 돌리자 한계까지 치켜뜬 아이의 눈과 시선이 마주쳤다.

아이의 속눈썹이 미세하게 흔들리고 작은 입술이 떨리고 있었다.

"미안. 내가 이상한 말을 했구나."

"부탁이에요. 저를 엄마와 연관 짓지 마세요."

"엇?"

아이가 일어서는가 했더니 갑자기 달리기 시작했다. 검은 머리를 휘날리며 말할 틈도 주지 않고 사라졌다.

갑자기 매미들의 대합창이 귀에 들어왔다. 다른 일에 집중하고 있으면 잡음은 사라지나 보다. 시선을 떨어뜨리자 흘린 오렌지 주스에 개미가 몰려들기 시작했다.

현재-리에

츠유와 함께 놀고 있을 렌카에게 연락을 취하기 위해 아사노는 집에서 스마트폰을 갖고 내려왔다. 렌카의 연락처는 모르지만, 렌카 아빠의 휴대전화 번호를 알고 있었다. 5월에 렌카의 생일 파티를 했을 때 아사노가 츠유를 보내고 마중나간 것을 계기로 아는 사이가 된 것이다. 렌카 아빠는 아사노처럼 싱글파더다. 아이를 키우면서 생기는 고민거리로 의기투합한 두 사람은 연락처를 주고받았다. 초등학교 5학년 딸을 둔 아빠라면 분명 마음고생이 많을 것이다.

아사노는 렌카의 아빠로부터 딸에게 아동용 휴대전화를 만들어주었다고 들어 알고 있었다. 그리고 렌카의 엄마는 '없다'고 들었다.

렌카는 오동통하고 귀여운 체형에 키가 츠유보다 작고 머리는 땋아 늘어뜨린 스타일의 아이였다. 소극적이고 소심한 성격 때문에 학교에서도 눈물을 잘 흘리는데, 그때마다 츠유가 달래준다고 한다. 리에는 렌카가 옆에 있었는지 생각해내려고 했으나 츠유에게 집중한 탓인지 기억이 나지 않았다.

아사노가 전화하자 렌카 아빠가 즉시 전화를 받았다. 렌카의 소재를 확인했더니 츠유과 함께 도서관에 간다고 했단다. 츠유가 아사노에게 말한 내용과 일치했다.

"츠유에게 급한 볼일이 있어서요."

아사노는 이렇게 설명하고 렌카에게 연락해달라고 당부했다. 렌카의 아빠가 흔쾌히 수락해 아사노는 일단 전화를 끊고 연락을 기다리기로 했다.

3분 후에 연락이 왔으나 렌카가 전화를 받지 않는다고 했다. 이전에도 휴대전화를 가방에 넣어두고는 전화가 오는 것을 몰라 받지 않은 적이 있었다고, 그러나 계속 전화를 걸어보겠고, 렌카와 연락이 닿으면 츠유에게 집에 전화하도록 전달하겠다고도 약속했다.

"잘 부탁합니다. 앞으로는 츠유도 연락 수단을 갖고 있는 게 좋을 것 같군요. 참고로 묻겠는데요, 렌카의 휴대전화 통신사는 어디죠?"

렌카의 아빠와 몇 마디 더 하고 나서 아사노는 통화를 끊었다. 스마트폰을 귀에서 뗀 그의 이마에 땀방울이 맺혀 있다. 늘 이성적인 태도를 취하는 아사노도 사랑하는 딸의 일에는 평상심을 잃게 되는 모양이다. 그는 스마트폰을 만지더니 화면을 리에에게 보여준다.

"츠유가 사용하던 휴대폰이 이거였어요?"

"네 맞아요. 틀림없어요."

휴대폰 화면에 어린이용 휴대전화가 보인다. 둥근 디자인의 핑크색 기기는 리에가 기억하고 있는 것과 같았다. 아사노가 앞치마를 벗었다.

"츠유를 찾으러 가야겠어요. 함께 가주시겠어요?"

"물론이죠."

리에는 힘 있게 고개를 끄덕였다. 만약을 위해 신야는 가게에서 대기하기로 하고 둘은 가게를 나왔다. 밖은 기온이 높아 바로 땀이 났다. 아사노가 큰길에서 택시를 잡았다. 거리는

2킬로미터 정도지만 택시가 가장 빠를 터이다. 두 사람은 뒷좌석에 탔다. 리에가 장난감 가게 이름을 말하자 운전자가 액셀을 밟기 시작했다.

차내에는 에어컨이 켜져 있고 희미하게 신차 냄새가 났다.

"인형을 내미는데 츠유가 거부했다고요?"

리에가 고개를 끄덕이자 아사노는 미간을 찌푸렸다.

"츠유가 요즘 그 캐릭터 상품을 모으고 있어요. 용돈이 적어서 인형 살 돈이 부족하다고 불만이었죠."

친한 사이라면 사주면 좋아했을 텐데, 츠유와 그 여자는 그다지 친하지 않은지도 모른다.

빨간 신호에서 택시가 멈췄다. 통행이 많은 교차로에서 파란 신호가 될 때까지의 시간이 길게 느껴진다. 아사노는 입언저리에 손을 대고 뭔가 생각에 골몰하고 있었다. 차창 밖에는 횡단보도를 걷는 사람들이 어깨를 부딪쳐도 사과도 하지 않고 스쳐 지나가고 있었다.

물어봐도 되는지 망설여졌지만 리에는 결심했다.

"저, 유즈키 아이코 씨는 누구예요?"

"…미안합니다. 잊어주세요. 들어봤자 혼란스러울 뿐이니까요."

어색한 표정으로 대답하는 아사노의 모습에 리에는 눈을

내리깔았다. 또 하나, 알고 싶은 것이 있었다.

"…츠유 엄마는 어떻게 죽은 거죠?"

지금 물을 필요가 없는 질문인지도 모른다. 본래는 츠유를 최우선으로 걱정해야 한다. 하지만 묻지 않을 수 없었다.

"교통사고로요."

신호가 바뀌고 택시가 움직이기 시작했다. 아사노의 아내, 시즈쿠는 경찰관이었다. 시민을 위해 매일 분주하게 살았다.

"트럭 운전기사가 졸음운전을 하는 바람에 그만."

밤 근무를 마치고 집에 오는 길에 사고가 났다고 했다.

"사고 후 검증을 했는데요, 순간적으로 피하기만 했어도 살 가능성이 있었다고 해요. 그렇지만 타이어에서는 아내가 반응한 흔적을 찾아볼 수 없었어요. 과로가 원인일 수도 있지만 지금 와서는 아무도 모를 일이죠."

아사노는 기사를 읽는 것처럼 감정 없이 말했다. 그것이 한층 더 가슴속 아픔을 표현하는 것처럼 느껴졌다.

불현듯 어떤 생각이 리에의 뇌리를 스쳤다. 반지 소동이 있었을 때 아사노는 "부모의 부재는… 정말 힘드니까요"라고 말했다. 그건 친척집에 입양되어 고생한 유리노의 처지를 생각하고 나온 말이었다. 그때 리에는 아사노 주위에 유리노와 비슷한 처지의 인물이 있지 않을까 생각했다.

어쩌면 그 인물이 츠유가 아닐까? 즉, 츠유는 아사노의 친딸이 아니라 양녀가 아닐까 생각했다. 츠유가 풍기는 분위기는 아사노와 흡사하지만 얼굴은 그다지 닮지 않았다.

거기까지 생각한 리에는 머리를 몇 번이나 흔들었다. 단순한 상상일뿐 근거는 하나도 없다.

"도착했습니다."

운전기사 말에 밖을 보자 장난감 가게 앞이었다. 아사노가 요금을 지불하고 두 사람은 택시에서 내렸다. 리에는 매장 건물을 가리켰다.

"츠유가 2층 창가에서 통화를 하면서 지상을 내려다보고 있었어요."

아사노가 주위를 둘러보기 시작하더니 시선이 맞은편 편의점에 멈췄다.

"입구 옆에 공중전화가 있군요."

"정말 그렇네요."

"전화 상대를 보면서 얘기한 게 아닐까요? 그렇게 되면 통화 상대는 렌카일 가능성이 높죠."

츠유가 썼던 휴대전화는 아마 렌카 것이리라. 그렇게 되면 렌카는 다른 전화를 사용한 셈이다.

"두 사람이 걸어갔던 방향 알아요?"

"저쪽이에요."

리에는 전철역과는 반대 방향을 가리켰다. 여러 노점상이 줄을 잇는 상업 지역이라서 토요일 오후의 번화가는 많은 행인으로 북적거렸다.

"사실 츠유와 렌카는 둘 다 먹지 못하는 것이 있어요."

츠유는 전화로 '먹어보려고 노력하겠다'고 말했다. 생일 파티에 들고 갈 선물을 준비할 때, 렌카와 유치원을 함께 다닌 친구가 렌카는 키위를 못 먹는다고 츠유에게 가르쳐주었다. 어린 시절부터 심한 키위 알레르기가 있어 급식에서 키위가 나오는 날에는 특별 메뉴가 준비되었다고 한다.

아사노는 키위 알레르기가 있는 사람이 많다고 말했다. 목구멍과 혀가 가려운 가벼운 증상에서부터 부종이나 두드러기, 호흡 곤란 등 위험한 증상이 나타나는 경우도 있다는 것이다.

츠유의 경우 알레르기는 없지만 음식 중 유일하게 키위만은 싫어한다고 한다. 츠유가 일부러 '먹어보려고 노력하겠다'고 선언하는 식품이라면 키위밖에 없다.

"근데, 이 근처에 키위를 내놓는 가게가 얼마나 있을지⋯."

"아마 아사노 씨가 걱정하는 만큼 많지는 않을 거예요."

리에는 지도를 머리에 띄우며 낮 시간에 키위를 내놓는 점포를 떠올렸다.

"알 수 있을까요?"

"당연하죠."

눈앞에 뻗어 있는 번화가는 리에가 편집하는 쿠폰 잡지의 담당 구역이다. 어느 가게에나 한 번 정도는 광고 협상을 위해 들어가본 적이 있다. 기사를 쓸 때 실제로 그 메뉴를 먹어보고 확인하면서 협의를 거듭하는 것도 업무의 일환이다.

"따라오세요."

효율적인 매장 순회 경로를 머릿속에서 정리하고 나서 리에는 망설이지 않고 달리듯 걸었다. 첫 목적지는 30초만 가면 도착할 수 있다. 츠유의 신변에 아무 일도 없어야만 한다. 달리면서 리에는 진심으로 그렇게 바랐다.

과거-시즈쿠

유즈키 아이코와는 길에서 자주 얼굴을 마주쳤다. 서로 인사를 하고 서서 대화도 나누었다. 그러다가 몇 번 고민 상담을 받기도 했다.

"요전 날 그 남자아이가 또 괴롭히기 시작했어요."

좋아하는 여자에게 짓궂은 짓을 하는 건 남자아이들의 습성이다. 우수에 찬 눈동자에 오뚝한 콧날, 도톰한 입술을 지닌 유즈키의 딸은 크면 미인이 될 거라고 예감할 수 있는 용모였다.

"예뻐서 그랬을 거예요."

시즈쿠의 말에 유즈키가 미간을 찌푸렸다. 아이 말만 나오면 유즈키의 태도는 돌변했다.

"그 앤 내가 지켜야 하거든요."

골똘히 생각하는 표정에 시즈쿠는 일말의 불안을 느꼈다. 아이를 지나치게 사랑하는 부모가 주변 사람과 트러블을 일으키기 쉬운 것은 사실이다.

"그러고 보니 아직 아이 이름을 물어보지 않았군요."

시즈쿠가 묻자 유즈키는 흔쾌히 알려주었다. 아주 아름다운 울림이 있는 이름이었다. 시즈쿠는 진심으로 좋은 이름이라고 생각했다. 생각을 그대로 전하자 유즈키는 기쁜 듯이 눈을 내리깔았다.

그 후 시즈쿠는 순찰을 돌 때면 유즈키 아이코와 아이의 모습을 찾게 되었다. 유즈키 모녀는 항상 사이좋게 손을 잡고 있었다.

8월 중순, 남자들이 패싸움을 한다는 신고를 받고 시즈쿠는 다리 아래 하천 부지로 달려갔다. 가해자는 이미 도망치고 풀숲에 나이토가 벌렁 나자빠져 있다.

"또 당신입니까?"

시즈쿠를 알아보고 나이토가 일어나서 수상쩍은 웃음을 보냈다.

"시즈쿠 씨를 만날 수 있다면 싸우는 것도 괜찮네. 근데 이번에도 저쪽에서 싸움을 걸었어."

나이토는 관절을 펴고 나서 몸에 붙은 모래와 낙엽을 털어냈다. 동작에 거침이 없는 걸 보니 큰 상처는 없는 듯했다.

"어차피 또 여자 문제겠죠."

"오해라니까. 저 애들 중 한 녀석의 여동생이 멋대로 날 생각한 탓이라고. 난 정말로 헤어졌는데 말이지."

시즈쿠는 한숨을 쉬었다. 왜 이런 경박한 남자에게 속는 여자가 끊이지 않는 걸까.

"집안 망신 다 시키네요."

나이토 가문은 무수한 노른자 땅을 상속받은 지주였다. 여러 빌딩과 아파트를 소유하고 있으며, 국회의원과 관료, 회사경영자 등 유력 인사를 많이 배출했다. 더구나 나이토 부모는 종손에 해당한다.

항상 간들거리며 교태를 부리던 나이토가 처음으로 쓸쓸한 표정을 지었다.

"난 집안과 관계없어. 그래, 날 남편으로 받아줘. 나이토란 성이 싫으니까 아사노 집안에 데릴사위로 들어갈게. 아사노라는 성씨도 나쁘진 않은데."

"진짜 바보네…."

상대가 연상인데도 경어를 쓰지 않고 농담으로 프러포즈를 하다니 뇌의 신경이 끊어져 있는 게 분명하다. 정식으로 신청해도 받아줄 생각은 당연히 없지만.

"어, 난 진심이라고. 아이는 딸을 갖고 싶다."

"당신은 내 취향이 아니라서 안 돼."

"어떤 타입을 좋아하는데?"

시즈쿠는 조금 생각하다 솔직하게 대답했다. 성실하고 똑똑하고 차분하고, 배려할 줄 아는 사람. 늘 웃는 얼굴에 깔끔한 분위기 그리고 엄할 때는 있지만 남을 생각해주는 부드러운 사람.

"그리고 착실하게 일하는 사람. 그러니까 당신과는 정반대네."

"내가 그런 사람이 되면 결혼해줄래?"

"당신은 자유분방해서 생리적으로 무리일걸. 난 나만 봐주는 사람이어야 하거든."

그렇게 말하자 나이토는 절망적인 표정을 지었다. 그 얼굴이 너무 이상해서 시즈쿠는 웃음을 터트렸다.

비번 날 낮, 시즈쿠는 냉장고에 거의 아무것도 들어 있지 않다는 것을 알았다. 밥을 해먹기가 귀찮아 도시락으로 때우기로 했다. 최근의 식생활이 건전하다고는 말하기 어려웠다. 그렇게 생각해서인지 피부도 거칠어지고 체중도 늘어난 것 같았다.

슈퍼마켓에 가려고 간단히 화장을 하고 집을 나섰다. 구름이 많이 낀 날씨였다. 일기예보에서는 태풍이 접근하고 있다고 했다.

"어? 저 앤…."

공원 앞을 지나는데 낯익은 흑발이 눈에 들어왔다. 아이는 수도 앞에 쭈그리고 앉아, 입을 위로 향해 대고 물을 꿀꺽꿀꺽 마시고 있었다.

그날도 아이는 긴팔 무지 티셔츠와 롱스커트를 입은 차림이었다. 뒤에서 다가가 말을 걸었다. 무서운 듯 뒤돌아보는 아이의 표정에 시즈쿠는 숨이 멎을 것 같았다. 이전보다 볼살이 빠져 보이고 눈동자도 얼빠진 모습이었다. 머리카락도 윤기가 없어진 듯한 느낌이다.

"안녕?"

시즈쿠가 옆에 쭈그리고 앉았지만 아이는 대답이 없다.

"요전 날 엄마한테 이름을 물어봤어. 히나코라며?"

시즈쿠가 이름을 부른 순간 왠지 아이 표정이 굳어졌다. 그리고 갑자기 공원의 출입구 쪽으로 달려갔다. 불안정한 발걸음이 걱정돼 지켜보고 있는데, 갑자기 걸음을 멈추더니 그대로 쓰러져버렸다.

황급히 달려가서 안아 일으키려다 아이 몸이 너무 가벼워서 시즈쿠는 한순간 숨을 죽였다.

"괜찮아?"

열이 있는 듯했다. 열사병인지도 모른다. 다시 한 번 물으려고 하는데 갑자기 꼬르륵 소리가 났다. 공복을 알리는 소리였다.

물을 많이 마신 건 갈증 때문이 아니라 허기진 배를 채우기 위한 것이었을까. 시즈쿠는 별수 없이 자신의 아파트로 데려가기로 했다. 아이가 싫어하는 몸짓을 보였지만 방치할 수는 없었다.

등에 업고 가는데 흔들림이 기분 좋았는지 도중에 아이가 잠들어 숨소리를 냈다. 방에 도착하자마자 냉방 스위치를 켰다. 빨아놓은 시트를 침대에 깔고는 열이 있는 아이를 눕혔다. 작은 수건을 물에 적셔 이마의 땀을 닦아주려 할 때였다.

"손대지 마!"

시즈쿠는 뻗은 손을 거두었다. 목재 바닥에 젖은 수건이 떨어졌다. 아이가 어느 샌가 깨어 있었던 모양이다. 겁에 질린 눈빛으로 노려보며 타월 천으로 된 이불을 자신의 몸에 감았다.

"…옷 벗겼어?"

목소리는 역시 목을 다친 것처럼 쉰 목소리를 내고 있었다.

"벗기지 않았어."

시즈쿠는 가능한 한 부드럽게 대답했다. 몇 년 전에 여자아이를 노린 범죄가 언론을 뒤흔들었다. 때문에 아이가 경계에 못을 박는지도 모른다.

"집에 가야 돼."

아이는 서둘러 일어나려고 했지만 다리에 힘이 없는지 무릎을 일으키다 쓰러지고 말았다.

"무리하지 말고 좀 더 쉬어."

대답은 없었지만 역시 몸 상태가 좋지 않은 듯했다. 아이는 타월 천으로 된 이불을 뒤집어쓰고 누웠다. 시즈쿠는 주방으로 나왔다.

냉장고를 뒤졌으나 사용하고 남은 야채와 베이컨밖에 없었다. 어쩔 수 없어 자신 있게 만들 수 있으면서 손도 많이 안 가는 요리를 하기로 했다.

가지와 피망, 당근, 양파, 베이컨을 잘게 썰어 식용유에 볶았다. 거기에 물을 넣고 끓인 다음 위에 뜬 거품을 걷어내고 큐브로 된 육수를 넣었다. 맛을 보고 나서 소금과 후춧가루로 간을 하면 완성이다. 야채가 부족할 때 시즈쿠가 잘 만드는 특제 야채수프였다.

　거실을 들여다보니 작은 숨소리가 들려왔다. 잠시 바라보고 있다가 눈을 뜬 걸 보고, 깊이가 있는 사발에 수프를 담아 테이블에 올려놓았다.

　"자, 먹어."

　수프 냄새가 진동했지만 아이는 전혀 손을 대려고 하지 않았다. 시즈쿠는 서두르지 않고 기다리기로 했다. 자신이 먹을 수프는 따로 그릇에 담아 침대 가까이에 앉아 먹기 시작했다.

　"음, 맛 괜찮은데!"

　시즈쿠는 일부러 꾸며 혼잣말을 했다. 사실 맛이 없지는 않았으나 특별히 맛있지도 않았다. 피망에서 살짝 쌉쌀한 맛이 느껴졌고 소금기도 너무 강한 듯했다.

　하지만 시즈쿠의 말에 자극을 받았는지 아이 목에서 침 삼키는 소리가 났다. 그리고 이내 조심스럽게 숟가락을 잡고 야채수프를 뜨기 시작했다. 시즈쿠가 숨을 죽이고 지켜보고 있는 동안 아이는 천천히 수프를 입에 넣었다.

아이가 목을 움직인 순간, 눈에서 눈물이 한 방울 떨어진다.

"엇!"

시즈쿠의 놀라는 표정에도 아랑곳하지 않고, 그저 몇 번이나 수프를 입으로 가져간다. 그러다 반쯤 먹고는 숟가락 든 손을 멈춘다.

"왜 그래?"

"…나도 몰라."

시즈쿠의 질문에 아이는 몇 번이나 고개를 가로저었다.

"예전에 먹던 아침밥이 떠올랐어. 맛은 전혀 다르지만 왠지 똑같은 것 같아서…."

아이는 흘러내리는 눈물을 필사적으로 참고 있었다.

"…엄마는 일이 바빠서 점심과 저녁은 함께 먹을 수 없었어. 하지만 아침밥만은 모두 함께 먹었어. 엄마와 나 그리고 그리고…."

아이는 고개를 숙이고 머리로 얼굴을 덮어 표정을 숨겨버렸다. 이어질 말은 아빠일까. 아이는 아무 말도 없이 어깨를 떨었다.

시즈쿠는 경찰관으로 일하는 동안 여러 번 비행 청소년을 만났다. 대부분 가정환경에 문제가 있었고 부모로부터 폭행을 당하는 아이도 드물지 않았다.

가정폭력 이외에도 아동방임이나 학대 같은 형태가 존재했다. 이를테면 학교교육을 받게 하지 않거나 불결한 상태로 방치하고, 충분한 식사를 주지 않는 등 육아를 포기하는 행위 말이다.

그런 생각을 하기 시작한 순간, 시즈쿠는 옷에 대한 아이의 반응이 마음에 걸렸다. 아이는 옷 아래에 있는 학대받은 증거를 숨기려 한 것일까.

"히나코, 밥은 제대로 먹고 다니는 거야?"

그 직후에 금속음이 울렸다. 숟가락이 테이블에 떨어지며 난 소리였다. 시즈쿠는 자신의 조심성 없는 질문을 후회했다.

"…더 이상 우리한테 접근하지 마."

아이는 다시 경계하는 눈빛을 보였다. 더 신중하게 말했어야 했다. 하지만 시즈쿠가 사과하기도 전에 아이는 일어나서 방을 나가버렸다.

순간 말릴 것인가 고민했지만 다리가 움직이지 않았다. 시즈쿠는 아이의 뒷모습을 눈으로 좇으면서 상태가 회복된 데에 안도했을 뿐이었다. 먹다 만 수프가 남겨진 방에 에어컨 소리만 허무하게 울렸다.

경찰서 휴게실에서 시즈쿠는 테이블에 엎드려 있었다. 소박한 방에는 책상과 파이프로 만든 의자가 나란히 놓여 있다. 오늘은 여자 경찰관들이 모여 유도 연습을 하는 날이다. 연거푸 메치기 당한 탓인지 피로가 한계에 달한 상태였다. 떨어질 때 낙법에 실패해 다다미에 긁힌 이마가 붉어졌다.

"집중을 안 해서 그래."

생활안전과 여자 형사가 말을 걸었다. 고교 시절 유도전국대회에 출전한 유도선수였다.

"미안합니다."

시즈쿠가 집에서 아이와 수프를 먹은 건 지난 주 일이다. 하지만 그날 이후 일이 손에 잡히지 않았다.

옆 의자에는 소문내기 좋아하는 지역과 선배가 앉아 농담조로 말했다.

"사랑 고민? 나이토란 남자의 맹공격을 받고 있는 것 같던데."

"어떻게 그걸 아는 거죠?!"

지역과 선배의 눈빛은 사랑 이야기에 대한 기대에 차 있었다. 선배가 가방에서 차례로 스낵을 꺼내놓자 칙칙하던 책상이 갑자기 화려해졌다.

"평소에는 악한 체하고 가볍게 행동하는 자들이 의외로 순수한 거야. 집도 부자고 나중에 완전히 딴 사람이 될 수도 있지 않을까?"

　나이토 가문 중에 경찰 관료가 있어서 경찰서 내에서도 유명한 듯했다. 트러블을 압력으로 무마했다는 소문도 있고, 경찰서 내 여자 경찰도 여럿 구애를 받은 적이 있다는 말이 떠돌았다.

　"그렇게 마음에 들면 선배한테 소개할게요."

　운동을 했기 때문인지 혀가 짭짤한 맛을 원했다. 시즈쿠는 감자칩 봉지를 뜯어 한 움큼 집었다. 두 사람의 이야기를 듣고 있던 생활안전과 선배가 걱정스럽게 물었다.

　"고민이라도 있는 거야?"

　"사실은 어떤 엄마와 딸 이야긴데요."

　지역과 선배는 제쳐놓고 생활안전과 선배와 상의하기로 했다. 시즈쿠는 유즈키 모녀에 대해 설명했는데 선배의 반응이 신통치 않았다.

　"걱정은 되겠지만 긴급 사태로 이어지지는 않겠지."

　"그렇겠죠?"

　경찰 업무는 문제가 발생하고 나서가 실전이다. 수상쩍다고 해서 움직일 수는 없다.

　"이봐, 아사노 씨. 정말 그 여자 이름이 유즈키 아이코야?"

　갑자기 지역과 선배가 이야기에 끼어들었다. 시즈쿠가 고개를 끄덕이자 선배는 고개를 갸웃했다.

"유즈키 씨가 여자애와 함께 살고 있다니 이상한데. 그분은 2년 전에 딸을 잃었거든. 성씨도 이름도 흔하지 않으니까 틀림없을 거야."

"네, 정말요?"

지역과 선배는 재작년까지 관내의 변두리에 있는 경찰서에서 근무했다. 그리고 그때 어떤 불행한 사고를 담당했다고 한다. 여자애가 강이 범람해 죽었는데 아이 엄마 이름이 유즈키 아이코였다는 것이다.

"생전 사진을 봤는데 크면 미인이 될 것 같은 사랑스러운 아이였어. 긴 흑발이 예뻤는데. 이름이 히나코였지 아마. 정말 안됐어."

등골이 오싹할 정도로 한기를 느낀 시즈쿠는 할 말을 잃었다. 어둡게 가라앉은 그 아이의 눈동자가 뒤에서 가만히 응시하고 있는 듯한 기분이 들었다.

현재-리에

먼저 한 양식당을 찾아갔다. 이 가게에서는 여름에 점심 메뉴의 입가심으로 뉴질랜드산 키위를 내놓는다. 점원에게 확인했더니 츠유 일행은 들어온 적이 없다고 한다. 두번째로 간 곳은 주스바였다. 이곳은 키위 주스를 판매하고 있다. 안쪽 공간에서 주스를 마시며 휴식할 수 있는 곳으로, 물어보았으나 이쪽도 아니었다.

차가운 바람을 느끼며 리에는 하늘을 올려다보았다. 멀리서 먹구름이 몰려오고 있었다. 게릴라성 호우가 덮쳐 올지도 모른다.

세번째로 간 곳은 상가 빌딩 1층에 있는 카페였다. 과일을 듬뿍 올린 뉴욕 스타일 팬케이크가 인기인 카페로, 쿠폰 잡지에도 광고 기사를 게재한 적이 있다.

점장은 멋있게 선탠을 한 30대 중반의 여성으로 카랑카랑한 말투가 인상적이었다.

"그런 느낌의 아이를 동반한 사람이라면 10분 정도 전에 이곳을 나갔어요."

"정말요?"

머리가 길고 인형 같이 생긴 초등학교 고학년 여자아이라는 특징에서 츠유가 틀림없다고 생각했다. 지금 즉시 밖으로 나가 찾아볼까 망설였지만, 아사노가 점장에게 질문을 하기 시작했다.

"두 사람은 어떤 모습이었어요?"

점장의 표정이 어두워졌다.

"손님 정보를 누설하는 건 좀….."

점장이 주저하는 건 당연하다. 접객업인 이상 함부로 개인 정보를 누설하는 것은 평판에 영향을 줄 수 있는 일이다. 같은 업종에 종사하는 아사노도 더 이상 추궁할 수 없는 듯했다.

"어렵다는 건 알지만 부탁드립니다. 무슨 일이 일어날 수도 있어서요."

리에는 필사적으로 고개를 숙였다. 만날 때마다 츠유는 언제나 기분 좋게 대해주었다. 몸이 좋지 않을 때에도 먼저 손을 내밀어주었다. 만약 위험한 상황이라면 즉시 도움이 되고 싶었다.

리에는 일을 할 때 언제나 정면으로 부딪쳐 해결했다. 이번 일도 그렇게 할 수 밖에 없었다. 점장은 놀란 모습을 보이더니 쓴웃음을 지었다.

"리에 씨가 그렇게까지 말씀하시니 도와드리지 않을 수가 없네요. 어떤 사정인지 모르겠지만, 리에 씨한테는 늘 신세를 지고 있고 또 리에 씨를 믿으니까요."

가슴이 뭉클해서 하마터면 눈물이 나올 뻔했다. 앞뒤 생각하지 않고 무턱대고 일을 해왔던 날들이 조금은 결실을 맺는 듯한 기분이었다.

점장은 츠유와 함께 온 여성이 매장에서 어떤 모습을 보였는지 알려주었다. 두 사람은 주방 근처에 앉아 있었기 때문에 대화 내용이 잘 들리지는 않았다. 하지만 엄마로 보이는 여성은 햄버거를, 여자아이는 팬케이크를 먹은 건 확실했다.

"팬케이크에는 키위가 들어가죠?"

리에의 질문에 점장이 고개를 끄덕였다. 명물 팬케이크에는 여러 종류의 생과일을 올리기 때문에 보기에도 화려하다. 기사를 작성하기 위해 몇 번 사진을 찍은 적이 있다.

"여자아이가 만족스럽게 팬케이크를 다 먹고 나서 어딘가에 전화를 걸었어요."

그때 렌카 아빠가 전화를 걸었고, 착신이 츠유가 들고 있던 휴대전화 화면에 떴으나 츠유는 이를 무시하고 받지 않은 듯하다.

츠유는 주위에 방해가 되지 않도록 일단 밖에 나가서 통화를 했다. 그러고는 자리로 돌아와 가방에서 작은 봉지를 꺼내 맞은편에 앉은 여성에게 건넸다고 한다.

"제대로 보지는 못했지만 파란색 카드인 것 같았어요."

그리고 츠유와 여성은 생일 이야기를 시작했다고 한다. 엄마로 보이는 여자가 날짜를 말하자 츠유가 웃는 얼굴로 고개를 끄덕였다. 하지만 점장은 며칠인지까지는 기억하지 못했다.

마지막으로 점장은 엄마로 보이는 여자가 가게를 나가면서 츠유 또래 여자아이와 부딪친 이야기를 해주었다. 자신과 부딪쳐 엉덩방아를 찧은 소녀에게 여자가 주의를 주었다. 그 말투가 거칠어 점장은 기분이 좀 언짢았다고 말했다.

점장이 알고 있는 정보는 이게 전부였다. 감사하다는 인사를 하고 아사노와 함께 가게를 나오자 비가 금방이라도 쏟아질 듯했다.

아사노는 리에에게 한 시중 은행의 위치를 물었다. 주고받은 카드가 현금 카드라고 생각한 모양이었다. 파란색은 주요 시중 은행의 이미지 컬러다. 리에는 걸어서 5분 거리에 지점이 있다고 알려주었다.

"서둘러야겠어요."

심각한 어조로 봐서 아사노는 이미 진상을 알고 있는 듯했다. 리에와 아사노는 지나가는 보행자들 사이를 비집듯이 달렸다. 멀리서 천둥소리가 들리더니 굵은 비가 쏟아졌다. 몇 초 만에 땅이 젖었지만 두 사람은 개의치 않고 계속 달렸다.

"다 왔어요."

리에와 아사노는 은행에 도착했다. 자동문이 열리는 시간

조차도 답답하게 느껴졌다. 두 사람이 안으로 뛰어 들어가자 현금인출기 앞에서 30대 여자가 긴 흑발 소녀에게 바싹 다가서서 따지고 있었다. 여자는 고함을 지르며 당장이라도 소녀에게 달려들 것 같은 기세였다.

"츠유!"

재빠르게 츠유의 곁으로 가려고 하자 아사노가 리에 앞에 끼어들었다. 리에는 자신의 눈을 의심했다. 아사노가 츠유가 아니라 고함치는 여자 뒤로 뛰어갔던 것이다.

뒤에 가려 몰랐으나 여자 뒤에 한 소녀가 있었다. 소녀는 볼펜을 쥐고 여자의 등을 향해 팔을 치켜들었다.

"위험해!"

소녀가 힘차게 팔을 내림과 동시에 여자 사이에 아사노가 끼어 들어갔다. 리에는 무심결에 얼굴을 돌렸다. 다시 얼굴을 돌렸을 땐, 아사노가 소녀의 팔을 붙잡고 있었다. 간발의 차로 내려치는 걸 막은 셈이다.

소녀가 무릎을 꿇었고 볼펜이 바닥에 굴렀다. 은행에 비치된 것이었다. 소녀는 츠유 또래로 통통한 체형이었다. 말로 들었던 렌카의 특징과 같았다. 아사노는 소녀의 등에 살짝 팔을 얹었다.

"당신들 누구야!"

여자는 갑작스러운 침입자들의 등장에 당황했지만 곧 고함을 치기 시작했다. 그러자 정면에 있던 츠유가 갑자기 볼펜을 들었던 소녀의 따귀를 때렸다.

"너까지 왜 이러는 거야? 렌카!"

무슨 일인지 여자는 츠유에게 렌카라고 외쳤다. 리에는 급변하는 상황을 전혀 따라갈 수가 없었다.

이때 멀리서 이 모습을 지켜보던 경비원이 다가왔다. 더 이상 사태를 키우지 않는 편이 좋다고 생각한 리에는 경비원을 가로막았다.

"부탁합니다. 조금만 기다려주세요."

당황한 경비원을 억지로 말리면서 리에는 아사노를 다시 바라보았다. 그는 츠유의 팔을 당겨 자기 옆에 세웠다. 그리고는 여자에게 머리를 숙였다. 츠유에게도 머리를 숙이게 했다.

"제 딸 츠유가 실례했습니다. 죄송합니다."

"당신, 무슨 말하는 거야. 쟤는 내 딸이야."

여자는 애가 탄 모습으로 침을 튀어가며 말했다. 그러자 아사노가 고개를 들어 여자를 뚫어지게 바라봤다.

"당신의 속셈은 알고 있습니다."

아사노의 표정이 변했다. 날카로운 시선을 느꼈는지 여자가 겁먹은 표정을 지었다.

"속셈이라니? 무슨 말을 하는 거야."

"경찰을 부르고 싶지 않으면 카드를 주고 조용히 나가세요."

아사노가 손을 내밀었다. 분노에 찬 그의 눈빛은 리에조차 무섭게 느껴질 정도였다.

경찰이라는 말에 겁이 났는지 여자는 파란색 현금 카드를 바닥에 내동댕이쳤다. 그러고는 분개한 모습으로 출입구를 향해 갔다. 자동문 밖은 세찬 비가 내리고 있었다. 여자는 우산꽂이에 있는 비닐우산을 한 개 난폭하게 손에 쥐고 은행 문을 나섰다.

소동은 일단락된 것으로 보였다. 아사노는 은행원과 경비원, 은행 손님에게 미안하다고 말하고는 신야에게 전화를 걸어 마중 나와달라고 부탁했다. 그동안 소녀와 츠유는 손을 잡은 채 한마디도 하지 않았다. 잠시 후 신야가 운전하는 자동차가 은행 앞에 도착했다.

"함께 가자. 렌카."

아사노가 소녀에게 말을 걸었다. 역시 이 아이가 와타나베 렌카였던 것이다.

은행 밖으로 나오자 비가 그쳤고 거리에서는 젖은 흙냄새가 났다. 아사노가 먼저 렌카와 츠유를 뒷좌석에 앉혔다. 이어서 리에가 타자 아사노가 말했다.

"고생 많았어요. 오늘 일은 나중에 다 설명할게요."

리에는 고개를 끄덕이고는 뒷좌석에 올라탔다. 아사노가 조수석에 앉자 신야가 차를 출발시켰다. 차 안에서는 시무룩한 표정으로 가만히 있는 렌카의 손을 츠유가 꼭 쥐고 있었다. 창 너머 하늘에서는 구름 사이로 빛이 비치기 시작했다.

과거-시즈쿠

유즈키 아이코와 우연히 만난 그다음 주, 시즈쿠가 자전거를 타고 순찰을 도는 중이었다.

작은 연립주택 앞을 지나고 있는데 갑자기 유즈키가 도로로 튀어 나왔다. 그가 나온 곳은 앞 건물에 가려 햇볕이 들지 않는지 곰팡이가 핀 집이었다. 유즈키가 사는 집인 모양이었다. 놀란 시즈쿠가 유즈키를 부르자 그는 큰 소리를 질렀다.

"우리 애가 없어!"

유즈키의 눈은 충혈돼 있었고 심상치 않은 모습이었다. 시즈쿠가 당황해서 자세한 상황을 물으려 하자, 집 안에서 "나 여기 있어"라고 말하는 쉰 목소리가 들렸다.

"아니, 도대체 어디에 있었던 거야!"

시즈쿠가 얼굴을 돌리자 연립주택의 문이 열리더니 작은 그림자가 우두커니 서 있는 것이 보인다. 긴 흑발을 본 유즈키의 표정은 온화하게 바뀌었다.

"히나코가 없어진 줄 알고 놀랐잖아. 나에겐 히나코밖에 없는데."

시즈쿠는 유즈키가 집으로 들어가는 걸 잠자코 보고 있을 수밖에 없었다. 시즈쿠는 이전에도 이와 비슷한 일이 있었다고 지역과 선배에게 들었다. 딸이 죽은 직후 거리를 방황하는 유즈키의 모습을 여러 번 목격했다는 것이다. 유즈키가 지금 사는 곳으로 이사한 것도 인근 주민과 자주 옥신각신하는 상황이 벌어졌기 때문이었다.

유즈키 아이코에게 뭔가 이상한 점이 있다고 느낀 시즈쿠는 아동상담소에 조사를 의뢰했다. 하지만 며칠 후, 이상 없음이라는 보고를 받았다. 이해할 수 없었던 시즈쿠는 아동상담소를 찾아갔다. 40대 여성 담당자는 환한 미소로 시즈쿠를 맞아주었다.

"신고하는 인근 사람도 없었고, 엄마는 히나코를 사랑하는 것 같았어요. 어쩌면 아사노 씨가 잘못본 건…."

시즈쿠는 공원에서 있었던 일과 히나코가 못 먹어 쓰러진 일을 설명했다. 시즈쿠가 말을 마치자 담당자가 한숨을 길게 내쉬었다.

"먹지 못하는 것만으로는…. 아빠가 없으니까 경제적으로 어렵겠죠. 최근 여자애들은 조숙하니까 다이어트를 했을 가능성도 있고요."

담당자의 웃는 얼굴이 시즈쿠를 화나게 했다. 말할 생각은 아니었으나 시즈쿠는 무심코 다음 말이 튀어 나왔다.

"사실 유즈키 씨 딸은 죽었잖아요."

이렇게 호소하자 담당자의 표정이 굳어졌다. 그런 다음에는 대화가 전혀 진전되지 않았다.

시즈쿠는 무거운 마음으로 아동상담소를 나왔다. 담당자의 말을 이해하지 못하는 건 아니었다. 유즈키는 아이와 사이가 좋은 편이고 학대한 증거도 찾을 수 없었다. 이런 자신의 행동이 부모와 자식 사이를 방해할 뿐인지도 모른다는 생각이 들자, 앞으로 어떻게 해야 할지 도무지 알 수가 없었다.

시즈쿠는 결국 그 이상의 행동은 하지 않고 자신에게 주어진 일상 업무만 해나갔다. 유즈키와 아이를 만나지 못한 채 일주일이 지났다. 그러던 어느 날, 나이토가 시즈쿠를 이자카야로 불렀다. 평소 같으면 둘이 앉아 술을 마시는 일은 있을 수 없었으나 그날은 뭐에 눈이 뒤집혔는지 응하고 말았다.

역 앞에 있는 깔끔한 서양식 이자카야에는 손님이라곤 커플들뿐이었다. 나이토가 한턱내는 분위기라서 테이블 가득 요리와 우롱차를 주문했다.

술을 마시지 않았는데도 시즈쿠는 자신도 모르게 술 취한 사람처럼 푸념을 늘어놓고 있었다. 나이토는 의외로 이야기를 잘 들어주는 사람이었다. 시즈쿠가 하는 어떤 이야기에도 진지하게 귀를 기울여주었다. 이야기가 끊기자 이번에는 나이토가 질문했다.

"시즈쿠는 일을 참 열심히 하는 것 같네. 왜 경찰 따윌 하는 거지?"

"…어쩌면 소꿉친구와 관련이 있는지도 모르겠어."

손에 든 잔을 내려놓고 시즈쿠는 잠시 생각했다. 그 누구에게도 털어놓은 적 없는 속마음을 나이토에게는 말해도 될 것 같았다.

그건 유치원 시절부터 친하게 지낸 소꿉친구 사라와의 기억이었다. 사라에게는 부모와 두 살 아래 남동생이 있었다. 남동생은 어릴 때부터 병약해서 입원과 퇴원을 반복했다. 아빠는 치료비를 벌기 위해 필사적으로 일했고 엄마는 남동생을 돌보기에 바빴다.

"그 애는 바쁜 가족을 돕고 있었는데, 친구들한테도 잘하는 아이였어."

사라는 집안일을 하면서 남동생을 보살피는 일도 도왔다. 집안이 쪼들린다는 걸 알고 있었기 때문에 옷이나 장난감을 사달라고 조르는 일도 없었다. 학교에서 난처한 일을 당한 친구가 있으면 해결에 나섰고 고민을 상담해주기도 했다.

사라는 마치 호흡하는 것처럼 남을 돕는 일에 나섰다. 시즈쿠는 늘 사라와 같은 사람이 되고 싶다고 생각했다.

"하지만 어느 날 사라의 마음은 한계를 넘어버렸어."

고등학교 2학년 겨울, 사라는 갑자기 사라져버렸다. 실종신고는 했으나 아직까지도 찾지 못했다. 가족과 친척, 친구들가운데 사라가 사라진 이유를 아는 사람은 아무도 없었다.

"하지만 난 그 친구의 고통을 알고 있었어."

사라는 계속 방치되어 있었다. 하고 싶은 일이 있어도 처음부터 선택할 권리가 부여되지 않았다. 감기로 드러누워 있어도 미열이 있는 남동생이 우선시되었기 때문에 사라는 먹는일과 옷 갈아입는 일을 스스로 해결해야 했다. 조금이라도 잘못하면 "동생이 이렇게 아픈데" "우린 너까지 봐줄 힘이 없어. 더 이상 엄마, 아빠를 귀찮게 하지 마" 하는 식으로 부모가 불만을 토로했다.

아마도 사라는 위로와 격려의 말을 한번도 들어본 적이 없을 것이다. 그 상황은 사라가 철이 들 무렵부터 시작되었다.

시즈쿠는 사라와 유치원에서 처음 만났다. 새로운 친구가 생긴 게 기뻤던 시즈쿠는 사라에게 손을 내밀었다. 하지만 사라는 그 손을 이상한 듯 바라보기만 했다.

몇 년이 지나 시즈쿠는 사라가 그렇게 반응했던 진실을 알게 되었다. 사라의 부모는 늘 남동생이 우선이었다. 그 탓에 사라는 손을 잡아달라고 하지 못했다. 그래서 내민 손에 자신의 손을 얹지 못했다.

사라의 부모는 딸을 착한 아이라고만 생각했다. 그리고 딸이 사라진 이유에 대해 짐작이 가는 게 없다고 딱 잘라 말했다.

사라지기 전에 사라는 시즈쿠에게 고민을 털어놓았다. 동생이 회복되고 나니까 자신의 도움이 필요 없어져서 이제는 자기가 있을 곳이 없다는 것이었다.

"앞으로 무엇을 하면 가족에게 도움이 될까, 어떻게 하면 아빠와 엄마는 나를 봐줄까. 사라는 그렇게 말했어."

사라가 착해서 기꺼이 남을 도와준 건 아니었다. 부모의 관심을 받기 위해서는 남동생을 돌볼 수밖에 없었다. 친구와도 돕는 일 이외로는 관계를 구축할 수 없었다. 다른 사람에게 봉사하는 것 외의 삶을 몰랐던 것이다.

시즈쿠는 자신의 양손을 바라보았다.

"그런데 난 네가 오해하는 거라는 식으로 대답했어. 지금 생각하면 바보 같지만 사라의 고통을 조금도 이해하지 못했던 거야."

누군가가 손을 잡아주었더라면 분명 사라는 사라지지 않았을 것이다. 사라가 자신에게 보낸 마지막 눈빛을 시즈쿠는 지금도 확실하게 떠올릴 수 있었다.

"그거 참 저질이군!"

나이토가 잔을 테이블에 세게 내려놓았다. 시즈쿠는 자신도 모르게 움찔했다.

"아이는 당연히 부모의 사랑을 받고 자라야 하는 거 아냐! 누나와 동생에게 부모가 똑같이 눈길을 줘야지!"

격앙된 나이토를 시즈쿠는 멍하게 바라봤다.

"아이를 사랑하지 않는 부모도 분명히 있지. 그러니까 그걸 알아야 해. 무조건적인 사랑 따윈 환상이라는 거 말이야. 근데 만약 그런 바보 같은 사람한테서 태어났다면 운이 나쁘다고 체념하고 무조건 달아나야 해. 그러니까 그 소꿉친구 행동이 정답인 거지."

시즈쿠는 친구의 앙금을 여러 번 어른들에게 털어놓은 적이 있었다. '사라의 부모는 딸을 돌봐줬어야 했다, 책임은 부모에게 있다.' 시즈쿠는 주위 어른들에게 그런 식으로 하소연

했다.

그러면 어른들은 사라의 고통을 이해하는 듯한 태도를 취하면서도 누구나 비슷한 말을 했다. 시즈쿠의 부모는 "부모도 불완전한 인간이기 때문에 어쩔 수 없다"라고 했고, 담임선생님은 영문을 알 수 없는 표정을 지으며 "유감스러운 일이지만 너도 부모가 되면 알 거야"라고 말했다.

시즈쿠는 그런 대답을 이해하지 못했다. 부모가 돼보지 않은 어린 자식이 어떻게 부모의 사정을 헤아릴 수 있겠는가.

부모 때문에 고통받는 아이들은 세상에 널려 있다. 시즈쿠는 문득 그런 아이들을 돕고 싶다고 생각했다. 그래서 지원한 일이 가장 가까운 현장에서 아이들과 관련된 일을 하는 생활안전과 소년계였다.

시즈쿠는 눈가에 고인 눈물을 들키지 않도록 손가락으로 닦았다. 왜 자신이 유즈키의 아이를 걱정하는지 비로소 알게 되었다. 어둡게 가라앉은 히나코의 눈동자는 다시는 만날 수 없을지도 모르는 사라와 닮았다.

"고마워."

진심에서 우러나온 감사 표현이었다. 나이토는 평소와 달리 멋쩍은 듯이 얼굴을 돌렸다.

"고맙긴 뭘."

"해야 할 일을 찾았어. 당신은 지금까지 내가 만난 남자 중에서 가장…."

"좋은 남자?"

"가장 좋은 친구야."

몸을 앞으로 내미는 나이토에게 시즈쿠는 만면에 미소를 지으며 말했다. 나이토는 웃고 있었지만 관자놀이에 경련이 일어나기 시작했다.

시즈쿠는 생활안전과 선배에게 고개를 숙여 유즈키 아이코를 조사해달라고 의뢰했다. 파출소에 근무하는 초보 순경으로서는 조사할 수 있는 범위가 뻔했다.

"일하는 틈틈이 할 테니까 기대는 하지 마."

선배는 그렇게 대답했지만 시즈쿠가 비번인 날에 집으로 전화가 걸려왔다. 며칠 만에 조사를 끝낸 것이다.

유즈키 아이코는 현재 스물아홉살이고 남편과는 5년 전에 이혼했다. 헤어진 원인은 불분명하지만 위자료나 양육비는 받지 않은 것으로 보였다. 부모의 반대를 무릅쓰고 결혼한 것인지 친정과도 인연을 끊고 살고 있었다.

유즈키는 결혼 후 낮에는 아르바이트를 하고 밤에는 유흥업소에서 일해 생계를 꾸렸다. 하지만 2년 전에 딸이 사고로

숨지는 비극적인 일을 겪었다.

"유즈키 씨 자녀 말인데…."

보고를 받은 시즈쿠는 유즈키가 사는 연립주택으로 황급히 나갔다. 집 앞 우편함에서 유즈키의 성과 호수를 확인하고 나서 문을 두드렸다.

"계십니까?"

반응이 없었다. 혹시나 해서 손잡이를 돌려보자 잠겨 있지 않았다. 문을 당기자 주방이 있고, 미닫이문으로 안쪽 방과 분리되어 있었다.

절반쯤 열린 미닫이문 너머로 아이가 쓰러져 있는 것이 보였다. 미동도 하지 않는 모습에 시즈쿠는 비명을 질렀다. 다다미 위에 새까맣고 긴 머리카락이 흩어져 있었다. 시즈쿠는 무사하기를 기도하면서 신발도 벗지 않고 뛰어 들어갔다.

"왜 이런 일이…."

얼굴은 황토색이고 입술은 바삭바삭 마른 상태였다. 가느다란 팔에서 더 살이 빠져, 다른 사람 아닌가 생각될 정도로 수척해 보였다.

아이 손목에 손가락을 대자 맥박이 뛰고 있었다. 시즈쿠는 안도의 한숨을 내쉬고는 방에 있는 유선전화로 119에 연락해 구급차를 요청했다.

진단 결과는 극도의 영양실조로 인한 빈혈이었다. 히나코는 링거를 맞고 나서 병실로 옮겨졌다. 늦게 발견됐다면 생명에 지장이 있을 수도 있었다고 의사는 말했다.

유즈키와는 연락이 되지 않았다. 밤중이나 돼야 집에 돌아오는 모양이었다. 메모를 남겨두었기 때문에 봤다면 병원으로 올 것이다.

병원에 아동상담소 담당자가 왔다. 아동상담소에는 구급차를 기다리는 동안에 연락을 해놓았다. 의사로부터 설명을 들었는지 담당자의 얼굴에 당혹감이 묻어났다.

"죄송합니다. 상황을 파악하지 못해서…."

"유즈키 아이코는 죽은 유즈키 히나코가 살아 있다고 굳게 믿고 있습니다. 그 모자가 아주 위험한 상태에 있다는 건 알고 있었죠?"

눈을 보면서 말하자 담당자는 새파란 얼굴로 고개를 끄덕였다. 그리고 내일 아침에 필요한 절차를 밟겠다고 약속했다.

병실 앞의 긴 의자에서 내내 기다렸지만 밤 아홉시가 지나도 유즈키는 모습을 드러내지 않았다.

그때 간호사가 병실에서 뛰쳐나와 간호사실을 향해 달려가는 것이 보였다. 시끄러운 소리가 시즈쿠의 귀에 들어왔다. 간호사와 눈이 마주치자 울 것 같은 표정으로 다가왔다.

"죄송합니다. 낮에 실려온 아이가 병실에서 사라졌어요!"

황급히 병실에 들어갔지만 침대는 비어 있었다. 창문이 열린 채로 커튼이 바람에 흔들리고 있었다. 병실은 1층에 있어서 창문으로 도망친 모양이다. 경찰에 연락하도록 지시하고 시즈쿠는 병원을 뛰쳐나왔다.

유즈키의 연립주택에 도착했을 때는 전력으로 달린 탓인지 심장이 파열될 것만 같았다. 복도에 공용 형광등이 켜져 있었다. 그 시간에 집 외에 아이가 갈 만한 곳은 없을 것 같았다. 현관문 앞에 서 있는데 갑자기 문이 열리면서 유즈키가 모습을 드러냈다.

"유즈키 씨…."

"히나코는 어디에?"

유즈키가 멍한 표정으로 중얼거렸다. 시즈쿠는 입술을 깨물면서 문에 붙여놓은 종이를 가리켰다.

"이거 못 보셨어요?"

메모에는 아이가 병원에 있다고 적혀 있다. 하지만 유즈키는 힐끗 보고는 고개를 가로저었다.

"난 히나코를 찾고 있어요."

"당신 딸은 이미 죽었잖아요."

"무슨 말을 하는 거야? 그 앤 분명히 살아 있는데!"

유즈키가 외치는 소리가 아파트 복도에 울렸다. 그의 흔들림 없는 눈빛을 보고 시즈쿠는 더 이상 말이 통하지 않는다는 걸 알았다.

"여기에 계세요. 아이는 반드시 데리고 올 테니까."

짐작이 가는 곳은 없지만 다리를 사용해 찾을 수밖에 없었다. 숨도 고르지 않은 상태에서 연립주택을 뒤로했다. 어두운 하늘에 별도 달도 보이지 않아 시즈쿠는 가로등 불빛에 의지해 달렸다.

시즈쿠가 가장 먼저 향한 곳은 아이와 전에 만났던 공원이었다. 밤이 깊은 공원에는 인기척이라곤 찾아볼 수 없었고 분수도 그쳐 있었다. 백색 가로등이 잔디를 비추는 가운데 벌레가 무수히 몰려들었다.

"어휴, 찾았다."

새까만 머리카락이 어둠에 녹듯이 뒤섞여 있었다. 잔디밭에 힘없이 주저앉는 모습을 시즈쿠는 놓치지 않았다.

아이는 발자국 소리를 듣고 도망치려 했지만 쇠약한 몸으로 제대로 뛰는 건 불가능했다. 시즈쿠는 쫓아가 즉시 아이를 붙잡았다.

잡은 팔은 고목처럼 곧 부러질 것 같았다. 팔을 빼려고 몸

부림쳤기 때문에 시즈쿠는 애걸하듯 타일렀다.

"가만 있어. 빨리 병원으로 돌아가자."

"엄마와 함께 있어야 해. 나는 히나코니까. 난 엄마 딸이니까."

엄마와 떨어져 있게 될 거라는 직감에 아이는 발작적으로 병원에서 도망친 모양이다. 하지만 왜 집이 아닌 공원을 선택했는지 시즈쿠는 알 수가 없었다. 마음속의 어딘가에서 유즈키 곁으로 돌아가는 걸 피했는지도 모른다.

시즈쿠는 애써 온화하게 말을 걸었다.

"응, 그래. 알고 있어. 엄마와 함께 있고 싶은 거잖아."

"내가 없어지면 엄마는 큰일 나."

떼쓰는 아이처럼 고개를 흔드는 모습에 시즈쿠는 눈시울을 붉혔다. 시즈쿠는 크게 숨을 들이쉬었다.

"그렇지 않다는 걸 머리 좋은 넌 알고 있을 거야."

"그렇지 않아!"

시즈쿠는 몸을 당겨 부드럽게 팔로 감쌌다. 그러고는 귓가에 입을 가까이 대고 명확하게 말했다.

"이제 괜찮아. 아키라 군."

그 직후, 팔 안에서 아키라의 숨죽이는 소리가 전해져왔다. 온몸을 덮고 있던 장막이 서서히 풀어졌다. 희미한 오열이 점차 커지면서 시즈쿠의 어깻죽지가 눈물로 젖어간다.

시즈쿠는 생활안전과 선배에게서 유즈키 아이코에게 아이가 둘이었다고 들었다. 죽은 딸 아래로 아들이 있다. 딸이 죽은 이상 동거하고 있는 건 아들밖에 생각할 수 없었다.

유즈키는 이전에 "나에겐 히나코밖에 없는데"라고 말했다. 그 때문에 시즈쿠는 유즈키에게 자녀가 딸 뿐이라고 착각했다.

히나코를 잃었을 때 이상해져버린 걸까. 유즈키는 슬픈 나머지 죽은 딸의 환영을 쫓게 되었다. 머리를 늘어뜨리고 여자 옷을 입은 아들은 누나와 쏙 빼닮은 모습이었다.

"난… 난 그냥 엄마가 웃기를 바라고."

유즈키는 소녀 모습을 한 아키라를 딸이라고 믿었다. 누나 히나코로 행동하자 유즈키는 평소 생활로 돌아와 웃는 얼굴을 보여주었다. 그래서 아키라는 누나인 척 연기를 계속했다.

먹지 않은 것도 누나 행세를 하기 위해서였다. 시간이 지나면 몸은 남자로 성장해간다. 그래서 조금이라도 덜 자라기 위해 가급적 식사를 제한했다. 영양이 부족한 탓에 아홉살인 아키라의 체격은 초등학교 저학년 정도로 멈춰 있었다. 긴팔 셔츠는 지나치게 여윈 몸을 숨기기 위해 입었던 것이다.

하지만 성장을 완전히 막는 건 불가능했다. 빠른 변성기를 맞이한 아키라는 여느 때 이상으로 식사를 억제했다. 그 때문에 영양실조로 쓰러진 것이다.

어느 쪽이 먼저 이 관계를 시작했는지 시즈쿠는 알 수 없었다. 아키라가 엄마를 위로하기 위해 누나 행세를 했을 가능성도 있고, 유즈키가 아들에게 딸의 옷을 입혔을 가능성도 있다. 어느 쪽이 발단이든 모자 관계는 돌이킬 수 없을 정도로 왜곡돼버렸다.

유즈키는 모든 애정을 딸에게 쏟았다. 포옹도 친밀한 대화도 모두 죽은 누나 때문에 있었다. 엄마의 눈동자에 자신이 찍혀 있지 않아도 아키라는 필사적으로 엄마의 웃는 얼굴을 갈구했다.

"아침밥만은 엄마와 나와 그리고…."

아키라는 눈물을 참고 말했다. 이어지는 말은 누나와 자신의 이름 중 어느 하나였을 것이다. 하지만 아키라는 어느 쪽도 말할 수 없었다.

눈물은 언제까지나 멈추지 않았다. 대형 차량이 근처를 통과하는지 희미하게 지면이 흔들렸다. 시즈쿠는 말없이 아키라의 등을 천천히 쓰다듬어주었다.

에어컨이 돌아가는 시원한 가게 안에서 리에는 숨을 고르고 있었다. 츠유와 렌카는 창문가 테이블 석에 나란히, 신야는 츠유의 옆 테이블 석에 앉았다. 리에는 조금 떨어진 카운터 석에서 상황을 지켜보았다.

렌카는 아침부터 츠유와 그 여자를 추적하느라 아무것도 먹지 못했을 터였다. 물어도 대답이 없자 아사노가 오늘의 메뉴인 정어리 동그랑땡과 여름 야채 된장국을 내놓았다. 된장은 관동 지역에서 자주 사용되는 담색 쌀된장을 사용했고, 야채로는 통째로 큼직큼직하게 썬 가지, 오크라, 풋콩 외에 얇게 썬 토마토가 들어 있었다.

제철 야채는 다른 계절에 비해 영양가가 높다. 그리고 여름 야채는 더위를 타지 않게 하는 데도 딱 좋다. 하지만 렌카는 고개를 숙인 채 손을 대려고 하지 않았다.

아사노는 의자에 앉지도 않고 서서 츠유를 내려다보았다. 츠유는 처음에는 주저했지만, 긴장한 표정으로 사건의 전말을 설명하기 시작했다. 부모에게 알려졌으니까 모두 털어놓아야겠다고 생각한 모양이다. 츠유의 손은 변함없이 렌카의 손에 포개져 있었다.

"며칠 전, 렌카 아빠가 집에 없을 때 전화가 걸려왔어. 렌카 엄마였어."

렌카의 아빠는 딸에게 엄마가 죽었다고 말해왔는데 사실이 아니었다. 6년 전에 바람이 나서 집을 나간 것이다. 하지만 렌카는 그 사실을 알고 있었다. 소문내기를 좋아하는 이웃과 친척의 목소리는 어떻게든 당사자의 귀에 들어가기 마련이다.

전화로 엄마가 "만나고 싶다"라고 애원하자 렌카는 당황했다. 만나고 싶은 마음도 있었지만 자신을 버린 상대와 대면하는 것이 무서웠다. 아빠에게는 말할 수 없었다. 그래서 친구인 츠유에게 사정을 털어놓았다.

맨 처음에 츠유는 동행을 제안했다. 그래도 렌카는 자신을 버린 엄마와 얼굴을 마주치기가 무서웠다. 그와 동시에 엄마의 부탁을 거절하는 선택도 하고 싶지 않았다.

"그래서 내가 렌카인 척하고 만나기로 한 거야."

대리로 나간 목적은 몇 가지가 있었다. 우선 렌카의 엄마가 딸이 아니라고 한눈에 알아보는지 시험해보고 싶었다. 조금이라도 의심을 품으면 근처에서 대기하는 렌카에게 연락해 술수를 밝힐 셈이었다.

'진짜 딸이니까 분명 즉시 알아볼 것이다.' 츠유와 렌카는 계획을 짜면서 그렇게 말했으나 렌카의 엄마는 단번에 속아 넘어갔다. 그러면서도 6년간이나 떨어져 살았으니까 즉시 알아보기를 기대하는 건 좀 가혹하다고 생각하고 있었다. 츠유가 렌카 행세를 계속한 건 다른 목적도 있었다.

"렌카 엄마가 어떤 사람인지 알아보려고 그런 거야."

'아이를 키울 생각은 하지 않고 놀기만 한다. 딸에게는 관심이 없다. 엄마라는 자각이 없다.'

렌카가 들어온 얘기는 악평뿐이었지만 그건 일방적인 소문이고 진실은 다를지도 모른다.

츠유와 렌카는 빈번하게 연락을 취해 서로의 상황을 보고했다. 아사노가 생각한 대로 츠유가 장난감 가게에 있을 때는 렌카가 공중전화로 츠유에게 전화했다. 츠유는 2층 창가에 기대어 편의점에 있는 렌카를 보면서 통화를 했다.

"잠깐 봤을 때부터 왠지 불안했어. 식사를 할 때는 틀림없다고 생각했고."

츠유와 렌카는 키위를 먹기로 사전에 정해놓았다. 키위 알레르기는 아기 때부터 있었기 때문에 엄마도 알고 있을 것이라고 생각했다.

가게 선택은 쿠폰 잡지를 참고로 했다. 카페 기사에는 과일을 듬뿍 넣은 팬케이크 사진이 게재되어 있었다.

츠유는 키위를 싫어하지만 친구를 위해서라면 참을 수 있

었다. 하지만 키위를 먹는 츠유에게 렌카 엄마는 아무런 언급
도 하지 않았다.

식사를 마치고 츠유는 렌카에게 전화를 걸어 만나지 않는
편이 좋겠다고 조언했다. 하지만 렌카는 츠유에게 약속한 물
건을 엄마에게 전해달라고 부탁했다.

"믿을 수 없었어. 전하면 안 된다고 렌카에게 말했는데도
렌타가 울면서 부탁해서 말릴 수가 없었어."

렌카의 엄마는 전화를 걸었을 때 은행 현금 카드를 가져오
라고 딸에게 부탁했다. 그것은 렌카의 미래를 위해 저축했던
돈으로 이혼 전부터 같은 장소에 보관돼 있었다. 렌카는 엄마
의 요구대로 카드를 들고 나갔다. 그리고 그 카드를 츠유에게
맡겼다.

렌카 엄마는 츠유가 딸이 아닌 것을 알아차리지 못했다. 키
위 알레르기도 기억하지 못했다. 카페를 나갈 때 렌카가 일부
러 엄마와 부딪쳤는데도 딸이란 걸 눈치 채지 못했다.

그래도 렌카는 엄마가 원하는 대로 하려고 했다. 카드를 받
은 렌카의 엄마는 츠유과 함께 은행으로 이동했다. 그리고 현
금인출기에 카드를 넣고 비밀번호를 눌렀지만, 돈이 나오지
않았다.

"아줌마는 렌카의 생일을 잘못 기억하고 있었던 거야."

츠유의 목소리는 떨리고 있었다. 렌카의 엄마는 비밀번호가 딸의 생일인 것까지는 기억하고 있었다. 하지만 정확한 숫자를 기억하지 못했다. 렌카의 엄마는 카페에서 생일을 확인할 때도 잘못된 날짜를 말했다. 츠유는 이에 대해 정정하지 않고 웃는 얼굴로 끄덕였다.

그 이후가 리에가 목격한 광경이었다. 렌카의 엄마는 생일을 알아내기 위해 츠유에게 바싹 다가섰고, 그 뒤에는 자초지종을 알고 있는 렌카가 있었다.

엄마가 자신의 생일을 기억하지 못한다는 사실을 알게 된 소녀는 손에 볼펜을 쥐게 되었다.

츠유가 말을 마치자 가게 안에 한참이나 침묵이 흘렀다.

"츠유, 넌⋯."

"그 사람은 렌카의 마음을 아프게 했어!"

아사노가 말하려 하자 츠유가 가로막았다. 눈동자에 분노가 차 있었고 주먹은 불끈 쥐어진 상태였다. 츠유가 눈가에 눈물을 글썽거리며 큰소리로 말했다.

"아빠! 왜 말린 거야! 그런 사람은 찔러버려야 하는데!"

아사노가 츠유에게 다가왔다. 다음 순간 쿵 하는 소리가 났다. 아사노가 츠유의 머리에 꿀밤을 날린 것이다.

새벽녘, 담당 사건을 마친 시즈쿠는 차를 몰아 집으로 향했다. 오전 네시가 지난 시간이라 하늘이 어슴푸레 밝아오기 시작했다. 한시라도 빨리 잠을 자고 싶었다.

염원한 대로 형사가 된 시즈쿠는 바쁜 나날을 보내고 있었다. 경찰서에서 자는 날도 적지 않았다. 아파트 주차장에 차를 세우고 무거운 발걸음으로 건물로 들어갔다. 엘리베이터로 집이 있는 층에 올라가 열쇠로 현관문을 열고 손잡이를 당겼다.

"이제 오세요."

문을 열자 아키라가 웃는 얼굴로 따뜻하게 맞아주었다.

"기다리지 않아도 된다고 늘 말하는데도."

"시험 삼아 만들어보다가 이 시간이 돼버렸어요. 오늘은 정기 휴일이라서."

주방에서 향긋한 냄새가 풍겨왔다. 식욕을 자극했지만 시즈쿠는 침실로 향했다.

"이제 더 이상 아무것도…."

아키라가 손수 만든 요리를 먹고 난 후에 자고 싶었지만 몸이 한계를 느끼고 있었다. 아키라는 걱정스러운 듯 옆에 붙어 침실까지 따라왔다. 시즈쿠는 아무렇게나 옷을 벗어 던지고는 잠옷으로 갈아입었다.

"푹 자요. 시즈쿠 씨."

시즈쿠가 침대에 누워 눈을 감자 아키라가 손을 잡아주었다. 아키라와 만난 지 14년이 지났다. 결혼한 지는 올해 첫해가 된다. 그 소년과 부부가 된다는 걸 알았다면 당시 자신은 어떤 얼굴을 했을까.

그날 공원에서 만난 아키라는 편의점에서 가위를 사다달라고 부탁했다. 그리고 시즈쿠가 바라보는 가운데 갑자기 기다란 검은 머리카락을 잘랐다. 그러고는 병원에 가기 전에 집에 들렀다 나오겠다고 했다. 아키라는 그 모습으로 유즈키와 대면했다.

하지만 얼굴을 마주하고서도 유즈키는 아키라를 알아보지 못했다. 그저 히나코가 어디에 있느냐고 소리를 지르며 거리로 뛰쳐나가려고 했다.

예전에도 유즈키가 집에서 뛰쳐나간 적이 있다. 아키라의 벗은 모습을 본 유즈키가 히나코를 찾아 나서려 했기 때문이다. 그러나 소녀 차림을 한 아키라가 말을 걸자 정상으로 돌아왔다.

그 후 유즈키는 입원했고 아키라는 아동보호시설로 가게

되었다. 헤어진 유즈키의 남편과는 연락이 되지 않았고, 아키라의 조부모도 아키라를 떠맡으려 하지 않았기 때문이다.

시즈쿠가 경찰관이 된 첫해, 열아홉살 여름에 일어난 사건이었다. 이후에 시즈쿠는 아키라를 만나려고 몇 번이나 시설에 방문했다. 유즈키와 함께 살아온 세월은 아키라에게 깊은 상처를 남겼다. 그 첫 증상은 거식증이었다. 오랫동안 식사를 제한해온 탓에 마음이 체중 증가를 거부한 것이다.

그래도 아키라는 마음의 상처를 조금씩 극복하고 순조롭게 성장해갔다. 타고난 총명함을 발휘해 초등학교와 중학교에서 우수한 성적을 거뒀다. 덕분에 고등학교에 특별 장학생으로 진학할 수 있었다.

아키라가 중학교를 졸업했을 때 시즈쿠는 스물다섯살이 되었다. 그 무렵 시즈쿠는 생활안전과 형사로 발탁돼 아키라와 자주 만날 수 없었다.

아키라는 고등학교를 우수한 성적으로 졸업했다. 학교에서는 대학 진학을 권유했다. 장학금이나 학비 면제 등을 제공받을 수 있었지만, 그는 주위의 반대를 뿌리치고 요리사가 되겠다고 선언했다. 전문학교에 가지 않고 현장에서 요리를 배우는 길을 선택했다. 그러고는 프렌치 레스토랑에서 인턴으로 일하기 시작했다.

아키라는 고등학교를 졸업하고 바로 시즈쿠에게 다가갔다. 자신보다 열살이나 연상인 데다가 어린 시절부터 알고 지낸 사이였지만. 처음에는 말도 안 된다고 생각하던 시즈쿠도 매력적인 남자로 성장한 아키라에게 내심 당혹스러워졌다.

아키라는 요리사로서 실력을 키워 스무살 때 벌써 가게에서 빼놓을 수 없는 인재가 되었다. 유명 레스토랑에 스카우트되고 난 후에는 더욱 두각을 나타내기 시작했다. 그리고 아키라가 스물두살, 시즈쿠가 서른두살 때 그의 끈질긴 구애에 넘어가 드디어 교제를 시작했다. 이듬해에는 혼인신고를 하고 아키라가 시즈쿠의 호적에 들어감으로써 유즈키 아키라는 아사노 아키라가 되었다.

성을 아사노로 바꾼 건 아키라가 원했기 때문이었다. 아키라는 유즈키라는 성을 바꿈으로써 과거와 결별하고 싶었고, 시즈쿠와 같은 성씨가 되고 싶기도 했다.

시즈쿠와 아키라의 호적에 누구보다도 충격을 받은 건 나이토였다. 나이토와 시즈쿠는 끊으려야 끊을 수 없는 악연 관계가 지속되다 둘도 없는 친구가 되었다.

"진짜 충격이네. 아사노 신야가 되는 게 꿈이었는데…."

나이토 신야는 정신을 차리지 못하고 멍한 상태에 빠졌다. 그는 이미 10년 이상 구애 작전을 폈으나 시즈쿠는 귀담아 들지 않았다. 시즈쿠는 자신이 너무 냉정한가 싶은 생각도 했지만, 나이토에게는 사귀는 여성이 끊이지 않았기 때문에 문제없다고 생각했다. 나이토도 지금은 아키라와 좋은 친구 관계를 맺고 있다.

푹 끓인 야채 냄새에 깨어 시계를 보니 역시 반이었다. 꿈에서 옛일이 떠올랐던 기분이 들었지만, 눈을 뜬 순간 잊어버렸다. 하품을 하면서 침실을 나오자 아키라가 주방에서 요리를 하고 있다.

"잘 잤어요?"

"응, 잘 잤어."

거실 소파에 앉았으나 아직 몸이 무거웠다. 해마다 체력이 떨어져가는 걸 실감한다. 지난 몇 년간 범죄를 저지른 아이들을 만나 일을 처리했다. 전부라고는 할 수 없지만, 대부분이 부모에게 문제가 있었다.

어떤 부모는 열살도 되지 않은 아이에게 억지로 문신을 하게 했다. 종교적인 이유가 있다면 몰라도 순전히 멋이 목적이었다. 그러나 이처럼 문신을 한 아이들은 추후 사고라도 당했을 때, 일부 염료 성분에 따라 MRI 사용이 불가능한 경우도 있어서, 적절한 치료 기회를 박탈당할 수 있었다. 어른이라면 자기 책임이지만 아이의 권리는 부모가 지켜줘야 한다. 아키라에게 이야기했더니 슬픈 표정을 지었다.

시즈쿠는 아동방임과 학대처럼 눈을 가리고 싶어지는 참상도 봐왔다. '조금이라도 아이들에게 도움을 주고 싶다.' 시즈쿠는 지금도 그렇게 생각하면서 자신의 업무에 힘쓰고 있었다.

"아침 먹읍시다."

아키라가 거실 테이블에 흰색 수프 접시를 놓았다. 오늘의 아침은 포토푀였다. 두껍게 썬 베이컨이 들어 있어 먹음직해 보였다. 아키라는 포토푀가 아니라 포테라고 했다. 시즈쿠는 건더기와 함께 수프를 입에 넣었다.

"으음, 오늘도 사르르 녹네…."

옅은 호박색 수프에는 자연의 선물이 녹아 있어 위에 들어가자 온몸에 생기가 도는 듯했다. 양배추와 당근, 셀러리 같은 야채는 숟가락으로 잘릴 만큼 부드러웠다. 유기농으로 재배한 채소에는 흙냄새가 남아 있었고 자연의 단맛이 느껴졌다. 두껍게 썬 베이컨의 식감도 좋아 에너지를 전달받는 느낌이었다.

몸이 정화된 시즈쿠는 안도의 한숨을 내쉬었다. 아무리 괴로운 사건에 직면해도 아키라의 수프만 있으면 회복이 가능할 것 같았다.

수프는 아키라가 가장 자신 있는 요리였다. 프랑스 요리에서 수프는 기본이지만 수고에 비해 수익성이 맞지 않기 때문에 만드는 측에서 기피하는 경향이 있다. 하지만 아키라는 수프에 남다른 집착이 있었다.

시즈쿠는 한번 그 이유에 대해서 물은 적이 있다.

"아키라는 수프가 그렇게 좋아?"

"수프는 내 요리의 출발점이라 할 수 있어요. 시즈쿠 씨가 만들어준 야채수프가 너무 맛있어서 요리사의 길을 택한 거예요. 시즈쿠 씨는 내 운명의 사람인 것 같아요."

그때 만들어준 건 먹다 남은 야채를 넣어 끓인 단순한 음식이었다. 그걸 귀하게 생각해준 건 기쁘지만 부끄러워서 견딜 수 없었다.

시즈쿠가 천천히 포토푀를 뜨자 아키라도 소파 옆에서 수프를 먹었다. 창문 너머 밖은 어둑어둑했다. 날씨가 흐린 것 같았다. 텔레비전이 꺼져 있어 숟가락을 움직이는 소리와 서로의 숨결만이 거실에 남았다.

두 사람 다 바쁜 나날을 보내고 있지만 아키라는 가급적 식사를 함께하려고 한다. 그중에서도 특히 아침밥을 소중히 하고 있다.

예전에 아키라는 시즈쿠가 만들어준 수프를 먹으면서 눈물을 흘렸다. 엄마와 누나와 셋이서 아침을 먹던 기억이 났던 것이다. 아키라의 마음에는 그 기억이 깊이 새겨져 있는 모양이었다.

그때 아키라가 왜 눈물을 흘렸는지 시즈쿠는 이제 조금 알 것 같았다. 누군가 자신을 위해 만들어준 요리는 맛을 넘어선 무언가를 반드시 주는 듯하다.

"당신이 만들어주는 수프가 정말 좋아."

시즈쿠의 말에 아키라는 쑥스러운 듯 웃었다.

유즈키 아이코의 행방은 알 수 없었다. 상당히 오래전에 퇴원한 것 같지만 아키라를 찾지 않은 채 사라졌다. 경찰의 조직력을 동원하면 찾을 수는 있겠지만, 아키라가 원하지 않는 이상 멋대로 행동을 취할 생각은 없었다.

수프를 다 먹고 시즈쿠는 작게 숨을 내쉬었다. 아키라가 만든 수프를 아침에 먹을 수 있다는 건 더할 나위 없는 사치로, 혼자서 독점하기에는 죄스러운 생각마저 들었다.

"그래. 아키라의 수프를 아침에 내놓는 건 어떨까? 분명 나처럼 피곤한 사람들에게 힘이 될 거 같은데."

"그래요. 보람이 있을 것 같아요."

앞으로 가게를 여는 게 시즈쿠와 아키라의 꿈이었다. 아키라가 만든 요리라면 분명 많은 사람들이 기뻐할 것이다. 지금은 돈을 저축하고 있는 단계지만 출자해줄 공인 기관에 대해서도 알아보는 중이다.

입지에 대해서는 나이토가 힘을 보태겠다고 제안했다. 몇 년 전에 부친이 갑자기 세상을 떠나는 바람에 그는 부동산의 일부를 상속받았다. 최근에는 성실하게 일하는 것을 목표로 하고 있고, 음식점 경영을 배우면서 소믈리에 자격증을 따려고 전문학교에 다니고 있었다. 나이토는 아키라의 실력을 높이 평가해 소유 빌딩의 점포 공간을 임대해주겠다는 약속도 했다.

"근데 미안하지만, 가게 내는 게 좀 늦어질지도 몰라."

식사를 마친 아키라가 두 사람이 먹은 그릇을 싱크대에 옮기는 도중 시즈쿠가 말했다. 아키라는 '옹?' 하는 얼굴로 고개를 갸웃했다.

"무슨 일 있어요?"

"나 아이 가졌어."

시즈쿠는 가급적 담담하게 말하려고 애썼다. 사건을 해결하고 경찰서로 돌아오는 길이었다. 문득 생리가 늦어지고 있는 걸 깨달았다. 마침 심야 영업을 하는 약국이 있어서 임신 테스트기를 구입했다. 그리고는 경찰서 화장실에서 확인해보았더니 양성 반응이 나타났다.

아키라는 잠시 멍하게 있다가 갑자기 승리 포즈를 취했다.

평소 그답지 않은 행동에 시즈쿠는 자신도 모르게 웃음이 터져나왔다.

아키라가 시즈쿠를 안으려 하다 배가 걱정됐는지 주저했다. 시즈쿠가 씩 웃으며 아키라의 가슴에 머리를 맡겼다.

잠시 서로 안고 있다 아키라가 몸을 일으켰다. 소중한 듯이 시즈쿠의 배를 쓰다듬고는 미소를 지었다.

"이 아이에게 해주고 싶은 것이 있어요."

"그게 뭔데?"

"내가 만든 수프를 매일 먹이고 싶어요. 사랑하는 사람에게 받은 따뜻한 수프와 가족이 함께 먹는 아침 식사. 이 두 가지를 아이에게 주고 싶어요."

배에 댄 아키라의 손에 시즈쿠가 손바닥을 포갰다.

"가게를 열어 아침을 제공하게 되면 아이와 함께 아침밥을 먹는 건 어렵지 않을까?"

"그건 곤란한데."

아키라는 고민하는 듯하더니 즉시 해결책이 떠오른 듯한 표정을 지었다.

"그래. 가게 안에서 함께 먹으면 돼요. 손님도 이 아이를 따듯하게 받아줄 수 있는 편안한 가게를 만들면 되잖아요."

시즈쿠는 미소를 지으며 다시 아키라에게 기댔다.

앞으로 이 아이에게 행복을 줄 수 있을까. 세상에는 슬픔을 품은 아이들이 많은데 배 속의 아이도 그렇게 되지 않을 것이라는 보장은 없다.

이 세상에는 서로 용납하지 않고 상처를 입히는 가족도 확실히 존재한다. 부모와 자식 사이라고 해서 조건 없는 사랑만 있는 건 아니다. 지금까지 시즈쿠가 봐온 가족만 해도 그것은 분명한 사실이다. 물론 자신도 그렇게 되지 않을 것이라는 보장은 어디에도 없다.

게다가 돌연 뜻밖의 불행이 찾아오기도 한다. 불안하기만 한 미래가 시즈쿠는 무섭다는 생각이 들었다.

그래도 시즈쿠는 미래를 믿었다. 어떤 어려움이 닥친다 해도 반드시 헤쳐나가겠다는 의지가 있었다. 그리고 태어날 아이에게는 한없는 애정을 쏟을 것이다. 그러면 분명 소중한 사람들은 언제까지나 웃는 얼굴을 보여줄 것이다.

구름이 걷힌 듯 커튼 틈새로 부드러운 빛이 비추고 있었다.

현재-리에

이른 아침 아사노는 시즈쿠에서 리에에게 지난 이야기를 들

294

려주었다. 모두 설명하겠다는 어제의 약속을 지킨 것이다. 그건 아사노 누나의 죽음에서 시작되는, 아사노의 엄마 유즈키 아이코와의 슬픈 기억이며, 시즈쿠와 만나게 된 이야기였다.

"만약 엄마가 당시 그대로라면 츠유를 딸이라고 생각해 자신을 엄마라고 부르게 할지도 모른다, 그렇게 생각했습니다. 제가 생각해도 이상하지만요. 츠유는 그 정도로 나를 닮은 것도 누나를 닮은 것도 아닌데 제가 착각해서 쓸데없는 걱정을 하게 했네요."

확실히 츠유의 얼굴 생김새는 아사노와 그리 닮아 보이지 않는다. 하지만 행동이나 표정 등 츠유를 감도는 분위기는 흡사해 아사노가 그런 걱정을 하는 것도 무리는 아니다. 츠유가 입양아라는 리에의 추리는 보기 좋게 빗나갔다.

시즈쿠가 죽은 건 개점을 준비하던 3년 전쯤의 일이다. 아내가 떠나고 나서 아사노는 가게를 단념할까도 생각했다. 하지만 수프 가게를 여는 건 부부의 꿈이었다. 그 꿈을 신야가 격려하고 도와줘서 드디어 오픈하기에 이르렀다. 처음에는 시즈쿠가 아닌 다른 가게 이름을 붙일 생각이었으나 결국 죽은 아내의 이름을 따서 '수프 가게 시즈쿠'라고 정했다.

아사노는 이전에 "나이 차이가 많은 연애, 멋지잖아요?"라고 쑥스러운 듯 말했다. 그건 자신과 시즈쿠를 떠올리며 한 말이었던 것이다.

아사노는 아침 영업을 시작하게 된 계기도 말해주었다. 수프 가게 시즈쿠는 3년 전에 개점했다. 하지만 리에가 시즈쿠를 찾은 지난해 가을 직전까지는 아침 영업을 하지 않았다. 아사노는 아침 영업을 하고 싶었다. 지친 사람들에게 아침을 먹게 해주는 일은 시즈쿠와 함께 품었던 꿈이기 때문이다.

다만 아침 영업을 하게 되면 츠유와 아침 시간을 보낼 수가 없다. 그 때문에 결심이 서지 않았다. 그러는 사이에 츠유가 자라 분별할 줄 아는 나이가 됐다. 아사노는 츠유의 의견을 물었고 츠유는 흔쾌히 아침 영업을 받아들였다.

아사노와 같은 공간에서 시간을 보내기 위해 츠유도 가게에서 식사를 하기로 했다. 츠유는 당초 손님과 동석하는 데는 망설임을 보였다. 하지만 지금은 단골손님과의 교류를 즐길 수 있게 되었다.

아침 영업을 생각하며 염려했던 일도 있었다. 시즈쿠는 인기가 많아 점심과 저녁에는 손님이 끊이지 않는다. 만약 아침 영업도 혼잡하면 아사노는 손님을 대접하는 데 쫓기게 되고 츠유도 가게에 있기가 어렵다. 그래서 굳이 홍보하지 않고 우연과 소문에만 의존한다는 방침을 세운 것이다.

신야가 시즈쿠의 주인이라는 말을 듣고 리에는 놀라지 않을 수 없었다. 그는 건물 전체의 소유자로 주거 공간으로 사용하는 2층도 아사노에게 빌려주고 있었다. 신야는 나이 마흔이 넘었는데도 늘 외모를 젊은 사람처럼 꾸몄고, 여자들에게 가벼운 농담조로 말해 건달 이미지가 강했다. 아사노가 신야에게 군을 붙여 부르는 건 신야의 요청 때문이다. 이요도 신야 군라고 불렀고, 리에에게도 그렇게 불러달라고 얘기한 적이 있었지만 농담이라고 생각하고 흘려버렸다.

아침 여덟시, 가게에는 아사노와 리에 단 둘뿐이다. 일요일은 시즈쿠의 정기 휴무일이고, 함께 츠유를 찾아 나선 건 어제의 일이다.

이번 소동에 대한 사과와 감사의 표시로 아사노는 리에를 식사 자리에 초대했다. 아사노는 리에에게 마음에 드는 음식점이 있느냐고 물었으나, 리에가 가장 먼저 떠올린 곳은 시즈쿠였다. 어떤 고급 음식점보다 시즈쿠의 수프가 좋다고 하자 아사노는 당혹스러워하면서도 승낙해주었다.

두 사람은 쉬는 날에 맞춰 다음 날인 일요일에 식사하기로 한 것이다.

"몇 시가 좋으세요? 점심이든 저녁이든 리에 씨를 위해 솜씨를 발휘해보겠습니다."

정말 먹고 싶은 시간대는 낮도 밤도 아니기 때문에 리에는 말문이 막혔다. 하지만 자신이 원하는 걸 주장할 염치가 없어 말로 할 수 없었다. 그러자 아사노가 리에의 마음을 알아채고는 이렇게 덧붙였다

"아니면 아침으로 하시겠어요?"

휴일에 가게를 열고 요리를 하게 하는 것만으로도 염치가 없다. 게다가 이른 아침에 들이닥치다니 후안무치도 정도가 있지만, 리에는 고개를 숙이면서 대답했다.

"…아침이면 더 좋아요."

아사노가 리에만을 위한 아침 식사를 만들어주겠다는 유혹을 뿌리치는 건 무리였다. 그렇게 리에는 일요일 아침에 시즈쿠에서 식사를 하면서 유즈키 아이코와 얽힌 모든 걸 알게 되었다.

아사노가 준비해준 건 여름 야채 콘소메 수프였다. 금박 장식이 있는 납작한 접시에 맑은 호박색 수프가 담겨 있었다.

콘소메는 불어로 '완성되다'라는 의미다. 육수에 야채를 넣고 푹 끓인 뒤 누린내와 비린내를 없애기 위해 거품낸 달걀흰자를 섞어 불순물을 제거하고, 거품과 기름기를 국자로 정성껏 걷어내 완성한다. 시간이 많이 걸리는 요리라서 식재료의 맛이 응축된, 말 그대로 프랑스 요리의 완성형이라 할 수 있는

수프다.

앞에 놓인 접시에서 복합적인 향기가 피어올랐다. 입에 한
입 떠 넣자 푸근한 맛이 짙게 감돌았다. 주요 재료는 쇠고기인
듯하지만, 무엇 하나가 특별히 튀지 않고 전체가 어우러지는
느낌이었다. 맛의 깊이가 각별해서 삼킨 후에도 언제까지나
음미하고 싶은 기분을 느끼게 해주었다.

지금까지 시즈쿠에서 먹은 수프 중에서 가장 세련된 요리
였다. 최고급 레스토랑과 비교해도 손색없을 정도로 맛이 고
급스러웠다.

하지만 리에의 마음속에는 약간 아쉬움이 남았다. 되도록
이면 시즈쿠의 아침 식사에 늘 나오는, 마음이 따뜻한 수프 쪽
을 기대하고 있었던 것이다.

시즈쿠가 처음 아사노에게 만들어준 수프는 여름 야채를
썰어 푹 끓인 것이었다. 일본에서는 고형 육수가 콘소메라는
이름으로도 유통되고 있다. 어쩌면 오늘의 요리와 비슷했을
지도 모른다. 분명 따뜻함을 느끼게 해주는 맛이었을 것이다.

수프를 다 먹고 나서 리에는 아사노가 끓여준 루이보스티
를 한 모금 마셨다.

휴일의 이른 아침은 여느 때보다도 더 조용하게 느껴진다.
생각해보니 아사노와 만난 지 얼마 되지 않았을 때도 일요일

날 시즈쿠에서 식사를 한 적이 있다.

"츠유는 뭘 하고 있어요?"

"어젯밤부터 자기 방에 틀어박혀 있어요. 어제 일을 아직도 생각하고 있는 것 같아요."

"아무래도 그렇겠지요."

리에는 어제 일을 떠올렸다. 지금도 기억에 선명한 건 아사노의 주먹이었다. "찔러버려야 하는데"라고 말하는 츠유의 머리에 아사노가 꿀밤을 날렸다. 츠유는 눈물을 머금었고 아사노는 심각한 표정을 지었다. 아사노가 입을 열려고 하자 렌카가 목소리를 높였다.

"그러지 마세요!"

렌카는 호소하는 듯한 시선으로 아사노를 올려다보았다.

"츠유는 저를 생각해서 그런 거예요. 그러니까 화내지 마세요."

가녀린 목소리였지만 강한 의지가 담겨 있었다. 렌카는 츠유를 다독이며 '미안하다' '고맙다'는 말을 되풀이했다. 아사노는 한숨을 쉬고 나서 여느 때의 온화한 표정을 되찾고 허리를 굽혀 눈높이를 렌카에게 맞췄다.

"너 같은 아이가 츠유 친구여서 기쁘구나. 앞으로도 사이좋게 지내."

렌카가 크게 고개를 끄덕였다. 아사노는 렌카에게 미소를 짓고는 츠유를 바라봤다.

"츠유, 왜 아빠가 꿀밤을 때렸는지 알아?"

입술을 깨물면서 츠유가 작게 고개를 끄덕였다.

"나 때문에 렌카가 더 상처받았어."

"그래. 그리고 렌카는 하마터면 엄마를 상처입힐 뻔했어. 그건 정말 불행한 일이잖아."

츠유는 고개를 숙이고 입술을 굳게 다물었다가 말했다.

"잘못한 건 알고 있어. 더 좋은 방법을… 어른과 상의했더라면 좋았을 텐데. 하지만…."

츠유의 두 눈에서 굵은 눈물이 쏟아졌다. 계속 참았던 것일까. 주룩주룩 눈물이 흘렀다.

"그래도 난 렌카를 도와주고 싶었어."

이번에는 렌카가 츠유의 손을 꼭 잡았다. 두 사람을 바라보며 아사노가 입을 열었다.

"츠유가 어떤 마음이었는지 잘 알아. 아빠도 슬퍼하는 사람을 열심히 도왔으니까."

아사노가 다시 츠유의 머리에 손을 뻗었다. 이번에는 주먹이 아니라 손바닥으로 부드럽게 쓰다듬었다. 자신을 때린 손을 받아들이는 츠유에게서, 부모와 자식 사이의 강한 신뢰를 느낄 수 있었다.

"츠유는 엄마를 정말 많이 닮았구나."

울고 있는 츠유의 머리를 아사노는 계속해서 쓰다듬었다. 그 모습을 바라보는 리에는 자신의 마음을 깨달았다. 계속 걸려 있던 감정의 정체를 알게 되었다.

그 후 렌카는 배가 고팠는지 눈앞의 된장국에 시선을 떨어뜨렸다. 하지만 분위기에 주눅이 들었는지 손을 대지 못했다.

"아빠, 따뜻하게 데워주면 좋겠는데."

츠유가 말하자 아사노가 목제 그릇을 들고 주방으로 갔다. 돌아왔을 때는 된장국에 김이 피어올랐다.

"자, 먹어봐. 뜨거우니까 조심하고."

아사노의 권하자 렌카는 그릇을 양손으로 감쌌다.

"잘 먹겠습니다."

큼직한 그릇에 입을 대고는 바로 렌카가 미소를 지었다.

"이거 정말 맛있어요!"

"그래 많이 먹어. 얼마든지 더 있으니까."

식사가 끝나고 렌카의 아빠가 시즈쿠에 도착했다. 아사노는 현금 카드를 건네주고 츠유가 한 행동을 사과했다.

렌카 아빠도 딸과 전처에 관해 여러 번 고개를 숙였다. 전처에 대해서는 변호사를 통해 경고할 생각이라고 말했다. 렌

302

카는 아빠 손을 잡고 집으로 돌아갔다. 그때 리에도 가게를 나왔다. 폭우가 지나간 하늘에는 푸른빛이 감돌고 있었다.

"맛있게 드셨습니까?"

말을 거는 소리에 리에는 생각 속에서 빠져나왔다.

"네, 맛있게 잘 먹었어요. 특별한 시간 내주셔서 감사합니다."

대답하는 찰나, 주방에서 들여다보는 사람의 그림자를 발견했다. 츠유가 가만히 아사노와 리에를 지켜보고 있었던 것이다. 리에의 시선을 느끼자 츠유가 당황해 숨으려고 했다.

"츠유, 이쪽으로 와."

리에가 부르자 츠유가 머뭇머뭇하며 다가왔다. 마주 앉아 있는 아사노와 리에를 번갈아 보고 나서 츠유는 리에 옆에 앉았다. 츠유의 두 눈 주위가 붉게 부어 있었다.

"먹을 수 있겠어?"

츠유가 고개를 끄덕이자 아사노가 일어나 주방으로 갔다.

"아빠도 아침 먹었어요?"

아사노가 자리를 비운 사이에 츠유가 리에에게 물었다. 질문한 이유를 묻자 아사노가 어제 저녁을 걸렀다고 말해주었다. 그건 꿀밤이라는 폭력을 휘두른 자신에 대한 벌이었다. 아

사노도 수프를 먹었다고 말하자 츠유는 안도한 듯 깊게 숨을
내쉬었다.

"츠유, 뭐 좀 물어봐도 돼?"

츠유는 고개를 갸웃하더니 리에와 시선을 맞췄다.

"아빠가 아침에 가게를 여는 걸 츠유는 어떻게 생각해?"

츠유는 잠깐 침묵한 후에 납득한다는 듯 작게 끄덕였다.

"아침 영업은 엄마와 아빠가 계속해서 생각하던 거예요. 그
러니까 하는 게 좋다고 생각해요."

"외롭지 않아?"

아침 영업이 없으면 둘이서 천천히 식사를 할 수 있을 것이
다. 츠유는 수프에 시선을 떨어뜨린 후 고개를 가로저었다.

"아빠가 요리하는 모습이 좋아요. 그러니까 외롭지 않아요.
처음에는 조금 불안했지만, 지금은 리에 언니와 이요 언니, 미
츠바 언니들이 와주니까 떠들썩하고 재미있어요."

츠유는 편안하게 미소 지으며 대답했다.

리에는 다시 가게 안을 둘러보았다. 목제로 꾸민 내부는 따
뜻한 분위기였고, 흰색 벽은 청결한 느낌을 내고 있었다. 푹
끓인 향미 야채와 고기의 냄새가 식욕을 자극해서인지, 이곳
은 오피스 거리 한가운데지만 긴장되는 느낌 없이 기분이 편
안하고 좋았다.

수프 가게 시즈쿠의 따뜻한 분위기는 분명 시즈쿠 씨의 따뜻한 마음이 이어진 결과일 것이다. 시즈쿠 씨를 생각하자 리에는 가슴이 먹먹해졌다. 그는 아사노와 츠유와 함께 오래도록 살고 싶었을 것이다.

"기다리게 했네."

아사노가 콘소메 수프 그릇을 테이블 위에 놓았다. 츠유는 금속 숟가락을 손에 들고 수프를 한 입 먹었다. 그러고는 평소와는 다른 긴장감 어린 맛에 놀랐는지 웃었다. 아사노는 눈을 가늘게 뜨고 그 모습을 지켜보았다.

츠유를 지켜보는 아사노의 눈빛이 좋다고, 리에는 불현듯 생각했다. 아사노를 좋아하는 감정을 다시금 확인했다. 그리고 동시에 츠유도 사랑스럽게 느껴졌다.

리에는 어제 비로소 자신의 감정을 확실히 알았다. 전에는 연애할 때 설렘이나 즐거움 같은 자극을 추구했다. 하지만 지금은 다르다. 아사노와 츠유는 서로를 생각해주고 진심으로 신뢰하고 있다. 두 사람이 함께 있는 모습을 보면 리에의 마음도 따뜻해졌다. 그런 두 사람과 같은 시간을 공유할 수 있다면 얼마나 행복할까.

'두 사람과 가족이 되고 싶다.'

어느새 리에의 마음에 이런 생각이 들어와 있었다.

창문 너머의 아침 햇살이 수프 가게 시즈쿠의 안을 비추고
있었다. 지금은 아직 자신이 있을 곳이 없다. 하지만 언젠가
반드시 찾을 것이다. 두 사람을 바라보며 리에는 온화한 마음
으로 그렇게 생각했다.

수수께끼가 있는 아침 식사

ⓒ 도모이 히츠지, 2019

초판 1쇄 인쇄일 2019년 3월 8일
초판 1쇄 발행일 2019년 3월 15일

지은이   도모이 히츠지
옮긴이   김선숙
펴낸이   정은영
편집   고은주 한지희
마케팅   이재욱 백민열 이혜원
제작   박규태

펴낸곳   꿈지락
출판등록   2001년 11월 28일 제2001-000259호
주소   04047 서울시 마포구 양화로6길 49
전화   편집부 (02)324-2347, 경영지원부 (02)325-6047
팩스   편집부 (02)324-2348, 경영지원부 (02)2648-1311
이메일   spacenote@jamobook.com

ISBN 978-89-544-3971-8 (03830)